Impressum

Alle Rechte am Werk liegen beim Autor
J., Jaliah
Da Silva - Sonnenschein
Berlin, Juni 2020
Erstauflage
Lektorat: Günter Bast, Fabienne Ruczinski, Srwa Latif
Cover/Bildgestaltung: Wolkenart – Marie Katharina Wölk
©2020 Jaliah J.
Herstellung und Verlag: BoD – Books on Demand, Norderstedt.
ISBN 978-3-7519-4951-4

www.jaliahj.de

Sonnenschein

Da Silva-Reihe

Diego

von

Jaliah J.

»Danke.«

Diego setzt sich neben Jemina auf den Rasen des kleinen Hügels ihres Grundstückes. Durch den Hügel wird man nicht sofort von allen gesehen, und wenn Jemina zu Besuch ist, verbringen sie viel Zeit hier zusammen.

»Hmm, kein Problem.« Jemina wendet ihren Kopf zu ihm und sieht ihn aus ihren schönen großen, grünen Mandelaugen an. Alle bewundern immer ihre schönen Augen. Diegos Herz beginnt schneller zu schlagen, wenn Jemina ihn daraus ansieht. Er hat gestern ihre Sommersprossen auf der kleinen Nase gezählt, es sind zwölf. Auch wenn Jemina sie nicht mag, findet Diego sie genauso schön wie alles andere an ihr.

»Was ist los?« Diego lehnt sich zurück und sieht in den Himmel. »Dario und meine Cousins haben mich gerade gesehen. Sie sagen, ich soll nicht immer alles für dich tun, wie zum Beispiel extra dein Lieblingseis kaufen gehen. Sie sagen, dass die Mädchen so etwas für die Jungs tun sollen.«

Jemina verdreht die Augen. »Dein Bruder hat keine Ahnung von Mädchen, ich wette, er hat noch niemals ein Mädchen geküsst.« Diego lacht auf. »Ich denke nicht, keine Ahnung, du kennst doch Dario.« Jemina öffnet die Eispackung und schaufelt mit einem Löffel, den er ihr auch gleich mitgebracht hat, das Eis aus. Sie schließt genüsslich die Augen, dann öffnet sie sie wieder und sieht Diego an.

Er mag Jemina. Jedes Mal, wenn sie mit ihrem Vater zu Besuch ist oder sie bei ihr sind, verbringen sie die Tage zusammen. Jeder hier weiß, dass er Jemina mag und sein Bruder und seine Cousins ziehen ihn deswegen immer auf. Diego ist dreizehn geworden, seine Mutter und ihre Väter belächeln das alles immer nur, doch er mag Jemina wirklich, mehr als die anderen Mädchen, und das sagt er ihr auch jedes Mal. Doch sie beide wissen, dass sie sich nur ein-

oder zweimal im Jahr sehen und sie daran nichts ändern können, zumindest noch nicht.

»Weißt du was?« Jemina steht auf und setzt sich zwischen seine Beine. Sie trägt einen lila Rock und ein weißes T-Shirt und ihre langen blonden Haare fallen ihr immer wieder ins Gesicht. Als sie jetzt mit ihrem Gesicht näherkommt, streicht Diego ihr eine Strähne hinter das Ohr.

Jemina kommt noch näher. Sie schließt die Augen und erst da versteht Diego, was sie vorhat. Sein Herz schlägt schneller, als sie ihre Lippen auf seine legt. Diego schließt auch die Augen. Er liebt Jeminas Geruch, nun ihre Lippen auf seinen zu spüren, fühlt sich schön an. Er küsst sie zaghaft immer wieder, es ist das erste Mal, dass er ein Mädchen küsst. Sie schmeckt nach Vanilleeis, und als Jemina enger zu ihm rückt und sie immer wieder ihre Lippen vereinen, wagt sich Diego weiter vor. Er hat das in Filmen schon oft gesehen und öffnet seinen Mund. Vorsichtig versucht er den Kuss zu vertiefen; als Jemina sich genauso zaghaft öffnet und sie sich intensiver spüren, beginnt es immer stärker in Diegos Bauch zu kribbeln.

»Jemina!« Die laute Stimme von Raphael, Jeminas Vater, lässt sie auseinanderfahren.

Sie sehen sich in die Augen und Jemina lächelt.

»Das war mein und dein erster Kuss, das werden wir unser Leben lang nicht vergessen.«

Ihre schönen Augen strahlen, ihr scheint es genauso gut gefallen zu haben wie ihm.

»Jemina!«

Sie stehen schnell auf und gehen zusammen in den Garten zurück, wo ihre beiden Väter warten. Raphael lächelt, während sein Vater ihn mahnend ansieht. Er hat ihm gesagt, dass sie langsam älter werden und aufpassen sollen, was sie tun.

»Ihr beiden. Also wenn du so viel Zeit mit meiner Tochter verbringst, Diego, musst du mir auch das Versprechen geben, immer auf Jemina aufzupassen und sie wie deinen größten Schatz zu behandeln. Wenn ich es mal nicht kann, dann musst du ihr Beschützer sein, versprichst du das?«

Diego sieht noch einmal in Jeminas hübsches Gesicht, die sich an ihren Vater kuschelt, der ihr einen Kuss auf den Scheitel gibt. Er wird immer für sie da sein.

»Ich verspreche es!«

Kapitel 1

»Es ist selten, dass Männer der Da Silvas hier sind.«

Diego umfasst die Hüften der hübschen Dunkelhaarigen und lächelt. »Wir haben zu tun, doch ab und zu nehmen wir uns die Zeit und sehen uns mal an, was hier im Nachtleben Puerto Ricos so los ist.« Die Frau reibt ihren prallen Hintern an seiner Mitte und Diegos Hände umfassen sie stärker. »Und bist du zufrieden mit dem, was du siehst?«

Nun presst sie sich an ihn und schiebt seine Hand über ihre Brust. Diego beugt sich zu ihrem Ohr. Der Duft von Parfüm und Sekt haben sich schon vermischt und dringen in seine Nase, doch das stört ihn nicht.

Die hübsche Latina ist ihm sofort ins Auge gefallen, als er vor einigen Minuten zusammen mit Nicky und seinem Bruder das Pearl betreten hat. Sie sind schon eine Weile unterwegs auf der Suche nach Eleonora, die sauer auf Dario ist. Er hat sie hier gefunden und ist nun mit ihr vor der Tür, um sich auszusprechen. Dario hat seit gestern Abend miese Laune und Diego hofft, dass sich das hiermit wieder erledigt hat, solange wird er auch etwas Spaß haben.

In diesem Moment wird ein neues Lied gespielt und die Menge schreit begeistert auf.

»Willst du etwas trinken?« Die Frau wendet sich um und nickt. Diego legt den Arm um die eigentlich völlig fremde Frau und sie gehen an die Bar, wo Nicky sitzt und mit genau so einer Laune wie Dario sie bereits hatte ein Glas Wodka trinkt. »Entspann dich, such dir auch etwas Ablenkung und atme durch.«

Auch Nicky hat in letzter Zeit sehr schlechte Laune, was an der hübschen blonden Verkäuferin liegt, mit der er etwas hatte. Wenn er sich Nicky und seinen Bruder nun ansieht, ist er froh, dass er noch einen völlig klaren Kopf hat, um sich auf die Familia und ihre Arbeit zu konzentrieren und sich dann hin und wieder völlig ohne Pflichten zu amüsieren.

»Ich entspanne mich gerade, siehst du doch.«

Nicky hebt das Glas und Diego lacht, während die Frau fasziniert auf die Waffe blickt, die Nicky vor sich auf den Tresen gelegt hat. »Was möchtest du trinken?«

Die Frau zeigt auf ein Bild mit einem dieser Frauencocktails. »Ein Havana Blue.« Diego bestellt den Drink und für sich etwas Härteres und deutet den Kellner zu einer Sitzecke, wo er sich dann mit der Frau hinsetzt.

»Dein Freund sieht ziemlich deprimiert aus. Ich habe hier zwei Freundinnen, die sich sicherlich freuen würden, ihm Gesellschaft zu leisten. Ich habe schon so viel von dem Da Silva-Gebiet gehört. Wir könnten mit euch kommen und ...« Statt sich neben Diego zu setzen, setzt sie sich auf seinen Schoß. Diego wendet sich so, dass er seine Waffe aus dem Hosenbund ziehen kann, was die Frau leicht aufseufzen lässt, ihre Lippen gleiten zu seinem Hals. »Das ist so sexy, ich würde gerne ...«

Diego grinst zufrieden, so kann ein Abend gut ausklingen. »Wo warst du?« Augenblicklich vergeht Diego sein Lachen, als er eine vertraute Stimme hört. Er sieht sich um und die Frau hört auf, seinen Hals zu küssen. Niemand ist in der Nähe, deswegen fasst er der Frau an die Schultern.

»Was hast du gerade gesagt?« Die Frau sieht ihn an, als wäre er verrückt geworden, doch in dem Moment, als Diego sie ansieht, werden aus ihren dunklen Augen größere mandelförmige, grüne Augen, die ihn traurig anblicken. Ihre Haut wird hell und cremig, die Nase wird zu einer vertrauten Stupsnase, und ihre Lippen bekommen den schönen Schwung, den er immer so begehrt hat.

Diego sieht erschrocken Jemina in die Augen.

»Wo warst du? Wieso hast du mir nicht geholfen?«

Diego wacht auf, mit einem leisen Fluch reibt er sich über die Augen und sieht sofort zum Bett, in dem Jemina liegt.

Ihm wurde ein Bett in ihr Zimmer gestellt, da er fast jede Nacht hier verbringt, seit sie sie vor drei Wochen aus den Händen der Guerillas befreit und nach Puerto Rico gebracht haben. Die erste Woche hat Diego fast die ganze Zeit an ihrem Bett verbracht, wenn er nicht versucht hat, an seine Schwester heranzukommen oder mit Dario nach Barim gesucht hat. Dann waren sie fünf Tage in Kolumbien, die einzige Zeit, in der Diego nicht bei ihr war und haben auch das endlich zu Ende gebracht. Kurz danach haben sie die Sache mit den Mexikanern ein für alle Mal geklärt und auch Eleonora und sein Bruder haben sich wieder eingekriegt.

Nun kann Ruhe einkehren und die brauchen sie unbedingt alle nach den letzten Wochen.

Er setzt sich auf und sieht in Jeminas blasses Gesicht.

Er wird das niemals vergessen. Er hat schon vieles erlebt und einiges mitgemacht, doch das hier hat ihn tief getroffen.

Die Tür geht auf und seine Mutter kommt lächelnd ins Zimmer. »Und, ist sie schon wach?« Diego schüttelt den Kopf. Jemina wurde gestern operiert. Es ist die letzte Operation, sie hatte drei in den letzten Tagen, die Ärzte haben ihnen gesagt, dass sie nach dieser letzten langsam wieder zu Kräften kommen und richtig wach werden sollte.

Die ersten Tage sah es nicht gut aus. Sie konnte nicht gleich operiert werden, sie hatte zu hohes Fieber und war sehr schwach. Die Ärzte sind sich sicher, dass wenn sie sie einen Tag später gefunden hätten, sie nicht überlebt hätte.

Sie muss sich am Anfang stark gewehrt haben, sie hat einige Brüche und wird auch versucht haben, sich von den Fesseln loszumachen, das waren die ersten zwei Operationen.

Jemina hat starke Medikamente bekommen und mehrere Tage nur vor sich hin gedämmert. Manchmal hat sie in diesem Dämmerschlaf geweint und etwas geflüstert, es hat jedes Mal Diegos

Herz einen weiteren Stich gegeben. Dann erst konnte sie operiert werden, doch dazwischen war sie auch nie richtig wach, und gestern war die letzte Operation an ihrem Unterleib, um die schlimmsten Folgen wieder zu beheben, von dem, was ihr angetan wurde.

Die Ärzte sind sich sicher, dass sie nun richtig wach werden wird. Ihr Körper hat sich langsam erholt und sie bekommt nicht mehr so starke Medikamente. Nach drei Wochen wird sie aus dem Dämmerschlaf erwachen. Deswegen ist Diego hier, um sie aufzufangen, wenn sie wach wird und begreift, was passiert ist. Er weiß nicht, was sie genau alles mitbekommen hat und ob sie weiß, dass sie die einzige Überlebende ihrer Familie ist.

Er sieht zu ihr und sein Magen rumort.

Jemina ist blass, einige blaue Flecken und Schrammen in ihrem Gesicht sind schon verheilt. Sie ist noch zarter, als sie es sonst auch schon immer war. Ein dicker Verband ist um ihren Kopf gebunden, weil sie dort eine Wunde hat, die tiefer war und sich entzündet hatte. Da sonst eine Decke den Rest des Körpers bedeckt, könnte man denken, sie sieht wieder wie früher aus.

Die langen blonden Haare umrahmen ihr Gesicht, die Krankenschwestern haben das viele Blut nach einer der Operationen daraus ausgewaschen. Diego ist froh, dass die Decke den Rest ihres Körpers bedeckt, es ist für ihn nur schwer zu ertragen, sich all das anzusehen, was ihr angetan wurde.

»Herzlichen Glückwunsch zum Geburtstag, mein Schatz. Ich wollte dich heute mit einem Frühstück überraschen, doch dann habe ich erst gesehen, dass du gar nicht zu Hause warst.« Seine Mutter beugt sich zu ihm und gibt ihm einen Kuss.

Diego steht auf, um sie sitzen zu lassen. »Du weißt doch, dass mir dieser Tag egal ist.« Seine Mutter lächelt. »Ich weiß, du hast deinen Geburtstag nicht mehr feiern wollen, seit Daria weg war, doch nun ist sie wieder da und Jemina geht es langsam besser. Ich dachte, wir könnten heute ein wenig feiern. Es muss ja keine große Feier sein. Ich war gerade bei Daria und habe ihr erzählt, dass du nach ihrer Entführung keinen Geburtstag mehr gefeiert hast und sie hat auch gesagt, dass sie gerne heute Abend etwas planen würde. Dein Bruder und dein Vater ...«

Diego geht ins Bad, um sich frisch zu machen. »Ich weiß, dass sich einiges zum Guten gewendet hat, doch ich kann nicht feiern, nicht so.« Er deutet zum Bett und seine Mutter streicht Jemina liebevoll über die Wange. »Auch das wird heilen, Diego, manches dauert einfach seine Zeit, doch sie lebt, es ist wie ein kleines Wunder, dass sie all diesen Horror überlebt hat.«

Dazu sagt Diego nichts mehr, sondern geht ins Bad.

Natürlich hat sie recht, sie hat überlebt, doch wie sieht ihr Leben nun aus? Wie soll sie mit alldem fertig werden? Bisher hat Jemina noch nicht reagiert. Er weiß nicht, was sie weiß und was sie mitangesehen hat, nur das, was die Ärzte mit Sicherheit anhand ihrer Verletzungen sagen konnten.

Während er warmes Wasser anstellt und es sich über den Nacken laufen lässt, um wach zu werden und sich frisch zu machen, kehrt er dahin zurück, wo er das erste Mal das Gefühl hatte, jemand sticht ihm ein Messer ins Herz.

Die Familia aus Honduras und ihr Anführer Raphael haben schon immer zu den guten Freunden seines Vaters gehört. Sie haben sich alle regelmäßig gesehen und so sind Jemina und er quasi zusammen groß geworden.

Auch wenn es eine Weile her ist, dass er sie alle gesehen hat, weil die Familias alle viel zu tun hatten und er sich ziemlich stark mit Jemina zerstritten hatte, gab es immer dieses Band zwischen allen. Es hat ihnen den Boden unter den Füßen weggezogen, als sie erfahren haben, dass die Guerillas die Frauen und Kinder der Familia in einer hinterhältigen Nacht- und Nebel-Aktion getötet haben. Sie wollten Raphaels unkontrollierte Wut erreichen und haben sie bekommen. Nur durch diese haben sie es geschafft, ihn und seine Männer in den nächsten Hinterhalt zu locken und ihnen die Köpfe abzuschneiden.

Bis jetzt kann Diego nicht glauben, dass niemand mehr aus Jeminas Familie lebt. Sie alle sind getötet worden. Es waren etliche Männer und auch viele Frauen und Kinder. Die Männer, die noch übrig gewesen sind, haben sich zurückgezogen, sie werden die Bilder nicht vergessen, als sie im Strandhaus angekommen sind und nur noch Asche vorgefunden haben.

In dem Moment, als Diego erfahren hat, dass Jemina als Einzige nicht getötet sondern entführt wurde, hat er Schlimmes geahnt.

Jemina ist etwas ganz Besonderes. Wahrscheinlich haben die Guerillas das auch sofort gesehen, als sie in das Haus eingefallen sind. Er war schon immer verrückt nach seinem kleinen Sonnenschein, wie er sie immer genannt hat.

Raphaels Frau stammt ursprünglich aus Finnland. Zwar leben sie seit zwei Generationen in Honduras, doch man sieht ihnen ihre Abstammung deutlich an und Jemina und ihre Geschwister haben ihre hellblonden dicken Haare geerbt, auch wenn man Raphael ebenfalls in ihrem Gesicht erkennen kann, kommt vor allem Jemina am meisten nach ihrer Mutter. Sie hat wunderschöne große, grüne Augen und eine sehr helle Haut. Jedes Mal, wenn sie bei ihnen zu Besuch war, weil sie ihren Vater begleitet hat oder sie nach Honduras geflogen sind, haben sie Zeit zusammen verbracht. Trotz ihres Äußeren hat Jemina das Temperament einer echten Latina und verhält sich auch so. Dieser Mix hat ihn immer wieder schwach werden lassen, wenn sie in seiner Nähe war und das von klein auf.

Es ist viel passiert zwischen ihnen, besonders in den letzten Jahren, doch trotz allem war Jemina immer ein fester Bestandteil seines Herzens und seines Lebens, und in dem Moment, als er davon erfahren hat, ist auch er kaum noch zu kontrollieren gewesen.

Diese Stunden, bis sie etwas tun konnten, waren schrecklich. Sie haben Jemina und auch Daria gesucht und als sie beide gefunden haben, sind seine schlimmsten Befürchtungen wahr geworden. Daria wollte nichts mit ihnen zu tun haben, und das, was er in dieser kleinen dreckigen Kammer vorgefunden hat, in der Jemina nackt auf ein Bett gefesselt war, hat sich tief in seinen Kopf eingeprägt.

Sie war knapp drei Tage in der Gewalt der Guerillas. Als Diego sie gefunden und alle angeschrien hat, den Raum zu verlassen, war sie nicht mehr bei Bewusstsein. Sie haben sie gequält, geschlagen, missbraucht. Kaum ein Fleck an ihrem Körper war noch unversehrt, sie hat überall geblutet und hatte nicht einmal die Kraft, die Augen zu öffnen.

Diego hatte das erste Mal seit vielen Jahren Tränen in den Augen, als er Jemina losgebunden, sie in ein weißes Laken gehüllt und aus diesem Haus herausgetragen hat. Er hat sie an sich gedrückt und niemanden an sie herangelassen und auch nicht mehr losgelassen, bis sie in Puerto Rico ins Krankenhaus gekommen sind, wo er sie den Ärzten übergeben hat.

Nach und nach kam alles heraus. Sie haben sie geschlagen, Zigaretten auf ihr ausgedrückt, sie hungern lassen und all ihre kranken Phantasien an ihr ausgelebt.

Mehr als ihre Hand zu halten und für sie da zu sein, konnte er nicht tun, kann er noch immer nicht und das macht ihn fertig.

Er sieht ihr stundenlang ins Gesicht und wünschte, er könnte ihr all das abnehmen, doch auch wenn er einer der mächtigsten Männer Lateinamerikas ist, hat er nicht die Macht, etwas zu tun. Diego hat sich noch nie so hilflos gefühlt.

Nachdem er sein Gesicht gewaschen und sich die Zähne geputzt hat, wechselt Diego sein Shirt. Er hört, wie seine Mutter betet. Natürlich trifft nicht nur ihn das. Sie alle lieben Jemina und ihre Familie. Auch sein Vater ist jeden Tag da und er hat schon mehrere Stunden mit Dario zusammen an ihrem Bett verbracht.

Als er hört, dass die Ärzte ins Zimmer kommen, verlässt er das Bad wieder. Neben den Ärzten im Krankenhaus kommt auch ihr persönlicher Arzt jeden Tag vorbei, sie werden Jemina die Tage zu ihnen holen, sie haben nur noch diese Operation abgewartet. Heilen kann sie auch bei ihnen in den Häusern unter Aufsicht ihres Arztes.

»Ich dachte, sie wird wach?« Diego kommt gleich zum Punkt und seine Mutter sieht ihn mahnend an. Eine Schwester nimmt Jemina Blut ab, er kann das nicht sehen. Sie wirkt noch immer sehr geschwächt. Auch wenn sie hier alle nötigen Infusionen bekommt und so auch ernährt wird, wünschte er, sie würden ihr nicht ständig Blut abnehmen.

»Das wird sie auch. Sie hat sehr starke Medikamente bekommen, um die vielen Entzündungen und das Fieber in den Griff zu bekommen. Dann kamen die Operationen, die sie noch mehr geschwächt haben. Unter solchen Umständen wirkt eine Narkose und die Medikamente, die sie zur Wundheilung bekommt, natürlich noch einmal stärker. Sie bewegt sich und sie dämmert nicht mehr so tief, sie wird wacher, auch wenn sie noch schläft. Ich kann mir vorstellen, dass es nicht leicht anzusehen ist, doch jede Minute mehr Ruhe wird sie stärken. Ich gehe davon aus, dass im Laufe des Tages ihr Blut die restlichen Medikamente ausscheidet und sie am Abend wacher wird. Vielleicht auch etwas früher oder später, jeder Körper reagiert anders. Wir warten jetzt die neuen Blutergebnisse ab und wenn da alles in Ordnung ist, bekommt sie auch keine neuen Medikamente mehr und es wird schneller gehen.«

Seine Mutter bedankt sich und greift nach Jeminas Hand, die nun wegen der Blutabnahme wieder über der Decke liegt. Diego tritt neben das Bett und streicht über ihren Arm. Das Gelenk ist verstaucht und eingebunden. Ihre Schulter ist gebrochen, auch dort trägt sie noch einen Verband, sie wurde als Erstes operiert und die Ärzte sind sehr zufrieden mit der Heilung.

»Ich hatte gehofft, dass sie weg sind, bis Jemina wach wird.« Er streicht über die roten runden Stellen, die Wunden sind verheilt, die sie von ausgedrückten Zigaretten hatte. Da sie in solch einem schmutzigen Zimmer gehalten wurde, hatten sich einige Wunden entzündet. Einige sind zum Glück von alleine abgeheilt und bei den anderen versuchen sie, mit einer speziellen Creme die Narbenbildung zu verhindern. Wenn das nicht gelingt, kann man das mit dem Laser noch tun, doch gerade sieht alles ziemlich gut aus, auch wenn man noch die roten Stellen sieht, doch sie sind nichts im Vergleich zu dem, wie die Wunden am Anfang aussahen.

»Schatz, auch wenn wir es geschafft hätten, dass alle Wunden verheilt sind, werden die schlimmsten Wunden, die Jemina haben wird, erst wirklich sichtbar werden, wenn sie wach ist. Auch wenn du alle Brandflecken entfernen kannst, so wird sie doch noch genau wissen, wie diese entstanden sind.«

Eine Schwester kommt herein und fragt nach, ob sie etwas essen wollen, doch Diego isst hier nichts. Er fragt seine Mutter, ob sie auch etwas haben möchte, dann verlässt er das Krankenhaus, um zwei Straßen weiter Kaffee, Gebäck und belegte Brötchen zu kaufen. Sie schmecken dort sehr gut, Diego holt sich hier seit knapp drei Wochen täglich sein Frühstück. Als er jetzt hereinkommt, steht wieder die hübsche Frau mit dem schüchternen Lächeln und den wilden Kringellocken am Tresen und lächelt, als er zu ihr tritt. »Wie immer?« Diego nickt und sieht zum Kaffeeautomaten. »Heute aber noch einen Cappuccino im Becher dazu." Sein Handy klingelt, es ist sein Bruder.

»Bist du im Krankenhaus?« Diego sieht zu, wie die Frau den Kaffee zubereitet. »Natürlich, wann ist das Treffen nachher mit dem neuen Inhaber der Hafenanlegestellen?« Sein Bruder spricht sehr leise, sicherlich schläft Nael bei ihm auf dem Arm. »Diego, alles Gute zum Geburtstag. Vergiss alles andere, komm später nach Hause zum Feiern und ...« Die Frau packt ihm alles in eine Tüte, die Kaffees in einen Behälter, wo er beide Becher gleichzeitig tragen kann. »Nein, ich bleibe hier. Ich möchte da sein, wenn sie wach wird. Ich möchte nur kurz beim Treffen dabei sein, doch das ist ja am Nachmittag und so wie es aussieht, kann es noch ein wenig dauern. Also, wann muss ich da sein?«

In ihrer Familia stehen sich alle sehr nah, doch das Band zwischen Diego und seinem Bruder Dario ist so stark, dass sie sich nicht einmal sehen müssen, um zu wissen, was der andere denkt. Allein der Umbruch in der Stimme seines älteren Bruders zeigt ihm, dass ihm das nicht passt, doch er murmelt, dass er um vier bei ihnen sein soll, dann fahren sie gemeinsam hin.

Diego legt auf, er reicht der Frau einen Schein, der fast dem Doppelten des Einkaufswertes entspricht. »Stimmt so.« Diego nimmt die Tüte und die Becher. »Dankeschön, bis morgen ... hoffe ich doch.« Diego sieht noch einmal hoch und der Frau das erste Mal heute in ihr hübsches Gesicht. Sie lächelt und ist wirklich wunderschön, unter anderen Umständen würde Diego diesen Flirt sicher fortführen, doch er nickt nur und wendet sich um. »Bis morgen.«

Das letzte Mal hatte Diego etwas mit einer Frau im Pearl, danach ging alles so schnell und sie hatten so viel zu tun, dass er zu nichts mehr gekommen ist. Und seitdem er Jemina in seinen Armen hatte, ist ihm alles andere vergangen. Er saß Stunden über Stunden an ihrer Seite und hat über ihre ungewöhnliche Geschichte nachgedacht, den Streit, den sie bei ihrem letzten Aufeinandertreffen hatten und wie es sein kann, dass ihn das so sehr mitnimmt. Dass es alle mitnimmt, ist normal, doch Diego spürt etwas in sich, was er vorher noch nie gespürt hat und das verhindert, dass er in den letzten Woche eine Frau auch nur lange genug angesehen hat. All seine Gedanken sind bei der ungewöhnlichen Schönheit, die da oben gebrochen liegt und die er um jeden Preis wieder lächeln sehen will.

Zusammen mit seiner Mutter frühstückt er, dann erfahren sie von den Blutergebnissen, die immer besser werden, und ein weiterer Arzt untersucht Jemina. Er versichert, dass sie erst am Abend langsam wacher werden wird und somit verlässt Diego dann zusammen mit seiner Mutter das Krankenhaus. Er hat extra noch einmal Bescheid gegeben, dass sie ihn sofort anrufen sollen, sollte Jemina wach werden. Er wird sich beeilen, sodass er in spätestens zwei Stunden zurück sein wird.

Sobald sie bei den Wachen vorbeifahren, gratulieren ihm alle zum Geburtstag. Jeder, dem sie begegnen, wünscht ihm alles Gute. Sie feiern gerne und auch immer große Feste, die Männer warten nur auf Gelegenheiten, um zu feiern, doch Diego wollte nie eine Party zu seinem Geburtstag und die Männer haben sich daran gewöhnt.

Diego setzt seine Mutter bei sich ab und geht dann schnell in sein Haus. Er will sich beeilen. Es fühlt sich an, als wäre es ewig her, dass er mal ein paar Stunden oder eine Nacht zu Hause verbracht hat. Sein Leben ist immer hektisch, doch gerade ist es noch anstrengender. Das spürt er auch an seinem Körper. Sein Knie schmerzt, er hat noch zwei Wunden von seinen letzten Kämpfen, die nicht gut verheilt sind, und er könnte einige Tage Ruhe sehr gut gebrauchen, doch das wird, so wie es aussieht, nicht so schnell etwas werden.

Unmengen von Geschenken liegen auf seinem Esstisch, sie müssen abgegeben worden sein. Sie bekommen immer viele Geschenke von Freunden und Geschäftspartnern, anderen Familias, alten Bekannten, doch Diego ignoriert das alles. Er geht nach oben, direkt unter die Dusche, wo er tief einatmet. Am liebsten würde er sich direkt in sein Bett legen und für zwei Tage schlafen, doch er will so schnell es geht zurück ins Krankenhaus.

Deswegen beeilt er sich, steigt aus der Dusche und macht sich fertig. Dann nimmt er gleich noch ein Shirt zum Wechseln mit. Er wird heute wieder im Krankenhaus schlafen und so kann er morgens wenigstens ein frisches Shirt anziehen.

Er öffnet die Schublade mit seinen Krawatten, darin liegt seit etwas über einem Jahr die Schachtel mit dem diamantenbesetzten Armband, was er Jemina geschenkt hat und was sie ihm wütend zurück ins Gesicht geworfen hat. Er hat es sich in den letzten Tagen oft angesehen und sich gefragt, ob er all das hätte verhindern können, doch die Antwort darauf wird er wohl niemals bekommen.

»Diego?«

Darias Stimme ertönt durch sein Haus und er geht die Treppen hinab ins Erdgeschoss, wo seine hübsche Schwester mit einem Kuchen in der Hand steht und ihm entgegensieht. Sie strahlt ihn stolz an und das bringt auch Diego zum Lächeln. Die Sorgen, die auf seinem Herzen lasten, weichen ein wenig, jedes Mal, wenn er Daria so vor sich sieht.

Sie ist zurück, sie ist wieder da. Er hat nie damit gerechnet, dass sie sie wiederfinden. Es hat gedauert, bis sie ihnen geglaubt hat, dass sie sie nicht weggegeben haben, sondern dass sie entführt wurde, von den gleichen Leuten, die auch Jemina all das angetan haben. Sie alle mussten und müssen noch immer viel Feingefühl beweisen, um die vielen verlorenen Jahre aufzuarbeiten. Daria versteht nach und nach immer mehr, was ihr angetan wurde und sie ist nun bereit, sich ihrer Familie völlig zu öffnen. Sie sind diesen komischen Verlobten los und jeden Tag kommen sie sich näher, auch wenn Diego nicht so viel Zeit dafür hat, wie er möchte. Es gab keinen Tag, seit sie mit drei Jahren entführt wurde, an dem er nicht an sie gedacht hat.

Nun kommt sie öfter vorbei, wenn er zu Hause ist, oder er sieht immer für eine halbe Stunde in ihrem Haus vorbei, wenn er kurz aus dem Krankenhaus heraus ist. Dann reden sie viel, Diego erzählt ihr von den Dingen, die sie als Kinder zusammen gemacht haben und auch sie erinnert sich an einige Kleinigkeiten.

»Herzlichen Glückwunsch zum Geburtstag. Mama hat mir erzählt, dass du wegen mir deinen Geburtstag nicht mehr gefeiert hast, deswegen habe ich dir deinen Lieblingskuchen gebacken, der erste Kuchen, den ich in meinen ganzen Leben gebacken habe, wohlbemerkt, und ich hoffe, du bist bereit, dich ein wenig feiern zu lassen ...«

Diego lächelt und gibt ihr einen Kuss auf die Wange, sobald er bei ihr ist. Er setzt an, etwas zu sagen, doch seine Schwester hebt die Hand. »Ich bin wieder da und ich denke, zumindest ein Stück Kuchen könnten wir schon zusammen essen, oder?«

Diego legt den Arm um seine Schwester und küsst ihre Stirn. »Dass du wieder bei uns bist, ist das größte Geschenk, mehr kann ich mir nicht ...« Die Haustür war noch offen und nun kommen sein Vater und sein Bruder herein.

»Das ist natürlich das Schönste, doch komm mal raus gucken, da steht auch etwas Nettes.« Diego sieht seinem Bruder in die Augen, als er kommt, ihn frech angrinst und umarmt. »Alles Gute, mein Kleiner.« Diego lacht leise auf. »Du wirst niemals auf mich hören, oder?« Dario legt den Arm um Diego. »Ich bin älter, das geht gar nicht.«

Nun ist sein Vater bei ihm und umarmt ihn. »Alles Gute, ich bin unglaublich stolz, was für ein Mann du geworden bist, mein Sohn. Dein Bruder und ich haben uns alle Mühe gegeben, dich mal wieder so richtig zu überraschen, was bei dir so gut wie unmöglich ist, also komm. Ich bin gespannt, was du sagst.«

Nun kommen auch Daniel und seine Mutter in sein Haus, auch sein kleiner Bruder gratuliert ihm, während sie alle zusammen vor die Haustür gehen, wo Diego stockt. Als er gerade nach Hause gekommen ist, hat er genau hier sein Auto geparkt, doch nun steht vor ihm das Auto, was sie sich vor knapp zwei Wochen in einer Zeitung angesehen haben. Es ist noch gar nicht auf dem Markt, es wurde gerade mal angekündigt, doch Diego war sofort in den schwarzen Flitzer verliebt. Wie auch immer sie es geschafft haben, an diesen Wagen zu kommen, der noch gar nicht im Handel erhältlich ist ... nun steht er hier vor ihm und Dario überreicht ihm grinsend den Autoschlüssel.

»Dass ich dich noch einmal so sprachlos sehen würde, hätte ich nicht gedacht.«

»Wie habt ihr das ...?« Sein Vater legt den Arm um Diego und er bedankt sich bei ihm und auch bei Dario, sein Bruder wird all das in die Wege geleitet haben. »Allein dich einmal überraschen zu können, war all die Mühe wert, wir sind ihn gerade bis hierher gefahren und es ist mir nicht leichtgefallen, da wieder auszusteigen.«

Diego lacht auf und sie sehen sich das Auto genauer an, Diego steigt ein und kann es gar nicht erwarten, damit zu fahren. Auch Daria setzt sich hinten rein und Diego fährt einmal durch ihr Gebiet, Daniel neben ihm schaltet laut die Musik ein und Dario, sein Vater und seine Mutter beobachten das alles lachend.

Eleonora kommt aus Darios Haus herüber, als sie wieder vor Diegos Haus halten und aussteigen. Sein süßer Neffe Nael greift schon nach ihm mit seinen kleinen Händchen. Diego nimmt ihn sofort auf seinen Arm und küsst seine weichen Wangen.

Seine Familie hat es wirklich geschafft, er steht völlig sprachlos da und das will bei ihm schon einiges heißen. Eleonora umarmt ihn und gratuliert ihm, bis Daria in die Hände klatscht. »Adrian, Sergeo und Abel haben schon den Grill angezündet und der Kuchen muss auch noch gegessen werden. Wir wissen, dass du nicht feiern möchtest und zurück ins Krankenhaus willst, doch Dario hat euren Termin schon heute morgen erledigt und somit hast du die zwei Stunden frei.« Seine Mutter sieht ihm in die Augen.

»Wir alle lieben dich, Diego, und auch wenn du nicht feiern möchtest, wollen wir dich feiern, also komm. Lass uns essen gehen, tu deiner Mutter den Gefallen.«

Dario neben ihm klopft ihm auf die Schulter und alle gehen zum Haus, in dem Daria zur Zeit lebt. Schon von hier erkennt Diego einen gut gefüllten Tisch und hört die Musik. Er schüttelt den Kopf über seine verrückte Familie und weiß gleichzeitig, wie dankbar er sein kann, mit ihnen gesegnet zu sein.

Diego sieht seinen Neffen an, der noch immer auf seinem Arm sitzt und ihn freudig anstrahlt. Er sieht Dario sehr ähnlich und somit auch ihm. Diego kann nicht genug von dem Kleinen bekommen und sieht ihm nun aber ernst in die Augen.

»Ich sage dir, es wird nicht leicht, bei den Da Silvas groß zu werden.«

Dario lacht auf und Nael klatscht in die Hände, als er seinen Vater ansieht, dann greift er nach Diegos goldener Kette und dem Kreuzanhänger. Darios hübsche Freundin lächelt und schiebt Diego sanft zum Haus seiner Schwester.

»Komm schon, lass uns für ein paar Minuten alles vergessen und feiern, das tut uns allen gut nach den letzten Wochen.«

Auch wenn Diego seinen Geburtstag nicht feiern wollte, genießt er die nächsten Stunden entspannt mit seiner engsten Familie. Sie alle sind froh, dass sie die letzten Wochen und all das Chaos hinter sich gelassen haben, doch Diego ahnt, dass vor ihm noch einiges liegt, was er zu bewältigen hat, deswegen hebt er sein Glas, stößt mit allen an und wappnet sich innerlich all dem, was auf ihn zukommen wird.

Kapitel 2

Es fühlt sich fast so an, als würde Jemina aus einem dichten Nebel emporsteigen.

Sie öffnet ihren Mund, um tief einzuatmen, und ihre Lungen füllen sich mit frischer Luft. Sie hat Mühe, ihre Augen zu öffnen, ihre Lider sind schwer, doch dann schafft sie es und sieht auf eine weiße Decke. Einen Moment denkt sie, sie liegt wirklich im dunklen Nebel, bis sie merkt, dass es dunkel im Raum ist.

Noch einmal atmet sie schwer ein, sie bewegt ihre Arme und ein stechender Schmerz durchfährt sie. Ein leises, kratziges Aufstöhnen kommt über ihre Lippen, viel zu leise und kraftlos für den Schmerz. Sie schließt noch einmal die Augen. Was ist hier los?

Sie versucht, ihre Gedanken zu sortieren, doch ihr Verstand scheint noch nicht wach zu sein, deswegen öffnet sie noch einmal die Augen. Sie liegt angelehnt an einem weichen Kissen; als sie ihre andere Hand bewegen will, geht das ohne Schmerzen. Sie reibt sich die Augen und wird wacher. Sie erkennt, dass sie in einem Krankenzimmer ist, zumindest wirkt es so. Es muss mitten in der Nacht sein, alles ist dunkel, bis auf eine kleine Lampe an ihrem Bett.

Als Jemina zur anderen Seite schaut, sieht sie auf den schlafenden Diego. »Diego ...« Verwunderung und Erleichterung breiten sich in ihrer Brust aus, als sie in sein vertrautes Gesicht blickt. Er schläft auf einem Sessel, seine dichten Wimpern liegen auf seinen Wangen, er hat einen leichten Dreitagebart und tiefe Schatten liegen unter seinen Augen. Was tut Diego hier bei ihr? Sie weiß noch, dass sie ihn gesehen hat, er hat sie getragen und ...«

»Jemina, hey, atme ruhig. Komm her, ich bin da.« Als mit einem Mal die Erinnerungen aus dem Nebel auftauchen, ringt sie nach Atem. Sie hat das Gefühl, von einem Laster gerammt worden zu sein, ihre Brust schmerzt und sie bekommt keine Luft, doch da holt Diego sie zurück ins Krankenzimmer. Sie muss ihn geweckt haben, seine Arme umfassen sie und sie atmet den vertrauten Duft ein. Der Geschmack von Rauch und Blut auf ihrer Zunge weicht und sie atmet den Duft ein, der ihr Herz jedes Mal schneller schlagen lässt. Sie schafft es, ihre Augen zu öffnen und ruhiger zu atmen, als sie seine Brust an ihrer Wange spürt, seinem Herzschlag lauscht und seine Lippen an ihrem Scheitel spürt.

»Beruhige dich, ich bin da, es ist alles gut.« Nach und nach beruhigt sich ihr Atem und sie löst sich von Diego, um ihn anzusehen. »Wo ist er? Wo ist mein Vater? Wo haben sie ihn hingebracht ... hast du mich gefunden? Hast du mich gesehen, wo ...?«

Ihre Stimme ist so schwach und leise, obwohl ihr Herz viel zu aufgebracht in ihrer Brust schlägt und sie am liebsten laut los-schreien würde. »Beruhige dich, Jemina, atme tief ein, du bekommst kaum Luft.« Diegos dunkle Augen sehen sie bittend an, sie hört auf ihn, atmet tief ein und er streicht ihre Haare nach hinten. »Hast du Schmerzen? Soll ich dir etwas bringen? Du hast sehr lange geschlafen und du wurdest dreimal operiert.«

Es bilden sich so viele Erinnerungen und gleichzeitig Fragen in ihrem Kopf, dass sie nicht weiß, wo sie anfangen soll. Zudem spürt sie immer mehr, dass ihr Körper schmerzt. Diego beugt sich zu ihr und küsst ihre Stirn, dann wendet er sich zu einem Tisch und gießt ihr ein Glas Wasser ein, dabei bleibt er bei ihr auf dem Bett sitzen. Jemina sieht sich noch einmal um und eine Erinnerung trifft sie so unvorbereitet, dass sie zusammenzuckt und ihr die Tränen die Wangen herunterlaufen: ihr Vater.

»Wo ist er, Diego? Wie habt ihr uns gefunden und wo sind wir hier? Wo ist mein Vater? Sie haben ihn weggebracht, ich ... du musst ...« Sobald Jemina zu sprechen beginnt, fehlt ihr die Luft zum Atmen. Diego reicht ihr das Glas Wasser und als sie nach ihrem Vater fragt, senkt er eine Sekunde seinen Blick. Jemina trinkt das Glas leer, um endlich die Kraft zu haben, ihre Fragen zu stellen, während Diegos Blick über ihr Gesicht gleitet und bei ihren Tränen verweilt.

»Wir wussten nicht, was los ist, Jemina. Du weißt, dass wir sofort gekommen wären, doch als wir in Honduras waren und alles erfahren haben, war es schon … an was erinnerst du dich?«

Das ist der Moment, wo alles zusammenbricht, weil alles zurückkommt und sie kann ihre Tränen nicht mehr aufhalten. Wie kraftlos sie auch sein mag, ihr Schluchzen schallt durch den gesamten Raum, während Diego sie wieder in seine Arme nimmt und ihr wortlos Halt gibt.

Sie hört die Tür aufgehen und spürt, wie sich Diegos Griff um sie verstärkt, als wolle er verhindern, dass jemand ihr zu nahe kommt, und genau das braucht sie in diesem Moment mehr als alles andere. »Brauchen Sie Hilfe? Soll ich ihr etwas zur Beruhigung geben?« Diegos Stimme vibriert in ihrem Körper. »Nein, wir kommen schon klar, wenn etwas ist, rufe ich Sie.«

Die Tür schließt sich wieder und Jemina schüttelt den Kopf. »Ich konnte nur einen Moment in das Zimmer sehen und dort war alles voller Blut, Diego, alles.« Jemina wünschte, sie könnte die Bilder vergessen, doch sie sind sofort wieder da, genau wie der Geschmack von Blut und Rauch in ihrem Mund.

»Hast du sie auch gesehen? Hat jemand das überlebt? Ist noch jemand weggebracht worden? Leben meine Mutter und …?« Jemina wendet sich so, dass sie Diego in die Augen sehen kann, doch in diesem Moment muss er nicht antworten, sie kennt die Antwort, sie kann sie in seinem Gesicht ablesen und sie reibt sich müde über die Stirn. Wieder überkommt sie dieses Gefühl, das sie die ganzen Stunden in diesem Raum hatte, diese absolute Machtlosigkeit, die sie um den Verstand gebracht hat.

Wieder fährt ihr dieses Gefühl durch alle Knochen und der Geschmack des Rauches bringt sie um den Verstand. »Ich brauche frische Luft.« Sie sieht hoch und sofort wieder in Diegos Augen, der sie unsicher beobachtet. Er steht auf und geht zum Fenster, um es zu öffnen, doch Jemina schlägt die Decke zur Seite und stockt. Sie trägt nur ein zartes, weißes Krankenhaushemd, ihr Arm schmerzt, doch sie ignoriert es und sieht auf ihre Arme und Beine, auf die vielen Wunden und Narben. All die Sachen, die er getan hat, kommen hoch, als würde sie wieder auf diesem Bett liegen und die Schmerzen der Verbrennungen spüren und dabei diesen lüsternen Blick auf sich spüren. Sie wird diesen Blick niemals wieder vergessen.

Unbewusst hat Jemina ihre Beine an sich gezogen, sie umarmt sie und atmet ruhig, versucht aus diesem Zimmer zu fliehen, bis die raue Stimme von Diego sie da herausholt. »Jemina, sieh mich an! Willst du aufstehen?« Sie schüttelt den Kopf und sieht ihn an. Für einen Moment kommt es ihr fast so vor, als wären sie wieder zehn und hätten sich auf ihrem Hof versteckt, um sich Geheimnisse anzuvertrauen und sich schüchtern auf die Wange zu küssen.

»Diego, er hat mich … er hat mir furchtbar wehgetan. Ich wollte nur noch sterben und ich konnte nichts tun. Ich … er hat mich getötet und mich gleichzeitig am Leben gelassen, er hat … er ist ein gefährliches Tier, er …« Diego setzt sich wieder vor sie und seine Hand legt sich auf ihren Arm. »Er ist tot. Sie alle leben nicht mehr, Jemina, wir konnten das nicht verhindern, doch wir haben das alles beendet. Es tut mir so leid, dass ich dich nicht davor schützen konnte.«

Jemina muss trotz der Schmerzen und der Erinnerungen matt lächeln, das ist so typisch Diego. Sie wischt sich die Tränen weg und atmet tief ein.

»Wir waren im Haus am Meer. In der letzten Zeit, wenn mein Vater weggeflogen ist, wurden wir Frauen und Kinder immer dorthin gebracht. Ich habe mitbekommen, dass die Guerillas viel Ärger gemacht haben und mein Vater Sorgen deswegen hatte. Ich wusste, dass er vorhatte, sie anzugreifen, doch ich habe nicht geahnt, wie gefährlich sie wirklich sind.

Wir waren im Haus und es waren auch einige Männer bei uns, die aufgepasst haben. Wir waren den ganzen Tag am Meer und haben am Abend gegrillt. Es war sehr schwül in der Nacht, die Kinder haben schon geschlafen und auch die meisten Frauen, meine Mutter ist auch bereits im Bett gewesen. Marina und ich haben dann beschlossen, mit den Matratzen aufs Dach zu gehen, um besser schlafen zu können und dort sind wir auch ziemlich schnell eingeschlafen.«

Wenn Jemina jetzt all das noch einmal durchgeht, schnürt sich ihre Brust zusammen. Der Tag war so schön, sie hatten viel Spaß zusammen und Jemina weiß noch, wie ihre Mutter zusammen mit zwei ihrer Tanten den 25. Hochzeitstag ihrer Eltern geplant haben. Ihr Vater und ihre Mutter wollten sich noch einmal das Jawort geben und sie haben sich zusammen viele Kataloge mit Dekoration und Kleidern angesehen.

Jemina atmet tief ein, als diese Erinnerungen sie einholen und sie spürt Diegos Hand um ihre. Er hat ihr die Decke wieder umgelegt, damit sie nicht friert. Ihre Stimme ist brüchig. »Es war so ein schöner Tag … Marina hat mich wach gemacht. Sie sagte, sie hat Schreie gehört und als ich dann aufgewacht bin, habe ich schon Rauch gerochen. Wir haben über die Mauer des Daches nach unten in den Garten und zum Meer gesehen. Dort standen viele Boote und im anderen Teil des Hauses hat es schon gebrannt, genau wie im kleinen Gästebungalow, wo Josh und seine Freunde geschlafen haben.

Wir haben nicht gewusst, was los ist und dann haben wir die Schreie gehört … es waren so laute und schreckliche Schreie und immer wieder Schüsse. Aus Reflex wollte ich sofort runter und helfen, nachsehen, was los ist, doch Marina hat mich zurückgehalten und hat gesagt, wir sollen uns verstecken. Bevor wir allerdings überhaupt etwas tun konnten, stand plötzlich ein Mann vor uns.«

Jemina wird diesen Anblick niemals wieder vergessen. Der Mann war übergewichtig und trug eine schwarze Shorts mit einem weißen Unterhemd, was über und über mit Blut vollgespritzt war. „Sieh an, was wir hier noch haben." Jemina wird das nie wieder vergessen.

»Wir konnten nicht einmal blinzeln, so schnell hat er seine Waffe gehoben und Marina in den Kopf geschossen. Marina, meine Cousine Marina … weißt du noch, wie du ihr einmal eine Spinne auf den Kopf geworfen hast?«

Sie sieht Diego an, diese Erinnerungen ersticken sie und gleichzeitig muss sie daran denken. Sie kann es nicht glauben, sie war dabei, sie hat es gesehen, erlebt, und doch hört sich das so unglaublich an. Er nickt und hält weiter ihre Hand. »Der Mann hat seine Waffe gehoben und auf meinen Kopf gezielt …« Jemina hält ein. »Doch er hat nicht abgedrückt. Er hat gesagt, dass ich etwas Besonderes bin und Juma sich freuen wird. Ich konnte nichts tun, ich war vollgespritzt mit Marinas Blut und ich habe nicht einmal reagiert, als der Mann mich an meinen Haaren gepackt hat und die Treppe nach unten gebracht hat. Erst da habe ich bemerkt, dass die Schreie vorbei waren. Er hat mich durch den Flur gebracht und ich konnte in die Zimmer sehen, wo überall Blut war, überall war Blut an den Wänden, auf dem Boden, und es war so ruhig. Ich habe in das Zimmer gesehen, wo einige Kinder geschlafen haben und sie dort liegen sehen, mehr konnte ich nicht erkennen, der Mann hat mich rausgebracht, während andere Männer im Haus Benzin verschüttet haben und alles angezündet haben.«

Bei diesen Erinnerungen sieht Jemina auf die Bettdecke, sie kann den Rauch noch riechen und das Blut schmecken.

»Erst als wir kurz vor den Booten waren, habe ich angefangen, mich zu wehren und zu schreien, davor war ich wie in einer Starre. Ich wusste, dass sie mich lieber töten sollten als mitzunehmen, doch nicht einmal das habe ich geschafft. Der Mann hat mich geschlagen, so brutal, dass ich erst wieder wach wurde, als ich auf einem Boot unter Deck eingesperrt war. Ich weiß nicht mehr, wie lange ich dort drinnen war, doch dann haben sie mich mit einer Waffe am Kopf auf eine Autoladefläche gebracht und wir sind in ein Dorf gefahren. Dort bin ich in eine Hütte in ein Zimmer gebracht worden, was ich nicht mehr verlassen habe.«

Jemina schüttelt den Kopf. »Dieses Monster … Juma kam zu mir. Ihm hat offenbar gefallen, was er gesehen hat und er hat mir gesagt, dass es sich nur um ein paar Stunden handeln kann und mein Vater würde ins Dorf einfallen …« Sie sieht Diego in die Augen. »Ich war so dumm, ich habe gebetet und gehofft, dass er das tut. Dass mein Vater kommt und mich rausholt. Juma hat mich gefesselt und auch wenn ich alles versucht habe, konnte ich nicht verhindern, was er getan hat. Ich wollte unbedingt, dass mein Vater kommt und dann kam er auch. Ich weiß nicht, wie viel Zeit vergangen war, als die Tür wieder aufging und sie meinen Vater und meinen Onkel Ramos reingebracht haben. Im ersten Moment war ich so glücklich, bis ich begriffen habe, dass sie gefesselt und ihre Gefangenen waren. Ich hätte mir nie wünschen dürfen, dass sie mich finden, ich …«

Diego streicht ihr ihre Tränen weg. »Das ist ganz normal. Juma wollte genau das erreichen, er wollte die Wut deines Vaters und dass er unüberlegt handelt, nur so konnte er es schaffen, ihn in eine Falle zu locken.«

Sie nickt.

»Juma hat mich vor den Augen meines Vaters geschlagen und Zigaretten an mir ausgedrückt. Er wollte ihn quälen und er hat es geschafft. Auch wenn er gefesselt war und mit Waffen bedroht wurde, konnten ihn Jumas Männer kaum bändigen, und bevor Juma noch weiter gehen konnte, mussten sie ihn rausbringen. Danach habe ich meinen Vater nicht mehr gesehen, ich war noch einige Stunden wach, habe mich gewehrt, wenn Juma kam, doch irgendwann lassen meine Erinnerungen nach, ich weiß noch, dass du da warst und dass ich in deinen Armen wach geworden bin …«

Nun greift sie nach Diegos Hand.

»Wann seid ihr gekommen? Konntet ihr meinen Vater und seine Männer befreien? Hat jemand überlebt aus dem Haus, was ist mit meiner Mutter, meinen Schwestern …?« Sie hat nicht viel Hoffnung, dass alle überlebt haben, nicht alle, aber sicher einige. Sie hat sich geweigert, darüber nachzudenken, doch als sie jetzt in Diegos Augen sieht, weiß sie, dass ihr Albtraum noch nicht zu Ende ist.

Kapitel 3

»Sie spricht nicht.«

Eine bescheidene Feststellung seines Vaters. Diego reibt sich über die Augen und geht zum Fenster, um es wieder zu schließen. Er hat frische Luft gebraucht, eine Schwester bezieht das Bett neu und Diego atmet tief ein.

»Sie hat gesprochen. Als sie in der Nacht wach geworden ist, hat sie mir alles erzählt. Es muss der absolute Horror für sie gewesen sein. Sie hat auch von Raphael erzählt und was er sich noch mit ansehen musste ...«

Er bricht ab, seinen Vater trifft das mit seinem alten Freund auch sehr hart. Sie waren ihr Leben lang befreundet, vielleicht sollte er nicht unbedingt erfahren, dass er noch zusehen musste, wie seine Tochter gequält wurde, bevor ihm der Kopf abgeschnitten wurde.

»Ich hatte das Gefühl, sie bricht komplett zusammen, als sie mir all das erzählt hat, doch sie hat es ausgehalten, nur um mich dann anzusehen und mich zu fragen, wie es ihrer Familie geht, ob wir ihren Vater retten konnten und ob welche aus dem Haus überlebt haben und wo ihre Familia ist. Sie hat geglaubt, es hat jemand überlebt.«

Nun senkt sein Vater den Blick.

»Ich habe Jemina noch niemals angelogen. Ich wollte versuchen, ihr das noch nicht sagen zu müssen, doch sie kennt mich natürlich auch und am Ende musste ich es ihr sagen. Sie weiß jetzt, dass niemand überlebt hat, dass sie die letzte aus ihrer Familie ist und es nur noch eine Handvoll Männer ihrer Familia gab, die alle zurück zu ihren Familien oder in ihre Städte sind, um das, was sie gesehen haben, zu vergessen. Sie hat mir zugehört und mich immer wieder gefragt, ob ich sicher bin. Dann ist sie zusammengebrochen. Ich konnte sie nicht mehr beruhigen, die Schwestern sind gekommen und haben ihr ein Beruhigungsmittel gegeben, seitdem sitzt sie einfach nur da und spricht nicht. Sie sieht aus dem Fenster und reagiert kaum noch. Ich war überrascht, dass sie sich von dir hat in den Arm nehmen lassen.«

Sein Vater setzt sich auf den Sessel neben das Bett. Er ist vor einer Stunde gekommen und hat Jemina lange in den Arm genommen. Jemina hat auch in seinen Armen noch einmal zu weinen begonnen. Diego hat die ganze Zeit einen Kloß im Hals. Er ist fast wahnsinnig geworden, Jemina so verletzt und hilflos zu sehen. Als sie in der Nacht wach wurde, wurde das besser. Das erste Mal konnte er etwas tun, er hat sie im Arm gehalten und ihr Halt gegeben. Sie hat sich an ihn gekrallt und es hat immer wieder eine Weile gedauert, bis sie sich beruhigt hat, doch es hat sich besser angefühlt, einfach weil er etwas tun konnte. Doch dann hat sie begonnen zuzumachen, nachdem sie erfahren hat, dass niemand außer ihr überlebt hat, und als er gesehen hat, wie sie noch einmal zusammengebrochen ist, konnte er kaum hinsehen. Er weiß einfach nicht, was er tun kann, um Jemina all das abzunehmen, um ihr diese Schmerzen nehmen zu können. Sein Verstand weiß, dass er ihr das nicht abnehmen kann, es geht nicht, doch sein Herz will es nicht glauben.

Nachdem sein Vater sie wieder etwas beruhigen konnte, sind die Schwestern gekommen und haben Jemina geholfen, das erste Mal aufzustehen, was lange gedauert hat. Ihr Körper ist so geschwächt, ihr Kreislauf noch sehr instabil und sie hat auch noch eine Menge Schmerzen. Doch nach und nach ging es, sie sind mit ihr ins Bad gegangen, helfen ihr, sich zu duschen und anzuziehen und sind nun schon eine ganze Weile darin verschwunden.

Seine Mutter hat gestern schon eine Tasche mit neuer Kleidung für Jemina mitgebracht, damit sie etwas anderes als die Krankenhaussachen zum Anziehen hat.

»Du darfst nicht unterschätzen, wie lange unsere Familien sich schon kennen. Ich habe Jemina am Tag ihrer Geburt in meinen Armen gehalten, weil ich zu der Zeit gerade in Honduras war.«

Die Tür geht auf und zwei Krankenschwestern kommen mit Jemina zurück. Sie läuft noch immer sehr langsam, aber etwas sicherer. Statt des Krankenhaushemdes trägt sie nun eine schwarze Leggins und ein weißes T-Shirt, was viel zu groß an ihrem zarten Körper ist.

Diego hat Jemina das letzte Mal vor knapp einem halben Jahr gesehen, doch trotzdem erkennt er, dass ihre Beine und Arme viel dünner als sonst sind, auch ihr Gesicht wirkt schmaler und noch blasser. Sie haben den Föhn gehört und nun fallen Jeminas lange blonde Haare auf ihren Rücken hinab. Sie sieht einen Moment zu Diego und seinem Vater. Es ist Diego sofort aufgefallen, nachdem sie das erste Mal richtig wach geworden ist, ihre schönen grünen Augen strahlen nicht mehr. Im ersten Moment dachte er, das liegt an der Dunkelheit im Raum, doch auch jetzt erkennt er es klar und er versteht es. Sie hat ihm umschrieben, was alles passiert ist, doch er ist sich sicher, dass er einiges noch nicht weiß, und man sieht ihr das auch sofort an.

Noch immer erkennt man die Stellen, an denen sie ans Bett gefesselt war, auch nach diesen Tagen sind die wunden Stellen am Handgelenk noch zu sehen. Man sieht die vielen Wunden noch, selbst wenn sie mittlerweile heilen. Eine weitere Schwester kommt in den Raum und bringt Mittagessen herein. Von ihrem Frühstück hat Jemina nichts angerührt, egal wie lange Diego auf sie eingeredet hat. Auch jetzt schiebt sie das Tablett weg und setzt sich auf ihr Bett.

Die Krankenschwestern bleiben bei ihr. Sie zahlen viel dafür, dass Jemina alles bekommt, was sie braucht. Eine Schwester bindet ihr einen Zopf, eine andere misst ihren Puls und trägt anschließend eine Salbe auf ihre Wunden auf.

»Fühlst du dich besser?« Diego setzt sich zu ihr aufs Bett. Sie sieht ihn aus ihren großen Augen an, die Schwestern sind fertig und verlassen den Raum wieder, lassen aber das Tablett mit dem Essen bei ihnen stehen. Jemina sagt nichts, sie lehnt sich erschöpft zurück und sieht wieder aus dem Fenster. Sie wirkt wieder sehr müde. Sie ist nun schon eine Weile wach und sie braucht noch immer viel Ruhe. »Willst du nichts essen, Jemina? Du musst wieder zu Kräften kommen.« Auch sein Vater versucht, an sie heranzukommen, doch Jemina schüttelt nur den Kopf. Er erkennt die Tränen, die sich erneut in ihren Augen bilden. Wenn er nur wüsste, wie er ihr helfen kann.

Es klopft und der Arzt, der sie auch operiert hat, tritt in den Raum. Er lächelt und begrüßt sie, dann wendet er sich an Jemina und greift nach ihrem Arm. Es geht blitzschnell. Jemina hat diese Berührung nicht kommen sehen, und während sie keine Probleme damit hatte, ihn und seinen Vater an sich heranzulassen, zieht sie ihren Arm zurück und weicht im Bett so weit es geht weg.

»Schon gut, es tut mir leid. Ich wollte Sie nicht erschrecken.« Diego wird sofort wachsam, natürlich weiß er, dass der Arzt Jemina nicht wehtun möchte, doch er rückt automatisch enger zu ihr. »Die Blutergebnisse zeigen mir ja, dass Sie auf dem Weg der Besserung sind, darf ich?« Er deutet auf die Wunde an ihrer Stirn, die verbunden war und seit dem Duschen offen ist. Jemina nickt leicht, doch sie beobachtet wachsam jede Bewegung des Arztes. »Das sieht gut aus, ich werde nachher meine Kollegin vorbeischicken, die sich die Operationsnarben noch einmal ansehen wird. Sie sollten sich noch etwas ausruhen, Ihr Körper heilt und das ist Höchstarbeit für ihn. Essen Sie etwas, trinken Sie viel und ruhen Sie sich aus. Könnte ich Sie einen Moment sprechen?«

Diego nickt und sieht zu Jemina, doch die hat sich tiefer ins Kissen gelegt und blickt wieder an ihnen vorbei zum Fenster. Sein Vater und er stehen beide auf und folgen dem Arzt vor die Tür. Der Arzt schließt leise die Tür und sieht ihnen dann unsicher in die Augen. Natürlich haben alle hier Respekt vor ihnen, der Arzt räuspert sich.

»Ich kenne natürlich Ihre Familia, die Da Silvas, und es würde mir auch niemals einfallen, mich irgendwo einmischen zu wollen, nur … ich weiß ja nicht, in welchem Verhältnis Sie zu der Frau da drinnen stehen, doch diese Behandlung hier wird nicht ausreichen.« Sein Vater kommt ihm zuvor. »Sie ist die Tochter meines Geschäftspartners und sehr guten Freundes und nun kümmern wir uns um sie. Was genau meinen Sie, was für eine Behandlung braucht sie weiter? Muss sie noch einmal operiert werden?«

Der Mann sieht einen Moment zu Diego, vielleicht ahnt er, dass Jemina für ihn mehr ist als nur die Tochter des Freundes seines Vaters. Er hat Tag und Nacht an ihrer Seite verbracht und das ist niemandem hier entgangen. »Nicht diese Art von Behandlung. Es wurden keine konkreten Angaben gemacht, aber anhand ihrer Verletzungen sieht man, dass sie einiges durchgemacht haben muss ...« Diego unterbricht ihn. »Der Mann, der das getan hat, atmet nicht mehr. Wir wissen, dass Jemina verstört ist, sie hat einiges zu verarbeiten, nicht nur das, was ihr angetan wurde, sie hat auch ihre gesamte Familie verloren und das gerade erst erfahren. Wir werden sie mit zu uns nehmen und dafür sorgen, dass sie die Ruhe hat, um mit alldem fertig zu werden.«

Der Arzt hebt die Augenbrauen. »Sie hat niemanden mehr aus ihrer Familie?« Diego antwortet statt seines Vaters, der auch ansetzt, etwas zu sagen. »Sie hat mich ... und meine Familie.« Er spürt den Blick seines Vaters auf sich, doch er ignoriert ihn. Sie alle wissen, dass Jemina ihm schon immer wichtig war.

»Sie hat ein schweres Trauma erlitten, jeder Mensch geht anders damit um, doch sie sollte unbedingt psychologisch betreut werden. Es gibt Kliniken dafür und ich würde ihr dringend empfehlen, solch eine aufzusuchen. Dort kann man ihr helfen, all das zu verarbeiten und damit umzugehen. Ich würde das wirklich dringend empfehlen, es gibt einige gute Kliniken, die ich ihnen zusammenstellen kann.«

Natürlich weiß auch Diego, dass all das nicht so einfach aufzuarbeiten sein wird, doch der Gedanke, Jemina in eine weitere Klinik zu bringen, gefällt ihm gar nicht. Erst einmal muss sie zur Ruhe kommen und dann können sie sehen, wie es weitergeht. »Danke für Ihre Mühe, wir wissen das wirklich zu schätzen und werden mit Jemina besprechen, wie es weitergeht. Das müssen wir generell, sie muss sich auch überlegen, wohin sie möchte, ob sie bei uns in Puerto Rico bleiben will, oder was sie vorhat, doch zuerst muss sie zur Ruhe kommen und trauern können und dann sehen wir weiter.«

Diego ist froh, dass sein Vater das übernimmt, er nickt nur noch einmal zum Arzt und geht ins Zimmer zurück. Jemina ist eingeschlafen. Er spürt, wie die Wut immer wieder in ihm hochkommt. Damit sie besser schlafen kann, zieht Diego die Vorhänge vor das Fenster und setzt sich wieder an ihr Bett. Vorsichtig deckt er sie komplett zu und sieht in ihr hübsches Gesicht. Er weiß, wieso diese Wut immer wieder in ihm hochsteigt und wieso sein schlechtes Gewissen ihn auffrisst. Hätte er nur ein wenig mehr auf sein Herz gehört, läge Jemina jetzt nicht hier.

Sein Vater kommt ins Zimmer und beendet ein Gespräch am Handy. »Das war Dario, ich begleite ihn zu einem Termin und dann kommen wir noch einmal her. Brauchst du noch etwas?« Diego schüttelt den Kopf. »Ich werde die Termine bald wieder selbst erledigen, ich ...« Sein Vater drückt einen Moment seine Schulter und gibt Jemina einen Kuss auf die Wange.

»Ich weiß. Nur weil Raphael und ich nichts dazu gesagt haben, bedeutet das nicht, dass wir nicht wussten, dass da mehr zwischen euch beiden ist und immer war. Im Grunde waren wir uns immer sicher, irgendwann zusammen mit euch beiden am Altar zu stehen. Es bricht mein Herz, dass es nun nicht so kommen wird.«

Mit diesen Worten verlässt sein Vater das Zimmer und Diego schließt die Augen.

Er wird die Nacht nie vergessen, als das zwischen Jemina und ihm mehr wurde als nur das Flirten zwischen zwei Freunden, die zusammen groß geworden sind.

Jedes Mal, wenn sie mit ihrem Vater bei ihnen zu Besuch war, oder sie bei ihnen in Honduras zu Besuch waren, waren Diego und Jemina unzertrennlich. Dario und seine Cousins haben sich darüber lustig gemacht, doch Diego war das egal. Er war immer wieder fasziniert von Jemina, sobald er ihr wieder in die Augen gesehen hat, egal wie alt er war. Doch ihre Leben waren zu weit voneinander entfernt und sie noch zu jung, um über so eine große Distanz Kontakt zu halten. So war es zwei- oder dreimal im Jahr für einige Tage immer wieder wie ein neues Kennenlernen und Diego war jedes Mal, wenn sie sich getrennt hatten, tagelang sauer und wütend, er hat sie vermisst, doch dann hat er weitergemacht, er wusste ja, dass sie sich bald wiedersehen würden.

Als sie jünger waren, haben sie sich alles erzählt. Sie sind jedes Mal weggelaufen und haben stundenlang miteinander gesprochen. Mit Jemina hat er am meisten über Daria gesprochen und sie hat ihm erzählt, wie groß ihre Angst um ihren Vater ist, wenn er zu Terminen unterwegs war, wo er sie nicht mit hingenommen hat, denn sie wusste, dass diese immer die Gefährlichen sind.

Jemina hat ihm mit dreizehn seinen ersten richtigen Kuss gegeben, danach hat er angefangen, all das zu genießen und hatte seine ersten Freundinnen, doch er wusste immer, dass nichts an diesen ersten Kuss herankommen würde.

In dieser Zeit hat sein Vater begonnen, Dario immer mehr darauf vorzubereiten, in der Familia mitzuarbeiten und ihn auch gleich mitgenommen. Sie hatten viele Termine und haben begonnen zu trainieren, und es war das erste Mal, dass sie knapp drei Jahre nicht auf Jemina und ihre Familie getroffen sind. Ihre Väter haben sich hin und wieder gesehen, doch sie haben sich mit den Familien länger nicht getroffen.

Erst am fünfzigsten Geburtstag von Raphael haben sie sich wiedergesehen.

Diego weiß es noch bis heute. Er hat in dieser Zeit oft an Jemina gedacht, doch er war sich sicher, dass diese Anziehungskraft zwischen ihnen mit den Jahren nachgelassen hat. Er war mittlerweile sechzehn und hat angenommen, dass Jemina, die inzwischen fünfzehn war, für ihn nur noch wie die anderen Mädchen eine von vielen sein wird.

Diego muss lächeln, als er an den Moment denkt, wo sie an dem Abend der Feier plötzlich vor ihm stand und er ein für alle Mal begriffen hat, dass Jemina niemals nur eine von vielen für ihn sein wird.

Sie war nicht mehr das hübsche kleine Mädchen, das ihn geküsst hat und die alle Geheimnisse von ihm kennt, sie ist älter und reifer geworden. Sie hatte damals schon eine gute Figur, ihre Haare waren in blonde Locken gelegt, sie hat ein kurzes weißes Kleid getragen und Diego war sofort wieder von ihr in den Bann gezogen.

Dario neben ihm hat bei der Begrüßung nur die Augen verdreht und schon gar nichts mehr dazu gesagt, als Diego sich zu ihr gesetzt hat.

Natürlich war es dieses Mal schwerer, sie waren keine kleinen Kinder mehr, beide sind älter geworden und die ersten Minuten waren ein wenig verschämt, doch dieses Band bestand noch und sie haben die ersten Hürden schnell hinter sich gelassen.

Es war eine große Feier, und Diego war die meiste Zeit mit Dario und seinen Cousins zusammen, genau wie Jemina bei ihren Cousinen und Freunden war, nachdem sie eine ganze Weile zusammen gesessen und miteinander geredet haben. Doch genau wie ihr Blick immer wieder auf Diego lag, so konnte er nicht anders und alles hat ihn immer wieder zu Jemina gezogen.

Nachdem der Kuchen angeschnitten war und die Leute zu tanzen begonnen haben, ist er zu ihr gekommen und hat ihr wortlos die Hand hingehalten, die sie ohne zu zögern genommen hat. Sie sind zum Strand und dort eine Weile spazieren gegangen. Das Merkwürdige war, dass Diego damals schon gelernt hatte, dass man Mädchen nicht alles sagen sollte, dass man gewisse Sachen für sich behalten sollte, doch das hat er bei Jemina nie getan. Niemals.

Sie war immer seine Jemina und er war immer ehrlich zu ihr. Er hat ihr erzählt, wie Diego und er ihre Beliebtheit bei Mädchen ausnutzen und Erfahrungen sammeln und zusammen mit ihren Cousins schon viel unterwegs sind.

Jemina hingegen hat ihm erklärt, dass es für sie natürlich schwerer ist. Sie ist die Tochter des Anführers der führenden Familia in Honduras und sie lernt nicht viele Jungs kennen, hin und wieder trifft sie sich heimlich mit ihren Cousinen mit einigen Jungs, doch mehr als ein paar Küsse sind dabei nicht herausgekommen.

Sie haben über so vieles gesprochen und plötzlich war es so, als wären die drei Jahre, die sie sich nicht gesehen haben, niemals gewesen.

Mitten am Strand haben sie sich gegen zwei Steine gelehnt und als Diego Jemina auf seinen Schoß gezogen hat und sie ihm zugeflüstert hat, dass sie ihn vermisst hat, hatte er das Gefühl, seinen allerersten richtigen Kuss zu bekommen.

Er hatte schon einige Küsse in der Zwischenzeit, doch sobald sich Jeminas Lippen auf seine gelegt hatten, wusste er, dass das etwas anderes ist. Er spürte sie und ihre Nähe in jeder Faser seines Körpers und das hat sich niemals geändert.

Sie saßen da am Strand in Honduras, haben sich geküsst und alles um sich herum vergessen. Diego hat sie im Arm gehalten und sie haben sich erzählt, was sie in den letzten drei Jahren erlebt haben.

Er hatte seinen kleinen Sonnenschein wieder bei sich. Ihr Lachen und ihr Lächeln haben ihn sofort wieder eingenommen. Als wäre sie sein kleiner persönlicher strahlender Sonnenschein, der mitten in der Nacht dort am Strand für ihn leuchtet.

Erst als die Sonne über ihnen aufgegangen ist, sind sie langsam zurückgelaufen, wo ihre Väter und Onkel schon auf sie gewartet haben und sie unter den belustigten Blicken von Dario und seinen Cousins den Ärger ihres Lebens bekommen haben. Sie haben sie die halbe Nacht gesucht.

Das hat sie allerdings nicht davon abgehalten, auch den nächsten Tag zusammen zu verbringen und in der Nacht, bevor er zurück nach Puerto Rico geflogen ist, hat Diego sich zu ihr ins Zimmer geschlichen. Sie haben damals in Raphaels Haus als ihre Gäste übernachtet und als alle geschlafen haben, ist Diego zu Jemina geschlichen.

Noch heute weiß er, wie besonders diese Nacht war. Sie haben sich auf eine andere Art und Weise kennengelernt. Diego kann noch immer, wenn er daran denkt, Jemina auf seinen Lippen schmecken, so sehr haben sich damals diese Stunden in ihm eingeprägt.

Für ihn war es nicht das erste Mal, er hat das tief bereut, als er immer wieder ihre Stirn geküsst hat, nachdem er das Blut auf dem Laken gesehen hat.

Jemina und er haben sich geschworen, sich nicht mehr so schnell zu verlieren, er hat sie die ganze Nacht in seinen Armen gehalten und wusste, dass diese Nacht für immer etwas in ihm verändert hat.

Danach ist noch so viel passiert zwischen ihnen, doch wenn er an Jemina denkt, dann kommt ihm immer wieder diese Nacht als eine der ersten Erinnerungen hoch und er fragt sich, wie er es zulassen konnte, dass ihr so etwas passiert. Er hätte das verhindern müssen, egal wie.

Diego streicht sich über die Augen und sieht in Jeminas schlafendes Gesicht.

Er beugt sich vor und küsst ihre Stirn.

»Es tut mir so leid, Sonnenschein.« Er setzt sich auf den Sessel und sieht ihr beim Schlafen zu, was ihn beruhigt, sie scheint friedlich zu träumen und es bricht ihm das Herz zu wissen, was ihr wieder bewusst werden wird, sobald sie aufwacht.

Diego ist müde. Müde von den Wochen, von seinem Gefühlschaos, von allem, was gerade passiert und er kann nicht gegen die Müdigkeit ankämpfen in diesem stillen Krankenhauszimmer.

Er träumt von dem, was sie in San Salvador vorgefunden haben, und als er seine Augen öffnet, um nachzusehen und sich zu vergewissern, dass sie Jemina da herausgeholt haben, blickt er direkt auf sie. Sie schläft nicht. Sie sitzt auf dem Bett, die Beine an ihren Körper gezogen, sie umarmt sich selbst, als hätte sie Angst, sonst auseinanderzubrechen und Diego sieht sofort, dass sie geweint hat. Er setzt sich auf und Jeminas grüne Augen sehen in seine.

»Bring mich hier weg, Diego!«

Kapitel 4

»Warte, ich helfe dir.«

Jemina beißt die Zähne zusammen, während sie sich in Diegos Auto setzt. Das Auto scheint neu zu sein und es ist tiefer als die meisten Autos. Es tut ihr sehr weh, sich hinzusetzen, doch Diego hilft ihr und schließt die Tür, sobald sie sitzt.

Ihr war nicht klar, wie Diego reagieren wird, wenn sie ihn darum bittet, sie aus dem Krankenhaus zu holen. Sie weiß, dass er das kann. Wenn sie etwas gelernt hat in den letzten Jahren, dann, dass es nichts gibt, was Diego Da Silva nicht kann. Es gibt niemanden in Lateinamerika, der mächtiger als er und sein Bruder Dario ist.

Es hätte sie auch nicht verwundert, wenn er gesagt hätte, sie soll noch warten, noch einige Tage im Krankenhaus bleiben, doch als er seine Augen geöffnet hat und Jemina ihn gebeten hat, sie aus dem Krankenhaus zu holen, hat er nur genickt und ist auf den Flur gegangen. Nicht einmal fünf Minuten später kam er zurück, hat alles in die Tasche gepackt und eine Krankenschwester hat sie mit einem Rollstuhl nach unten gefahren.

Nun sitzt sie im Auto und Diego steigt neben ihr ein.

»Alles klar?« Er sieht zu ihr, Jemina nickt, wendet sich ab und sieht aus dem Fenster. Sie beißt weiter auf die Zähne und versucht sich so hinzusetzen, dass sie bequemer sitzt, was Diego merkt und ihren Sitz so verstellt, das sie etwas mehr nach hinten liegt und sofort ist es besser. »Danke.« Sie spürt seinen Blick auf sich, doch erwidert ihn nicht. »Nicht dafür.«

Sein Handy klingelt und Diego fährt los. Jemina sieht auf die Straßen Puerto Ricos. Es hat sie hier schon immer an Honduras erinnert. Sie öffnet das Fenster des Autos und atmet tief ein, es fühlt sich ewig her an, dass sie richtig durchatmen konnte. Das letzte Mal war in der Nacht am Meer. Danach war sie nur noch eingesperrt, sie hat auf dem Kalender im Krankenhaus gesehen, dass es knapp einen Monat her sein muss.

Diegos raue Stimme dringt zu ihr und es fühlt sich ein wenig so an, als würde sie das erden. Sie hat das Gefühl, wie in einer Blase zu sitzen, ihr Körper fühlt sich fremd an, benutzt und einfach nicht wie ein Teil von ihr. Sie hat es nicht einmal gewagt, beim Duschen an sich herabzusehen und es war unerträglich, die Hände der Krankenschwestern auf sich zu spüren.

Immer wieder steigt ihr der Geruch von Feuer und Blut in die Nase, doch wenn sie Diego ansieht oder er bei ihr ist, sie sich auf ihn, seine Stimme oder seinen vertrauten Geruch konzentriert, dann fühlt sie sich wieder geerdet. Das kennt sie, das erinnert sie an das Leben, was sie gefühlt hat, an schöne Momente, und deswegen atmet sie tief ein und genießt das vertraute Vibrieren seiner Stimme durch ihren Körper, während er telefoniert.

Am Handy muss entweder Dario oder sein Vater sein, er sagt, dass sie das Krankenhaus verlassen haben und bald zu Hause sein werden. Jemina hat noch Schmerzen, sie sollte wahrscheinlich im Krankenhaus bleiben, doch sie weiß, dass die Da Silvas einen privaten Arzt haben. Es hat sie verrückt gemacht, all die Fremden Menschen um sich herum und die mitleidigen Blicke der Krankenschwestern. Zudem war alles fremd, es hat anders gerochen, die Geräte, der Geruch nach Sterilisation, sobald sie wach wurde, wollte sie nur weg da.

Sie war schon so oft bei Diego zu Hause und auf dem Gebiet der Da Silvas, dass es fast wie ihr zweites Zuhause ist, und gerade sehnt sich sich nach allem, was ihr Halt gibt und ihr das Gefühl von früher zurückbringt.

Ihr Hals schnürt sich zusammen, als sie in diese Richtung zu denken beginnt.

Seitdem Diego ihr gesagt hat, dass niemand aus ihrer Familie überlebt hat, schiebt sie diese Gedanken sofort von sich. Der Gedanke, ihre Mutter, ihren Vater und ihre Geschwister nie wie-

derzusehen, nie wieder mit ihrer Familia zusammen sein zu können, nie wieder nach Hause kehren zu können, all das raubt ihr
den Verstand. Wenn sie daran denkt, wie ihre Familie gestorben ist
und was sie als Letztes gesehen haben, kommt ihr bittere Galle
hoch, doch sie schiebt es so weit sie kann von sich, auch wenn sie
ahnt, dass ihr das nicht lange gelingen wird.

Erst als Diego hält, sieht sie richtig auf die Straße und erkennt,
dass er vor dem Imbiss gehalten hat, in dem sie jedes Mal waren,
wenn Jemina in Puerto Rico war. Sie liebt die Tacos hier.

»Kann ich dich ein paar Minuten hier alleine lassen?« Jemina sieht
zu ihm und nickt. Diego sieht ihr unsicher in die Augen, das hat sie
noch nie bei ihm gesehen: Unsicherheit. Er steigt aus und pfeift
laut. Der Mann an der Scheibe sieht zu ihnen und schickt jemanden raus. Diego bestellt mehrere Tacos, darunter ihre Lieblingstacos. Er gibt ihm Geld und setzt sich zurück zu ihr ins Auto.

Sie hat keinen Appetit, doch als sie an die Tacos denkt, spürt sie,
wie lange sie nichts mehr Richtiges zu sich genommen hat. »Ich
musste gerade daran denken, wie wir die ganze Nacht hier vor dem
Laden im Cabrio gesessen haben.« Diego lehnt sich zurück, und
wendet seinen Kopf zu ihr.

Jemina lächelt beim Gedanken an die Nacht. »Du wolltest nicht
wieder nach Hause fahren und frische Luft einatmen und wir
haben uns den Sonnenaufgang zusammen angesehen.« Noch
immer ist ihre Stimme sehr schwach. »Jetzt verstehe ich dich, ich
habe auch das Gefühl, keine Luft zu bekommen.«

Das war eine verrückte Zeit. Alles was Diego und sie betrifft, war
verrückt und zerreißend.

Jemina war gerade sechzehn geworden. Diego und sie sind sich
ein Jahr vorher auf der Geburtstagsfeier ihres Vaters nähergekommen. Sehr viel näher. Sie waren sich immer vertraut, doch da
haben sie richtig zusammengefunden.

Bis heute weiß sie noch, wie stolz sie damals war, wie glücklich
sie diese Nacht gemacht hat und wie traurig sie wurde, als Diego

und seine Familie wieder weggefahren sind. Rückblickend würden vielleicht einige sagen, dass sie es bereuen sollte, ihm damals alles von sich gegeben zu haben, doch auch wenn viele Streitereien, Tränen, Wut und Enttäuschung zwischen Diego und ihr liegen, hat sie diese Entscheidung niemals bereut, niemals. Sie hätte das keinem anderen Mann schenken können. Diego war schon immer alles für sie.

Er hat ihr versprochen, dass sie sich nun öfter sehen werden, doch ihnen beiden war klar, dass das nicht so leicht werden wird. Dario und er begannen gerade die Familie zu führen und hatten alle Hände voll zu tun, sie war bei ihrer Familie in Honduras. Sie haben sich geschrieben und Diego hat ihr Blumen und Geschenke geschickt, doch je mehr Wochen vergingen, desto mehr ist auch das wieder eingeschlafen.

Jemina war enttäuscht, das kann sie gar nicht abstreiten, auch wenn sie dieses Leben in einer Familie kennt und weiß, wie viel die Männer zu tun haben, hatte sie sich mehr erhofft. Diego hat ihr immer wieder versprochen, nach Honduras zu kommen und sie zu besuchen, doch er hat es nicht geschafft.

An ihrem sechszehnten Geburtstag hat sie einen Strauß mit sechzehn roten Rosen bekommen und eine feine goldene Kette mit einem Kreuz und einer wunderschönen Sonne als Anhänger. Das Kreuz, um sie schützen, die Sonne, weil er sie immer seinen Sonnenschein genannt hat, schon immer, schon seit Jemina denken kann.

Sie hat die Kette zurückgeschickt und die Blumen ihrer Schwester geschenkt und nicht mehr auf Diegos Anrufe und Nachrichten reagiert. Sie wollte keine teuren Geschenke, sie wollte nur, dass er sich Zeit für sie nimmt.

Nach diesem Tag wollte sie nichts mehr von ihm wissen, doch schon ein paar Wochen später wurde all das wieder umgeworfen. Jemina weiß noch genau, wie der Anruf kam, dass Diego und Dario das erste Mal bei einem Geschäftstermin angegriffen und beide verletzt wurden. Dariel soll außer sich vor Wut gewesen sein und ihr Vater ist sofort nach Puerto Rico geflogen.

Beim Gedanken an ihren Vater zieht sich wieder alles in Jemina zusammen.

Er war ihr bester Freund, auch wenn er immer etwas strenger zu ihr war. Sie weiß, dass er sie über alles geliebt hat, wenn sie Kummer hatte, konnte sie immer zu ihm gehen. Er hat sie überall mit hingenommen und hat ihr meistens schon in den Augen angesehen, wenn sie etwas bedrückt, sie musste noch nicht einmal etwas sagen.

Er war streng und hat immer alles im Blick gehabt, doch wenn es um Diego ging, hat er ihr niemals Steine in den Weg gelegt. Wahrscheinlich wusste er, wie viel Diego ihr bedeutet, wie stark dieses Band zwischen ihnen von klein auf war, ihre beiden Väter wussten das.

Keiner hat es in Frage gestellt, dass Jemina ihn begleitet, niemand hat etwas gesagt, als sie sofort zu Diego ins Zimmer gegangen ist, der eine Schusswunde im Bein hatte. Auch Dario hat einiges abbekommen, doch Diego wurde angeschossen. Als sie ankamen, lag er schon drei Tage nur zu Hause, nachdem er im Krankenhaus verarztet und operiert wurde. Jemina ist die nächsten Tage nicht von seiner Seite gewichen.

Egal wie sauer Jemina war, sobald sie wieder zusammen waren, er sie in den Arm genommen und ihr gesagt hat, wie sehr er sie vermisst hat, war das schon wieder vergessen. Er hat ihr die Kette umgelegt, die sie nicht annehmen wollte und sie hat sie von diesem Tag an immer getragen, bis sie sie vor etwa eineinhalb Jahren ganz abgelegt hat.

Sie ärgert sich darüber, dass sie damals so schnell wieder eingeknickt ist, doch Diego war schon immer etwas Besonderes für sie. Sie liebt seine dunklen Augen, die Art, wie er sie ansieht, Jemina hat so viel Kontakt zu mächtigen Männern, doch niemand war so anziehend für sie wie Diego oder ist auch nur annähernd in die

Nähe von ihm gekommen. Jemina hat irgendwann sehr jung ihr Herz an ihn verloren und es nie wieder erhalten, und dass er besonders gut damit umgegangen ist, davon kann auch nicht die Rede sein. Es hat lange gedauert, bis sie all das eingesehen und aus ihren Fehlern gelernt hat.

Doch damals war ihr all das egal. Sie war an seiner Seite und sie sind sich schnell wieder nähergekommen. Auf allen Ebenen nähergekommen. Irgendwann ist Diego mit ihr das erste Mal aus dem Haus gegangen und hierher gefahren, und dann haben sie die Nacht hier bei Tacos und frischer Luft verbracht. Es waren schöne Stunden, und auch wenn Diego sie schon viele Tränen gekostet hat, wird sie dieses Glück, was sie damals empfunden hat, niemals vergessen.

»Du wirst wieder besser atmen können, auch wenn es seine Zeit dauert.« Jemina sieht wieder aus dem Fenster, sie sagt nichts mehr dazu. Man sagt sehr schnell, die Zeit wird alle Wunden heilen und dass man irgendwann alles überwunden hat, doch wenn man dann wirklich etwas erlebt, was einem das Herz aus der Brust reißt und einen so zu Boden schlägt, begreift man erst, dass all das nur leere Worte sind.

Der Mann kommt zurück und bringt ihnen ihre Tacos. Diego reicht ihr die Packungen und öffnet eine, in der ihre Lieblingstacos liegen. »Tu mir den Gefallen, Jemina, du musst etwas essen.« Auch wenn sie keinen wirklichen Appetit hat, macht sich ihr Hunger bemerkbar und die Tage ohne richtige Nahrung zeigen ihre Wirkung, sobald dieser köstliche Duft sie umhüllt.

Diego fährt los und sie spürt immer wieder seinen zufriedenen Blick auf sich, während sie isst. Bis sie bei den Wachen des Da Silva-Gebietes angekommen sind, hat sie ihre zwei Tacos gegessen. Die Wachen grüßen sie und Diego fährt vor sein Haus.

Etwas weiter weg stehen Dario und sein Vater an einem Auto, sie scheinen auch gerade erst angekommen zu sein, kommen aber sofort zu ihnen. Dario öffnet die Tür und hilft Jemina aus dem

Auto, er küsst sie auf die Stirn und auch Diegos Vater ist da und sieht sie besorgt an.

»Soll der Arzt gleich kommen und nach dir sehen? Wir haben ihn schon informiert und er ist jederzeit bereit.« Jemina läuft langsam in die Richtung der Haustür. Jeder Schritt tut noch weh, doch der Schmerz ist erträglich. »Nein danke. Ich denke, ich lege mich einfach hin und dann geht es schon.«

Sie kann diese besorgten Blicke kaum ertragen, auch wenn sie weiß, dass es nur gut gemeint ist. Zum Glück braucht Jemina nur ein paar Schritte bis zu Diegos Veranda. Sie hört ihn auch aus dem Auto steigen und etwas zu seinem Bruder und seinem Vater sagen, dann spürt sie seinen Arm um ihre Hüfte. Er stützt sie beim Treppensteigen, danach schafft Jemina es alleine. Sie sieht sich im Haus um, hier hat sich nicht viel verändert.

Es duftet nach Suppe und Kuchen und Diegos Mutter kommt aus der Küche zu ihnen. Als sie Jemina in den Arm nimmt und sie die Tränen in den Augen von Diegos Mutter sieht, kommt alles wieder hoch. Die Mutter spricht ein leises Gebet, während Jemina ihre Tränen nicht zurückhalten kann. Sie schafft es immer nur für kurze Zeit, all das zu verdrängen, der Gedanke an ihre Familie bringt sie um den Verstand.

»Komm, Süße, ruh dich aus. Dein Körper braucht viel Ruhe, seelisch und körperlich. Leg dich hin.« Sie gehen zusammen in den Wohnbereich. Diego stand die ganze Zeit hinter ihnen. Während sich Jemina auf die graue weiche Couch legt und erschöpft aufseufzt, hört sie auf die vertrauten Geräusche aus der Küche, das Klappern von Geschirr, wie Diego und seine Mutter miteinander sprechen. Sie hört den Wasserfall vom Pool im Garten, die Terrassentür steht offen und eine angenehme warme Luft strömt ins Haus. Es riecht nach Regen.

Diego kommt zu ihr, er fragt, ob sie etwas braucht, stellt ihr Getränke hin, doch sie schüttelt nur den Kopf. Sie blickt in den Garten und versucht zu begreifen, was passiert ist, was ihrer Familie und ihr angetan wurde. Sie versucht nicht zu weinen, doch jedes Mal scheitert sie und Tränen laufen ihre Wange herab.

Diegos Mutter setzt sich zu ihr und sie isst ihre Suppe, während sie ihr verspricht, dass sie bald wieder richtig zu Kräften gekommen sein wird. Noch immer fühlt sich Jemina wie unter einer Glocke. Sie bekommt alles mit, doch sie ist auch nicht richtig anwesend. Sie ist zurück an dem Abend, als sie alle noch zusammen gelacht haben und den Tag haben ausklingen lassen.

Erst als dicke Regentropfen an die Terrassenscheiben klopfen, springt Jemina förmlich auf und bereut es sofort, sie stöhnt schmerzhaft auf. Diego hat auf dem Sofa neben der Couch gesessen, sie hat ihn die ganze Zeit gar nicht bemerkt, so vertieft war sie in ihre Gedanken, doch dann ist auch er schnell auf den Beinen und bei ihr. »Was ist … hast du dir wehgetan?«

Ihr Bauch und ihr Bein schmerzen, doch sie schüttelt den Kopf und sieht zur Terrassentür. Dieses Geräusch, die Tage, als sie in dieser dreckigen Hütte gefangengehalten wurde, war sie wahrscheinlich den größten Teil der Zeit ohnmächtig, doch sie weiß, dass es die ganze Zeit geregnet hat. Dieses Geräusch der Wassertropfen wird sie nie vergessen.

»Ich bin müde, ich sollte mich hinlegen.« Das ist sie wirklich, sie braucht Schlaf und sie muss von diesem Geräusch weg. Diegos Mutter ist nicht mehr da, sie hat gar nicht mitbekommen, dass sie gegangen ist. Sie hat irgendwann einen Kuss gespürt, aber sie wusste nicht, dass sie geht. Diego sieht sie besorgt an, doch er nickt.

»Ich denke, dass es nicht viel Sinn macht, dich jetzt hochzuquälen, am besten nehmen wir das Gästezimmer hier unten. Schaffst du das?« Sie nickt und geht schnell in den kleinen Flur zurück ins Gästezimmer. Sie kennt Diegos Haus gut genug, auch wenn sie damals immer in seinem Schlafzimmer geschlafen hat.

Der helle Raum mit dem großen weißen Bett, dem Kleiderschrank und einem kleinen Bad wurde sicher noch nicht oft genutzt, doch man riecht, dass das Bett frisch bezogen wurde. Noch immer hört Jemina den Regen, sie sieht die Tasche mit den Kleidungsstücken auf dem weißen Sessel beim Bett und zieht sich ein Top und eine dünne hellrosa Schlafanzughose heraus.

»Ich gehe die Terrassentür schließen, brauchst du sonst noch etwas?« Er scheint zu spüren, dass der Regen sie nervös macht. Sie schüttelt nur den Kopf, in ihrem Kopf pochen Erinnerungen, die sie nicht zulassen möchte und es kostet sie alle Kraft, diese wegzuschieben, sodass sie nicht reden kann, um diesen Kampf nicht zu verlieren.

Sie geht ins Badezimmer und schließt die Tür, sie verriegelt sie aber nicht, da sie ihrem Körper dafür noch zu wenig vertraut. Zum Glück ist die Dusche hier ebenerdig. Jemina zieht sich aus und duscht sich nur schnell ab, es tut alles noch zu sehr weh und sie beeilt sich. Sie hüllt sich in eines der weichen Handtücher und nimmt die Creme, die auch in ihrer Tasche eingepackt war.

Eine ganze Weile bleibt Jemina einfach nur stehen und hat die Augen geschlossen, bevor sie sie öffnet und in den großen Spiegel am Waschbecken sieht. Langsam öffnet sie das Handtuch und sieht sich nach allem das erste Mal wirklich an.

»Jemina, ist alles in Ordnung?« Diegos Stimme holt sie aus ihrer Starre zurück. Sie weiß nicht, was sie erwartet hat, doch sie ist erschrocken über das, was sie sieht und das ist nicht viel.

Natürlich, sie ist dünner geworden, sie sieht die Striemen und Wunden, die Narben der Zigaretten, obwohl es viel weniger sind, als sie an sich gespürt hat, sie sieht die kleinen Narben der Operationen, doch sonst … sieht sie aus wie immer. Alles fühlt sich anders an, es ist nichts wie vorher. Sie hätte gedacht, dass ihr Körper völlig demoliert und zerstört ist wie ihr Inneres, damit sie das sieht, was sie fühlt, doch das ist nicht so und das fühlt sich merkwürdig an.

Ohne sich weiter anzusehen, cremt sie sich ein und murmelt ein leises »Alles gut«. Sie bindet ihre Haare zu einem unordentlichen

Knoten auf dem Kopf, cremt ihr Gesicht ein und zieht sich die Hose und das Top über, dann geht sie langsam zurück ins Schlafzimmer, wo sie noch immer die Regentropfen hört.

Diego hat die Sachen aus der Tasche in den Schrank geräumt, sie geht direkt zum Bett und legt sich darauf. Das ist so viel besser als das Krankenhausbett. Ihre Augen werden schwerer und schwerer, doch sie hört noch immer die Regentropfen. »Kannst du den Fernseher anmachen?«

Er kommt zu ihr ans Bett und schaltet ihn an. »Möchtest du etwas Bestimmtes sehen?« Jemina hat die Augen bereits geschlossen, der Fernseher ist nur leise an, aber laut genug, dass sie den Regen nicht mehr hört. »Nein, genau so ist es gut.«

Ihr fehlt die Kraft, die Augen noch einmal zu öffnen, doch sie hört Diego noch im Raum etwas weglegen. Panik steigt in ihr hoch, als sie daran denkt, dass er vielleicht nach oben in sein Schlafzimmer geht und sie hier alleine bleibt. »Bleibst du bei mir?«

Das Bett neben ihr sackt etwas ein, sie spürt und inhaliert Diego neben sich und sie rückt sogar etwas näher zu ihm, sobald sich wieder diese vertraute Ruhe in ihr ausbreitet. In dem Moment kann sie loslassen und spürt, wie sie in einen tiefen Schlaf gezogen wird, während Diegos Hand sich an ihren Hinterkopf legt und sie seine Lippen auf ihrer Stirn spürt.

Kapitel 5

Auch wenn er noch nicht richtig in der Lage ist, seine Augen zu öffnen, seufzt Diego zufrieden auf, als er Jemina bei sich spürt. Ihre Nase liegt an seiner Brust. Diego wendet sich ganz zu ihr um, seine Hand fährt an ihre Wange, er küsst ihre Stirn und rückt noch enger zu ihr, bis ihn die Erinnerung einholt, wieso Jemina wieder bei ihm ist und was passiert ist.

Er zieht sachte seine Hand von ihrer Wange, er möchte sie nicht verschrecken. Sie scheint noch tief zu schlafen. Nun ist er wach. Jemina ist gestern sofort eingeschlafen, auch er muss kurz danach eingeschlafen sein. Er fühlt sich fitter, die Nächte, die er sitzend im Sessel an Jeminas Bett geschlafen hat, haben nicht gerade dazu beigetragen, dass er sich ausruhen konnte, doch nach dieser Nacht fühlt er sich schon besser.

In der Nacht ist er wach geworden, weil Jemina unruhig geschlafen hat, sie hat immer wieder 'nein' gemurmelt, Diego hat sie in seine Arme genommen und dann hat sie wieder fester geschlafen.

Als Jemina ihn gestern gebeten hat, sie aus dem Krankenhaus zu holen, hat Diego nicht eine Sekunde gezögert, er wird alles machen, was sie möchte, solange es ihr dabei besser geht. Sie hat noch Schmerzen, doch sie hat ein wenig mit ihm gesprochen und sie hat gegessen. Auch wenn sie sich dann auf seine Couch gelegt hat und mit ihren Gedanken ganz woanders war, hat er gemerkt, dass es besser für sie ist, hier bei ihm zu sein.

Seine Mutter hat ihn gefragt, ob sie Jemina nächste Woche mit ans Meer nehmen sollen, damit sie dort zur Ruhe kommt. Diego will das nicht, er möchte sie bei sich haben, er lässt sie kaum aus den Augen, doch wenn er ehrlich ist, weiß er nicht, ob er wirklich das ist, was sie für ihre Heilung braucht.

Er weiß, wie sehr er sie verletzt hat. Er hat lange um sie gekämpft und sie nicht zurückgewonnen, weil er zu spät bemerkt hat, was Jemina ihm bedeutet und wie wichtig sie in seinem Leben ist. Gerade beruhigt sie seine Nähe. Auch wenn sie ihm nicht verziehen hat, gibt es noch dieses Band zwischen ihnen und das braucht sie jetzt, doch Diego weiß, dass, je klarer Jemina wieder denken kann, umso mehr wird sie wieder von ihm weichen. Allein beim Gedanken daran zieht sich alles in ihm zusammen.

Er wünschte, er könnte die Zeit zurückdrehen, nun umso mehr, doch es geht nicht und alles was er jetzt tun kann, ist, das Beste aus dem Hier und Jetzt zu machen, und wenn Jemina ihn jetzt braucht, wird er für sie da sein.

Ihr Gesicht sieht so friedlich aus, wenn sie hier bei ihm liegt. Die Wunde an ihrer Stirn beginnt zu heilen und er bildet sich ein, hier in dem abgedunkelten Raum auch zu erkennen, dass die tiefen Schatten unter ihren Augen verblassen, doch das wird wahrscheinlich eher am Licht liegen. Die Tür zum Flur ist offen und er sieht, dass die Sonne strahlt. Als er langsam aufsteht, um sie nicht zu wecken, muss er an die Worte des Arztes denken. Sie lässt seine Nähe und die Nähe seiner Familie zu, doch als es gestern zu regnen begonnen hat, ist ein Ausdruck in ihre Augen gestiegen, der Diego hat aufhorchen lassen. Er wird später mit ihrem Arzt darüber sprechen, vielleicht kennt er einen Weg, ihr auch psychisch über all das besser hinwegzuhelfen.

Da Diego hier unten keine Sachen hat, geht er nach oben in sein Schlafzimmer zum Duschen. Sobald die warmen Wasserstrahlen auf ihn herabprasseln, schließt er die Augen und versucht, auch langsam mal wieder klarer zu denken. Die letzten Tage hat er nur daraufhin gefiebert, dass Jemina wach wird und er ihr helfen kann, nun ist sie bei ihm und er muss wieder mehr bei der Sache sein. Er ist jetzt dafür zuständig, den klaren Kopf zu behalten.

Sein Handy klingelt, er steigt aus der Dusche, macht sich fertig und zieht sich nur eine Jogginghose und ein Shirt über, er ist sich nicht sicher, ob er das Haus verlassen wird. Als er nach unten kommt, hört er, dass Jemina im Bad ist. Er öffnet das Fenster im Schlafzimmer und lässt frische Luft herein, dann geht er in die Küche und ruft seinen Vater zurück, der ihn fragt, was für Termine Diego für heute hat. Seine Cousins werden diese für ihn übernehmen.

Diego klemmt sich das Handy unters Ohr und öffnet die Terrassentür. Auch wenn im Garten die Sonne schon scheint, fällt auf seinen großen Holztisch auf der Veranda noch Schatten. Diego geht zurück in die Küche, er schaltet die Kaffeemaschine ein und sucht nach Brot. Er frühstückt nie zu Hause. Er geht immer zu den anderen oder holt sich unterwegs etwas. Er hat ein paar Müsliriegel für den Notfall da, die Haushaltshilfen haben es aufgegeben, seinen Kühlschrank aufzufüllen. Auch mittags isst er draußen oder im Gemeinschaftshaus, wo für alle Männer gekocht wird. Diego ruft dort an und sagt, was er in sein Haus haben möchte und dass heute noch sein Kühlschrank aufgefüllt werden soll.

Er holt Teller aus dem Schrank und deckt den Tisch schon einmal ein, genau da tritt Jemina langsam in den Wohnbereich und bleibt vor dem Kamin stehen. Diego tritt hinter sie, während sie das Bild hochnimmt und ansieht, welches er schon eine ganze Weile hier stehen hat. Es zeigt Jemina und ihn auf der Hochzeit von Jamil. Es war das letzte Bild, wo noch alles zwischen ihnen in Ordnung war, danach fing es an kaputtzugehen.

»Ich hätte nicht gedacht, dass du das Bild hier noch stehen hast.« Diego sieht genau, wie sie auf den silbernen Rahmen blickt, in dem das Bild steckt, was Diego und sie vor der Kirche zeigt. Jemina trägt ein cremefarbenes enges Kleid und Diego einen Anzug. Er hat seine Arme um sie gelegt und sie beide strahlen aus ganzem Herzen in die Kamera. In diesem Moment hätte Diego nie geglaubt, dass er sie verlieren würde.

Jemina streicht mit ihren Daumen über sie beide. Auch für ihn wirkt das alles so ewig her, nachdem was nun passiert ist, dabei sind nicht einmal zwei Jahre vergangen. Er setzt an etwas zu sagen, doch es klopft und drei Haushaltshilfen kommen mit Servierwagen herein. Sie decken den Tisch ein und eine Frau füllt aus Tüten den Kühlschrank. Sie fragen, ob sie etwas zum Mittag zubereiten sollen und Diego bestellt eine Paella.

Jemina legt das Bild zurück und setzt sich an den Tisch. Es gibt alles: frisch geschnittenes Obst, Brötchen, Croissants, Pancakes. Die Haushaltshilfen haben an alles gedacht und Jemina nimmt sich einiges. Zumindest isst sie etwas. Diego schiebt ihr das Obst hin und sie sieht ihm in die Augen. Seit gestern hat sie ihn immer wieder angesehen, doch das erste Mal hat er das Gefühl, sie sieht ihn wirklich an und nicht durch ihn hindurch.

Er hat sich das nicht eingebildet, sie wirkt tatsächlich ein wenig erholter. Sie hat eine Jogginghose und ein weißes Top an. Nun sieht man noch mehr Wunden, doch auch sie sehen besser aus. Der Arzt hat ihnen die Narbencreme mitgegeben und Diego hat sie ihr ins Badezimmer gelegt. Sie hat ihre Haare offen und sieht ihn aus ihren schönen grünen Augen neugierig an. »Habe ich das richtig gehört, als du dich mit deinem Vater unterhalten hast, dass ihr von Daria gesprochen habt?«

Das kann sie natürlich noch gar nicht wissen, Jemina ist einer der wenigen Menschen, mit denen Diego über Daria gesprochen hat. »Wir haben sie gefunden, im selben Moment, als wir dich gefunden haben. Die Familia, die dich entführt und deine Familie ... sie haben auch Daria damals entführt. Es war nicht so einfach, sie war drei damals, wie du weißt und sie haben ihr gesagt, dass wir sie weggegeben haben. Sie ist mit diesem Glauben aufgewachsen und hat angefangen, uns zu hassen.«

Jemina sieht ihn verblüfft an. »Wie ist sie da groß geworden bei diesen Monstern?« Diego hätte sich gewünscht, noch nicht jetzt davon erzählen zu müssen, doch er hat sie noch nie angelogen oder ihr etwas verheimlicht. »Sie sagt, dass sie sie gut behandelt haben. Sie haben immer auf sie aufgepasst, sie dufte nie irgendwo alleine hin, und jetzt im Nachhinein ist klar, dass sie es nicht riskieren konnten, sie zu verlieren. Sie hatten all das schon früh geplant und wollten mit Daria dafür sorgen, dass wir sie nicht aufhalten, um ihr Leben nicht zu riskieren. Doch wir haben früher zugeschlagen, als sie damit gerechnet haben. Einer unserer Männer hat all das, was dort passiert ist, im Auge behalten und Bilder von Daria gefunden, und als wir nach Honduras kamen, um von dort anzugreifen, war gerade das mit eurer Familia passiert. Wir haben sofort angegriffen und dich und Daria da herausgeholt. Sie wusste auch nicht, dass du da warst. Die Frauen waren immer im anderen Teil des Dorfes, sie haben sie nur geholt, als sie uns bemerkt haben.«

Jemina senkt den Blick und nickt. »Aber jetzt kennt sie die Wahrheit? Lebt sie hier?« Diego gießt ihr Orangensaft ein. »Ja, nebenan. Es hat gedauert, doch du weißt ja, wie viel wir getan haben, um sie zu finden, und als sie all das gesehen hat und wir ihr erklärt haben, was passiert ist, wurde es besser. Möchtest du sie mal kennenlernen?« Sie nickt nur leicht. »Ja, natürlich. Es kommt mir fast so vor, als kenne ich sie bereits, so viel wie du früher von ihr gesprochen hast. Es freut mich, dass ihr sie endlich zurück habt und eure Familie jetzt wieder komplett ist.«

Sie hat ein bisschen Ei gegessen und etwas Obst, doch nun lehnt sie sich zurück. Während ihre Familie wieder vollständig ist, hat keiner aus ihrer überlebt, sie hat alle verloren. Diego ärgert sich über sich selbst, er wünschte, er wäre besser darin, die richtigen Worte zu finden, doch das war er noch nie.

»Du weißt, dass du für alle hier auch zur Familie gehörst.« Jemina lächelt leicht, doch sie sagt nichts dazu. Als sie sich etwas gerade hinsetzen möchte, verzieht sie wieder schmerzhaft das Gesicht. »Wo hast du noch überall Schmerzen? Der Arzt muss jeden Moment vorbeikommen, er wollte heute gleich nach dir sehen.«

Jemina steht langsam auf. »Ich lege mich lieber auf die Liege, gerade sitzen tut noch weh. Ich habe Kopfschmerzen und meine Schulter tut weh, doch es ist alles zu ertragen, wenn ich mich darauf konzentriere, den Schmerz wegzuatmen.« Diego bringt ihr den Orangensaft und einen Teller mit Obst und ein Croissant zur Liege und genau in dem Moment klopft es und der Arzt kommt zu ihnen.

Als Arzt der Familia kennt er einige ihrer Probleme. Er hat sich um alles bei Eleonora gekümmert, er ist immer da, wenn jemand ihn braucht, er kennt sie alle genau und Dario und sein Vater haben ihm alles über Jemina erzählt. Er ist ihr Arzt und somit der Arzt der mächtigsten Familia. Er hat schon einiges gesehen und miterlebt und doch hat Diego ihn noch nie so vorsichtig mit jemandem umgehen sehen wie mit Jemina, als Diego sie beide vorstellt.

Der Arzt bittet sie, einfach liegen zu bleiben. Er erzählt, dass er alle Unterlagen durchgesehen hat und sich heute nur die Wunden ansehen möchte, Blut abnehmen und gucken, wie er ihr helfen kann. Morgen sollte sie noch einmal genauer untersucht werden.

Diego vertraut ihrem Arzt blind, der alte Mann ist sehr feinfühlig und ruhig. Als Diegos Handy klingelt, geht er in den Wohnbereich und lässt die beiden alleine, während Dario ihm erklärt, dass sie am Abend ein Treffen mit einem neuen Kunden haben, den Diego von einem alten Schulfreund vermittelt bekommen hat. Er wollte zu diesem Treffen, doch nun geht Dario und Diego klärt ihn über alles auf.

Nachdem er das Gespräch beendet hat, beobachtet er den Arzt und Jemina. Er hat aufgehört, sie zu untersuchen und sie reden miteinander. Jemina ist sehr still, sie spricht mit ihm, mit allen anderen kaum, doch offenbar scheint sie Vertrauen zu dem alten Mann zu fassen, denn sie sitzen mehr als eine halbe Stunde zusammen und sprechen miteinander. Diego lässt sie alleine, hat aber immer ein Auge auf sie, während er am Laptop einige Informationen zusammenträgt und prüft. Er ruft Nicky an und bittet ihn, etwas zu überprüfen. Sein Freund hat gerade selbst genug um die Ohren, er versucht Sophie zurückzugewinnen und das scheint schwerer zu sein, als sie alle dachten. Es war ihm noch nie etwas so wichtig.

Diego würde ihm gerne helfen, doch er hat selbst genug zu tun. Außerdem ist in wenigen Tagen Weihnachten. Dario hat eine Insel gemietet, jetzt, wo langsam Ruhe einkehrt, möchte er mit der Familie und der Familia die Feiertage genießen, sie alle zusammen auf einer der schönsten Inseln der Welt. Diego wird hier bei Jemina bleiben, alle sagen, er soll sie fragen, ob sie nicht mit möchte, doch er weiß, dass es für so etwas noch nicht die richtige Zeit ist.

In dem Augenblick, als er das Gespräch mit Nicky beendet, kommt der Arzt aus dem Garten. Diego steht auf und sie laufen zusammen zur Haustür. Der Arzt erklärt, dass die Wunden recht gut aussehen und auch er der Meinung ist, dass sie nicht viele Narben davon behalten wird, zumindest nicht äußerlich.

»Ich konnte mich etwas mit Jemina unterhalten und nach meinen Erfahrungen befindet sie sich zur Zeit in einer Art Schockzustand. Es gibt verschiedene Arten davon, und auch wenn all das ein paar Wochen her ist, hat sie ja erst gestern richtig erfahren, was passiert ist und das hat sie in diesen Zustand versetzt. Der Körper schützt sich selbst. Sie kennt die Wahrheit, lässt sie aber nicht zu, um nicht verrückt zu werden. Aber sie kann es auch nicht ganz von sich schieben, und wenn dann etwas davon zu ihr dringt, fängt sie an zu weinen und trauert, doch sie kann das auch schnell beenden und umschalten. Das wird nicht lange so gehen, irgendwann versteht der Verstand, dass sie all das nicht mehr rückgängig machen oder ignorieren kann, dann kommt der Trauerprozess und dann die Aufarbeitung. Ich kenne mich nicht so gut aus, aber ich weiß, dass es hier sehr gute Kliniken dafür gibt. Ich werde mich informieren und noch mal Bescheid geben.«

Diego vertraut dem Arzt und seiner Meinung. »Wir dachten eigentlich, wir behalten sie hier und sie kann hier ...« Der Arzt tritt aus dem Haus. »Man kann das natürlich versuchen, jeder Mensch geht mit solchen dramatischen Geschehnissen anders um. Sie ist in einer Familia groß geworden und daran sicher mehr gewöhnt als andere Menschen, doch all das, was ihr passiert ist, kann man nicht so einfach mit der Zeit vergessen, meistens braucht man dafür diese Kliniken. Das Ziel dahinter ist, sie aus allem herauszunehmen, aus dem Alltag, aus dem gewohnten Umfeld, aus allem. Sie kommt in die Klinik und hat auch zu niemandem Kontakt in der ersten Zeit, einfach nur, um sich ganz auf sich zu konzentrieren, ohne Ablenkungen und sich darum zu kümmern, dass man heilt. Aber wie gesagt, ich informiere mich und dann sprechen wir noch einmal. Ihr Körper ist sehr erschöpft, all das Ankämpfen gegen das Wahrhaben der Wahrheit ist mental sehr erschöpfend und ihr Körper ist noch viel zu schwach. Sie muss viel schlafen und trinken. Ihr sind zum Schluss fast die Augen zugefallen, sie braucht die Ruhe. Wenn etwas ist, ruf einfach an.«

Diego nickt und verabschiedet den Arzt. Als er zurück in den Garten geht, ist Jemina im Schatten auf der Liege eingeschlafen. Diego holt eine dünne Decke und legt sie über sie, dann setzt er sich zu ihr und sieht sie an. Die Worte des Arztes gehen ihm durch den Kopf und er fragt sich, ob er überhaupt in der Lage ist, Jemina die Hilfe zu geben, die sie braucht.

Es ist selten, dass Diego viel zu Hause ist. Sein Körper braucht diese Ruhe dringend und er kommt dazu, einige Sachen am Laptop zu bearbeiten, dabei behält er Jemina die ganze Zeit im Auge. Sie wacht erst auf, als ihnen die Paella gebracht wird. Damit sie sich nicht komplett aufsetzen muss, bringt er ihr einen Teller und isst mit ihr zusammen bei den Liegen. Dabei erwähnt er, was der Arzt gesagt hat, doch sie reagiert nicht darauf, sie isst und geht nur kurz ins Bad, dann legt sie sich auf die Couch und ihre Augen fallen fast wieder zu.

Diego will sich gerade zu ihr setzen, da kommt seine Mutter. Sie hat eine Schokoladenmousse gemacht und bekommt Jemina dazu, auch etwas davon zu essen. Sie hat Pläne zur Weihnachtsdekoration für die Häuser und Straßen in ihrem Gebiet dabei. Eigentlich wird das bei ihnen eher schlicht gehalten, ihre Mutter schmückt ihr Haus am Strand und bei ihnen lässt sie in jedem Haus einen Baum aufstellen. Doch gerade lebt sie hier, sie haben nun auch beschlossen, mit Daria und Daniel mit auf die Insel zu fliegen, deswegen versteht Diego nicht, wieso sie hier auch noch alles schmücken möchte. Zur Zeit ist es sehr schwül und regnerisch hier, aber auch so würde keine Weihnachtsstimmung aufkommen. Er sagt dazu aber nichts, natürlich möchte sie, dass Diego und Jemina mitkommen, sie redet auf ihn ein, als sie zusammen in der Küche sind, doch sobald sie länger bei ihm ist und Jemina beobachtet, lässt sie das Thema von alleine fallen. Es ist nicht die Zeit dafür.

Seine Mutter setzt sich zu Jemina auf die Couch und schaltet die puerto-ricanischen Serien an, die sie immer sieht. Jemina blickt ebenfalls zum Bildschirm, auch wenn sich Diego sicher ist, dass sie das gar nicht richtig mitbekommt. Nachdem er ihr heute von Daria erzählt hat, hat sie kaum mehr ein Wort gesagt, Diego macht das alles verrückt und er sagt Bescheid, dass er joggen geht, um einen freien Kopf zu bekommen.

Eigentlich sollte auch er langsamer machen, doch es tut gut zu laufen und seinen Kopf freizubekommen. Er denkt an die Zeit auf dem Bild zurück. Es war eine schöne Zeit. Dario und er haben die Geschäfte übernommen, sie sind erfolgreicher und erfolgreicher geworden und auch wenn er wenig Zeit hatte, hat er es hinbekommen, Jemina immer wieder zu sehen. Nachdem er angeschossen wurde und sie bei ihm war, haben sich beide angestrengt, nicht ständig den Kontakt zu verlieren. Das haben sie sicherlich zwei Jahre hinbekommen. Diego ist alle paar Wochen zu ihr geflogen und hat sich in der Zeit um die Geschäfte in Honduras gekümmert, wenn er in Chile oder sonst wo war, ist sie hingeflogen. Er weiß nicht, ob man sagen kann, sie hatten eine richtige Beziehung, dafür haben sie sich vielleicht nicht oft genug gesehen, doch sie beide wollten das. Im Grunde wollte Diego nie etwas anderes, er hat nie, nicht eine Sekunde daran gezweifelt, dass Jemina die Liebe seines Lebens ist, dass irgendeine Frau ihr das Wasser reichen könnte, doch sie waren noch so jung.

Je älter und erfolgreicher sie wurden, je wilder ihr Leben, umso mehr standen sie auch in der Öffentlichkeit. Er war viel in der Welt unterwegs und Jemina und er haben sich weniger gesehen, er war … zu sicher, was sie angeht. Er kann es nicht anders sagen, er hat sich falsch verhalten. Er ist auf Partys gegangen, hat andere Frauen getroffen und sein Leben genossen, auch wenn sein Herz immer nur für Jemina geschlagen hat.

Sie hat immer wieder versucht, mit ihm zu reden, man kann nicht sagen, dass sie all das einfach so aufgegeben hat, doch er war zu wild, um sich in die Schranken weisen zu lassen. Niemand konnte das, ganz Lateinamerika hat aufgehorcht und ist vor der Macht der Da Silvas in die Knie gegangen. Er war so im Siegesrausch, dass er sich nichts sagen lassen hat, noch nicht einmal von seinem Herzen, was ihn warnen wollte.

Diego bleibt am Straßenrand stehen und sieht den Berg hinab, wie die Sonne untergeht und atmet tief ein und aus.

Er hat nicht einmal gemerkt, wie er sie verloren hat. Sie hatte sich fast vier Monate nicht gemeldet, bis er das überhaupt richtig registriert hat und dann hat er langsam bemerkt, was er getan hat und dass er das nie wieder gutmachen kann.

Diego schiebt diese Erinnerungen von sich, das war keine leichte Zeit, die dann kam, für keinen von ihnen, und er will nicht einmal mehr daran denken. Wieder kommt Wut in ihm hoch über sich und seine Fehler und dass die Frau, die er über alles liebt, nun völlig zerstört auf seiner Couch liegt und kaum ein Wort spricht.

Als er ins Haus kommt, schläft Jemina auf der Couch. Seine Mutter sitzt bei ihr und sieht ihre Serien. Sie sagt, sie hat sie noch dazu bekommen, Suppe zu essen, sie ist gerade erst wieder eingeschlafen.

Er geht duschen und doch kann er sich nicht richtig beruhigen, nachzudenken war wahrscheinlich doch die falsche Entscheidung. Er zieht sich nur eine Joggingshorts an und ein Shirt, da klingelt sein Handy und Nicky erzählt ihm, was er herausbekommen hat. Er fragt, ob er zum Treffen fahren soll, doch Diego greift nach seiner Waffe. »Nein, ich erledige das.«

Das Blut beginnt in seinen Ohren zu rauschen. Er weiß, dass es nicht nur daran liegt, doch er kann sich kaum mehr beherrschen. »Mama, ich muss etwas erledigen. Bleibst du bei Jemina?« Sie nickt und streicht über Jeminas Wange. »Natürlich, pass gut auf dich auf.«

Er ist schon halb aus dem Haus, steigt in seinen neuen Wagen und rast zu dem Restaurant, wo sich Dario mit dem Freund seines alten Schulfreundes getroffen hat. Als er in das Restaurant kommt, sitzen drei Männer neben seinem Bruder: Milan, Adrian und Nuno. Alle sehen überrascht zu ihm, Diego zögert nicht. Er erkennt den Mann. Bevor einer reagieren kann, zieht er ihn von seinem Stuhl, knallt ihn gegen die Wand und hält ihm seine Waffe an den Kopf.

»Was hast du gedacht, mit wem du Geschäfte machen willst? Wenn du jemanden mit Billigproduktionen aus China hereinlegen willst und dir schon ein Zweitkonto und Wohnsitz auf Hawai besorgt hast, um dort mit unserem Geld abzutauchen, nachdem wir deinen Schwindel bemerkt haben, und du denkst, wir bekommen das vorher nicht raus, hast du uns unterschätzt.«

Er packt seine Waffe weg. Wütend schlägt er dem Mann ins Gesicht, der durch die Wucht zu Boden fällt. »Wir haben deine geheimen Konten leergeräumt als Entschädigung.« Er schlägt noch einmal zu, der andere Mann will aufstehen und eingreifen, doch er weiß, dass er dazu nicht kommen wird. »Sag es allen weiter, es soll niemals jemand auf die Idee kommen, uns zu unterschätzen.«

Diego schlägt zu, mehrmals, bis er Dario neben sich spürt, der ihm deutet zu gehen. Diego rast vor Wut, das scheint auch Dario zu spüren und legt den Arm um ihn. »Komm runter, Nuno erledigt den Rest. Setzt dich in mein Auto.« Er bringt ihn nach draußen und deutet zu seinem Auto. »Nein, ich bin mit meinem Auto hier, ich muss zurück und ...«

Dario sieht ihm in die Augen. »Würdest du auch mal auf deinen großen Bruder hören?« Adrian kommt zu ihnen und legt ihm eine

Tüte gefrorene Erbsen auf die Hand. »Alter, ich dachte, ich wäre schon mies drauf.« Erst als er das Eis auf seiner Hand spürt, sieht er, dass sie aufgeplatzt ist und spürt den Schmerz, er steht noch völlig unter Adrenalin und dann setzt er sich wirklich neben Dario ins Auto, der sofort Gas gibt.

Einen Moment ist es still zwischen den beiden Brüdern, doch dann räuspert sich Dario. »Ich weiß, dass das, was du gerade durchmachst, nicht leicht ist. Jemina so zu sehen bricht mein Herz und ich will nicht wissen, wie verrückt dich das macht. Ich weiß, wie sehr du sie liebst.« Diego unterbricht ihn. »Das ist doch völlig egal. Ich habe sie schon lange vorher verloren.« Dario schnalzt mit der Zunge. »Du selbst hast mir doch wegen Eleonora gesagt, dass wenn etwas echt ist, es auch kompliziert ist. Das zwischen Jemina und dir ist schon immer da und das wird auch nicht vorbeigehen, auch jetzt nicht. Es wird alles seine Zeit dauern, doch es wird alles gut werden. Da bin ich mir sicher, ich weiß, wie sehr ihr beide euch liebt.« Diego lehnt sich nach hinten, so langsam kommt er wieder runter. »Manchmal reicht das wahrscheinlich einfach nicht.«

Dario hält, sie sind an der Aussichtsplattform, wo sie öfter hinfahren, um durchzuatmen. Adrian und Milan sind schon da, sie stehen vor ihren Autos und drehen sich etwas zum Rauchen. »Doch es bedeutet nicht, dass es leicht wird, aber am Ende ist das das Wichtigste, das habe ich mittlerweile auch gelernt. Und bis dahin atme durch und versuch dich zu entspannen.« Im Radio laufen alte Lieder und Dario pfeift auf und lacht laut los. Es wird 'Te amo tanto' gespielt, ein altes Lied, was sie in ihrer Jugend immer auf Partys gespielt haben, um den Mädchen näherzukommen. Er sieht ihm noch einmal in die Augen. »Und weißt du, was das Wichtigste ist? Ich liebe dich ...« Diego lacht leise auf. Dario stellt das Radio so laut, dass man es draußen hört, steigt aus und lässt die Tür offen. »Komm schon, Diego, entspann dich ein paar Minuten.« Diego muss lachen, als Dario tanzend zu ihren Cousins geht und ein paar Züge nimmt. Er lehnt sich zurück und spürt, wie er sich langsam wieder beruhigt. Als ein weiterer alter Song, den sie früher oft gehört haben, gespielt wird 'Chequea cómo se siente' steigt auch er aus. Sie haben diese Lieder ewig nicht gehört, doch sie stammen aus ihrer besten Zeit. Er setzt sich auf den Kühler und Adrian reicht ihm etwas zum Rauchen. Diego nimmt einen tiefen Zug und sieht den anderen zu, wie sie lachen und die alte Musik genießen.

Er schließt einen Moment die Augen.

Er weiß nicht, ob sein Bruder recht hat.

Er hofft es, er hofft es wirklich, doch er hat kein gutes Gefühl dabei.

Kapitel 6

»Das sieht alles schon viel besser aus. Wie fühlen Sie sich sonst?« Jemina zieht ihr Top wieder herunter und lehnt sich gegen die kühle Wand in der kleinen Praxis des Arztes der Da Silvas. Sie haben hier im Gemeinschaftshaus eine Art Praxis. Sie ist nun seit fünf Tagen aus dem Krankenhaus und bei Diego. Der Arzt hat sich seitdem jeden Tag um sie gekümmert.

Diego hat sie hier abgesetzt, er hat einen wichtigen Termin am Hafen und wird erst später zurückkommen. Die Tage seit ihrer Rückkehr war er fast die ganze Zeit bei ihr. Jemina wird mit jedem Tag wacher und klarer bei Verstand. Sie hat mittlerweile begriffen, was passiert ist und wo sie jetzt steht. Sie hat in wenigen Tagen ihre gesamte Familie, ihr Leben und noch viel mehr verloren.

Sie ist Diego und seiner Familie sehr dankbar, nach ihrer Familie stehen sie ihr am nächsten und es ist gut, dass sie jetzt hier ist, überall woanders würde sie wahrscheinlich durchdrehen. Sie braucht dieses tiefe Vertrauen und den Halt, den nur Diego ihr geben kann, egal wie es um sie steht. Er war die ganze Zeit bei ihr. Seine Mutter hat ihr gestern erzählt, dass er sie aus dem Haus getragen hat und sie seitdem nur aus den Augen gelassen hat, wenn er wusste, jemand von ihnen ist da.

Es gibt keinen Menschen, den Jemina besser kennt als Diego. Sie sieht die Sorgen in seinen Augen und auch noch immer den Schmerz, sie verloren zu haben. Er hat um sie gekämpft und sie weiß, dass er sie liebt, das hat sie niemals angezweifelt, doch all das kam einfach zu spät, zu einem Zeitpunkt, an dem sie es nach all den Jahren endlich geschafft hatte, ihr Herz zu verschließen, um sich selbst zu schützen.

Leise räuspernd schüttelt sie die Gedanken ab, sie ist noch viel zu sehr in ihren eigenen Gedanken vertieft, das kann sie einfach nicht abstellen. Es passiert ihr immer wieder, dass sie plötzlich aus ihren

Gedanken auftaucht und Diego und seine Mutter bei ihr sitzen und sie sich die ganze Zeit unterhalten, ohne dass sie mitbekommen hat, worüber sie sprechen. Natürlich haben sie Verständnis, doch Jemina bezweifelt, dass sie wirklich wissen, wie es ihr geht.

»Es fällt mir sehr schwer, unter zu vielen Leuten zu sein. Ich fühle mich hier gut, ich weiß, dass ich nirgendwo so sicher bin wie hier, doch alles in mir ... ich habe sie alle verloren. Meine Mutter, meinen Vater, meine Geschwister. Wenn ich meine Augen schließe, passiert es immer wieder, dass ich träume, alles ist wieder gut. Ich bin bei meiner Familie und dann wache ich auf und stelle fest, dass nichts mehr wie vorher ist. Oder aber ich bin wieder bei ihm und er ... tut mir weh. Es ist ... ich habe nicht die Kraft zu reden, mit den Leuten zu sprechen, als wäre nichts. Ich weiß, dass ich es wieder tun muss, doch all meine Gedanken drehen sich nur darum. Ich bin wie in einem leeren Raum. Ich weiß nichts, nicht was ich tun soll, wo ich hin soll, wie es weitergeht, nichts. Alles, was ich bisher kannte, ist nicht mehr da.«

Sie ist selbst überrascht, wie viel aus ihr herausgesprudelt kommt, doch sie vertraut dem alten Mann. Sie kennt ihn von früher und es fällt ihr auch nicht schwer, sich von ihm untersuchen zu lassen. Sie weiß, dass er ihr nichts Böses will und ihr nur helfen möchte.

»Das ist ganz normal. Mit einem Trauerfall umzugehen, besonders wenn er plötzlich und unvorbereitet eintritt, ist schon sehr schwer. Das, was Ihnen passiert ist, geht über das Normale, was ein Mensch aushalten kann, hinaus. Deswegen ist es auch ganz normal, dass Ihr Körper immer wieder zumacht, Sie abwesend sind, sich selbst in Ihren Gedanken verstricken, wie Sie es vorgestern geschildert haben. Ich habe Ihnen ja von den Therapiemöglichkeiten erzählt, die es gibt. Es ist gut, dass Sie schon so weit denken, wie es weitergehen soll, das zeigt, dass Sie über das, was passiert ist, hinaussehen, doch ich befürchte, dass sich all das nicht so einfach verarbeiten lässt. Sie sollten über diese Therapie nachdenken. Es ist aber gut, dass Sie hier Halt haben, das werden Sie brauchen. Rein körperlich geht es Ihnen immer besser und Sie müssen jetzt dafür sorgen, dass auch Ihre Seele wieder heilt, doch erwarten Sie dabei keine Wunder, das dauert sehr viel länger als das rein körperliche.«

Jemina nickt und steht auf. »Danke. Ich werde mir das mit der Klinik noch einmal in Ruhe überlegen. Ich hatte überlegt … ich kann es noch nicht … fassen, es fühlt sich nicht real an. Ich dachte, dass es mir vielleicht helfen könnte, wenn ich nach Honduras fliege und mit eigenen Augen sehe, was dort passiert ist. Eine Grabstätte habe und ich sehe, dass ich das loslassen muss.«

Sie geht zur Tür und wendet sich noch einmal zum Arzt um, der seine Arme in die Hüfte stemmt. »Das ist schwer zu sagen, es könnte Ihnen helfen, genauso wie es Sie aber auch zurückwerfen könnte. Das kann man schwer vorhersagen, aber wenn Sie das Gefühl haben, dass es Ihnen helfen wird, probieren Sie es. Warten Sie, ich rufe im Wachhaus an. Diego hat gesagt, es soll Sie jemand nach Hause bringen.« Jemina hebt die Hand. »Nein, danke. Das ist nicht nötig. Ich muss mich wieder etwas mehr bewegen und ich kenne die Gegend hier sehr gut. Bis morgen.«

Sie verlässt das Gemeinschaftshaus. Einige Männer, die Jemina vom Sehen kennt, sitzen um den Esstisch und essen Nudeln, andere scheinen gerade vom Training zu kommen. Als sie Jemina bemerken, grüßen sie sie respektvoll. Adrian läuft an ihr vorbei und stoppt. »Hey, bist du schon fertig? Soll ich dich zu Diego bringen?« Jemina lächelt mild, auch Adrian kennt sie von klein auf. Sie hat ihn gestern kurz bei Diego gesehen. Er war genau wie die beiden Da Silva-Brüder schon immer ein Mädchenschwarm, doch sie hat gestern sehr schnell gemerkt, dass etwas auf ihm lastet. Seine humorvolle, lockere Art ist nicht mehr da. Er wirkt sehr ernst und wütend, auch jetzt wieder, selbst als er ihr in die Augen sieht und sie darin ehrliche Besorgnis erkennt.

»Ja, es ist alles in Ordnung. Mein Körper heilt langsam und ich brauche etwas Bewegung, deswegen laufe ich zu Diegos Haus. Bist du nicht mit ihm bei diesem wichtigen Treffen?« Er schüttelt den Kopf und gibt einem anderen Mann ein Paket. »Ich erledige hier alles. Wir müssen uns gerade etwas aufteilen, da wir alle doch in zwei Tagen auf die Insel fliegen und bis dahin noch einiges zu erledigen ist. Außerdem wird heute die gesamte Weihnachtsdeko angebracht, und wir behalten das im Auge. Was denkst du? Kommt ihr beide doch mit?« Jemina sieht ihn verwundert an. »Was für eine Insel?« Adrian begleitet sie vor die Tür des Gemeinschaftshauses. »Dario hat über die Feiertage eine Insel gemietet. Wir fliegen alle dorthin, also die engsten Kreise und noch einige Männer mehr. Es ist auch bei uns sehr viel passiert in den letzten Wochen und er denkt, wir alle können diese Auszeit gebrauchen. Diego hat gesagt, dass ihr beide hierbleiben werdet.« Er hat ihr nichts davon gesagt, natürlich hat sie jetzt keine Kraft dafür, Weihnachten oder Silvester zu feiern, doch er sollte bei seiner Familie sein, was wieder die Frage aufwirft: Was macht Jemina jetzt? Sie kann sich hier nicht ewig verstecken.

»Davon weiß ich nichts. Ich werde mit Diego sprechen. Er sollte bei euch sein.« Es beginnt bereits zu dämmern, als sie das Haus verlässt und nun sieht sie, wie das gesamte Gebiet in Weihnachtsbeleuchtung erstrahlt. Jedes Haus hat Lichterketten, einen Tannenbaum im Garten, die Fenster sind geschmückt, an den Laternenmasten sind weiß-goldene Schleifen mit angehängten Engelsfiguren. Es ist wunderschön.

»Wow, das ist ...« Adrian lacht auf. »Meine Tante hat das dieses Jahr richtig in die Hand genommen. Seit Daria wieder da ist, blüht sie immer mehr auf.« Er wendet sich zu ihr. »Du musst auch mitkommen, Jemina. Du weißt, dass du zu unserer Familie gehörst, schon immer gehört hast.« Sie nickt und legt ihre Hand an seinen Arm. »Danke, aber ich denke, dass ich das noch nicht kann.« Adrian beugt sich zu ihr und küsst ihre Wange. »Ich weiß, dass es nicht so gut zwischen euch aussah, doch es ist schön, Diego und dich wieder zusammen zu sehen.« Ein Auto hält und drei Männer steigen aus. Jemina lächelt nur noch einmal und verabschiedet sich von Adrian.

Während sie die Straßen zum Haus von Diego hochläuft, schnürt sich ihre Kehle immer mehr zu. Diese ganzen Lichter, auch ihre Mutter hat ihr Haus immer in einen Weihnachtstraum verwandelt. Sie hatte schon alles geplant und Jemina kann nicht glauben, dass sie dieses Jahr nicht mit ihnen sein wird. Es bricht ihr das Herz und sie fühlt sich leerer und leerer.

Zum Glück hat sie beim Laufen keine Schmerzen mehr. Trotzdem läuft sie langsam zurück, genießt die frische Luft, auch wenn es ihr das Herz bricht, der Anblick dieser schönen Weihnachtslandschaft. Als sie am Haus von Dario vorbeigeht, steigt gerade eine Frau in ein Auto und Eleonora kommt mit Nael auf dem Arm aus dem Haus.

Die Frau, die es geschafft hat, Dario Da Silva zu bändigen, war die letzten zwei Tage öfter bei ihnen. Diego hat Nael immer wieder mit zu ihr gebracht und ihr auch Eleonora vorgestellt. Bei aller Trauer und allem, was sie zu verarbeiten hat, hat ihr vor allem das Lachen von Diegos kleinem Neffen wieder ein Lächeln ins Gesicht gezaubert. Er ist zuckersüß, er sieht aus wie Dario und Diego und man sieht, wie verrückt Diego nach seinem kleinen Neffen ist und er auch nach ihm.

Das waren wirklich unbeschwerte Minuten. Sie hat sich ein wenig mit Eleonora unterhalten. Sie hat ihr erzählt, wie Dario und sie zusammengefunden haben, was wirklich unglaublich ist, wenn man bedenkt, wie sehr er immer gegen feste Bindungen war. Doch Dario hat sich verändert, man sieht ihm an, wie zufrieden und glücklich er ist. Alle sind sehr vorsichtig im Umgang mit ihr. Diego achtet darauf, dass sie nicht viel Besuch bekommt und nicht überfordert wird, doch Eleonora und Nael hat sie sehr schnell in ihr Herz geschlossen.

»Hallo, du bist ja ganz alleine unterwegs. Ist Diego mit Dario unterwegs?« Jemina nickt und streicht Nael über seine weiche Wange, was ihn gleich strahlen und mit seinen Beinchen strampeln lässt. »Ja, sie sind vorhin losgefahren.« Eleonora sieht ihr in die Augen. »Oh nein, wieso hat er das nicht gesagt. Dann wäre ich doch zu dir gekommen. Ich muss meine Mutter zur Arbeit bringen und gleich etwas abholen wegen der Reise, hast du Lust mitzukommen?« Im selben Moment kommt Daria aus dem Haus und lächelt ihr zu. »Hallo Jemina.« Sie nickt und atmet tief ein.

Auch Diegos Schwester hat sie kennengelernt. Sie war zu Besuch und eigentlich hat sich Jemina gefreut, endlich die Schwester von Diego kennenzulernen, doch auch wenn sie versucht hat, sich nichts anmerken zu lassen, kann sie Daria kaum in die Augen sehen. Sie weiß, dass auch sie von den Guerillas entführt wurde, doch sie hat jahrelang mit denen zusammengelebt. Sie als ihre Familie angesehen. Sie wusste es nicht besser, doch sie kann einfach nicht verhindern, dass jedes Mal in ihrer Gegenwart der Geruch von Rauch und der Geschmack von Blut und vor allem Jumas grausames Lachen wieder so stark präsent sind, als wäre sie wieder dort.

Sie hofft, dass niemand es merkt, sie sieht die Erleichterung bei allen, dass sie wieder da ist, doch sie kann ihre Anwesenheit kaum ertragen. »Nein, danke. Ich war gerade beim Arzt und bin müde. Ich werde mich lieber hinlegen.« Eleonora sieht ihr in die Augen und lächelt, sie mag Darios Freundin. »Okay, aber wenn was ist, kannst du jederzeit Bescheid sagen. Meine Nummer hast du ja jetzt.« Jemina läuft weiter zu Diegos Haus und hebt noch einmal die Hand. »Ja, danke und viel Spaß.«

Sie geht schnell hinein und schließt die Tür. Erschöpft lehnt sie sich dagegen. Es ist nicht das Laufen oder etwas Körperliches, was sie anstrengt. Das so zu tun, als wäre alles in Ordnung, als würde sie innerlich nicht gerade zerbrechen, weil sie genau weiß, dass sie nie wieder ein Weihnachten feiern wird, wie sie es bisher getan hat, die Sehnsucht nach ihrer Familie, die sie mit jedem Tag mehr einholt.

Erst als sie einige Male eingeatmet hat, sieht sie, dass auch in Diegos Haus geschmückt wurde. Sie müssen sich sehr beeilt haben, Jemina war sicherlich nur eine Stunde weg. Schon seine Terrasse war geschmückt, doch hier im Haus erstrahlt vor allem der Wohnbereich im gemütlichen weißen Licht der Weihnachtslichter.

Am Kamin ist ein Tannenbaum aufgestellt, der mit weißen und goldenen Kugeln geschmückt ist, auch der Kamin ist sehr elegant geschmückt. Der Esstisch ist feierlich eingeschmückt, die großen Fenster sind umhangen mit Lichtern und auf der Terrasse zum Garten sieht es genauso schön aus. Es ist sehr geschmackvoll und edel, genau so viel, dass man nicht das Licht einschalten muss und es in der Nacht sehr behaglich wirkt, aber man nicht geblendet wird vom Licht.

All das ist mit viel Liebe ausgesucht worden. Sie geht sich etwas zu trinken holen und zieht ihre Flip-Flops aus. Bei aller Weihnachtsbeleuchtung sind es trotzdem noch fast dreißig Grad draußen und es ist sehr schwül. Sie sollte noch etwas essen, doch der Appetit ist ihr vergangen.

Ihr neues Handy piept, sie hat es in der Küche liegen lassen. Diego hat es ihr gekauft, sie hat nichts mehr. Nicht ein Kleidungsstück, nichts, was sie an ihr Leben erinnert. Nichts, was ihr etwas bedeutet hat.

Diego hat ihr eine Nachricht geschrieben und fragt, ob alles in Ordnung ist. Sie schreibt nur 'alles okay' zurück und legt das Handy wieder weg.

Sie gießt sich noch ein Glas ein und sieht zur Weihnachtsdekoration. Sie kann es nicht einmal ertragen, sich das lange anzusehen. Sie ist wirklich müde und will sich auf ihr Bett legen, das Bett, was zumindest zur Zeit von ihr und auch von Diego genutzt wird. Er schläft jede Nacht neben ihr und sie ist ihm dankbar für diese Nähe, die ihr momentan den einzigen Halt gibt, den sie verspürt. Ohne das würde sie wahrscheinlich in ein Loch ohne Boden fallen, doch jedes Mal, wenn sie das Gefühl hat zu fallen, ist Diego da und fängt sie auf.

Sie weiß, dass das nicht selbstverständlich ist. Es sind sehr unschöne Dinge zwischen ihnen passiert. Sie ist ihm dankbar, dass er jetzt für sie da ist, doch sie weiß, dass sie sich aufraffen muss, um ihn auch wieder in sein normales Leben zurückzulassen. Sie weiß zu gut, wie sehr er dieses Leben liebt und es ist nur fair, ihn das Leben ganz normal weiterleben zu lassen und dass er aus Mitleid nicht den ganzen Tag neben ihr auf der Couch hockt.

Kurz bevor sie ins Schlafzimmer geht, kommt sie am Sideboard vorbei und sieht in den großen Spiegel, der dort angebracht ist. Sie trägt heute wieder eine schwarze Jogginghose, ein einfaches schwarzes Top und Flip-Flops. Sie hat ihre Haare heute das erste Mal wieder offen gelassen, die Wunde an ihrem Kopf ist nun schon fast verheilt.

Automatisch wendet sie den Blick schnell wieder ab, doch dann atmet sie tief ein und ihre Mutter kommt vor ihr inneres Auge. Sie weiß noch, wie oft sie sie wieder aufgebaut hat. Wenn sie am Boden war wegen Diego, wenn sie sich mit ihrem Vater gestritten hatte, egal was war, ihre Mutter hat ihr immer in die Augen gesehen und ihr gesagt, dass sie stärker als all das ist. Sie hat den Willen ihres Vaters und den konnte man niemals brechen.

Jemina blickt wieder hoch in ihr Spiegelbild, was sie kaum ertragen konnte. Doch nun sieht sie bewusst hin, sieht sich selbst in die Augen und denkt daran, was ihr Vater, ihre Mutter, alle durchgemacht haben. Ja, Juma hat sie gebrochen, er hat sie gequält und verletzt, doch sie ist am Leben. Sie hat das überlebt und sie ist die Einzige aus ihrer Familie, die noch die Möglichkeit hat, all ihre Kraft zusammenzunehmen und wieder aufzustehen.

Automatisch muss sie an ihn denken, an seinen Geruch, als er sich über sie gebeugt hat, wie sie das Gefühl hatte, sich übergeben zu müssen, es aber nicht konnte, weil sich nichts in ihrem Magen befand. Das Zischen und den Schmerz, wenn er seine Zigaretten an ihr ausgedrückt hat, als wäre sie nichts. Sie sieht sich selbst in die Augen und ein leichtes Lächeln schleicht sich auf ihre Lippen.

Sie steht noch hier, er hat sie gebrochen, doch nicht zerbrochen, und wenn sie noch etwas für ihre Eltern tun kann, dann das, dass sie wieder aufsteht, so schwer es ihr auch fallen wird.

In ihrem Kopf bildet sich schon ein Plan.

Sie blickt zur Treppe. Bisher war sie nur im unteren Teil des Hauses. Sie ist noch nicht einmal die Treppe nach oben gegangen.

Langsam geht sie hinauf, sie sieht auf die Türen, von denen sie weiß, was sich dahinter befindet. Gästezimmer, ein Spielraum mit einem kleinen Kino, Billardtisch und Tischtennisplatten. Im oberen Stockwerk hat Diego einen Fitnessraum mit Whirlpool, auch wenn er meistens im Gemeindehaus trainiert. Sie bleibt vor seinem Schlafzimmer stehen. Wie oft sie hier schon ein- und ausgegangen ist. Sie haben es damals zusammen eingerichtet. Da war alles noch in Ordnung. Sie haben es wirklich geschafft, so etwas wie eine Beziehung zu führen. Zumindest hat sie es immer als solches gesehen.

Jemina betritt den Raum und sieht, dass sich hier nichts weiter verändert hat. Sie muss lächeln, als sie all das mal zeitlich an sich vorbeiziehen lässt: Sie sind zusammen groß geworden, mit dreizehn haben sie sich das erste Mal geküsst, mit fünfzehn hatte sie ihr erstes Mal mit Diego, er war sechszehn und schon viel erfahrener. Dann mit siebzehn und achtzehn haben sie angefangen, eine Beziehung zu führen, die gehalten hat bis genau an Darios Geburtstag. Sie wird diesen Tag niemals vergessen, sie war gerade neunzehn und Diego zwanzig. Da hat sie alles beendet und es gab ein Jahr lang ein ewiges Hin und Her, bis sie dann einen endgültigen Schlussstrich gezogen haben. Sie hatten dann wirklich eine Weile keinen Kontakt mehr. Diego war tief in seinem Stolz verletzt und sie konnte all das nicht mehr ertragen, doch dann ist er wieder aufgetaucht und hat ihr gesamtes Leben durcheinandergewirbelt und sie haben sich so lange gestritten, bis vor ungefähr einem halben Jahr es völlig eskaliert ist. Jemina war sich absolut sicher, dass sie nie wieder ein Wort miteinander sprechen werden, doch nun steht sie hier in seinem Schlafzimmer und all diese Erinnerungen kommen zurück.

Diego ist gerade 24 geworden, sie ist 23, all das hat vor so vielen Jahren begonnen und sie hätte sich von ganzem Herzen gewünscht, dass alles anders gelaufen wäre. Sie wollte niemals etwas anderes. Jemina geht zu der Kommode, auf der immer ihr Bild stand. Das Bild hat ihre Mutter ihm geschenkt. Auf dem Platz liegt eine Waffe. Jemina öffnet die obere Schublade und auf Handtüchern findet sie ihr altes Bild wieder.

Es zeigt sie beide am 50. Geburtstag ihres Vaters. Eigentlich standen sie alle zusammen, auch Dario, ihre Brüder und Cousinen und seine waren mit auf dem Bild, doch ihre Mutter hat neben dem Großen auch eines von Jemina und Diego gemacht. Sie wusste um dieses besondere Band zwischen ihnen.

Sie streicht über Diegos hübsches Gesicht. Er hat den Arm um sie gelegt und sie weiß noch, wie schnell ihr Herz damals geschlagen hat. Ihre Wangen sind leicht gerötet und ihre Augen strahlen, sie war so verliebt und glücklich. In der nächsten Nacht hat sie ihre Unschuld und endgültig ihr Herz an ihn verloren.

Jemina behält das Bild in den Händen und geht in den begehbaren Kleiderschrank. Es gab so viel Kleidung von ihr hier, aus der Zeit, in der sie zusammen waren. Natürlich haben sie sich niemals so regelmäßig gesehen, wie als hätte sie in Puerto Rico gelebt, doch sie haben beide ihr Bestes gegeben und für Jemina war das alles. Sie ist hier ein- und ausgegangen und niemand hat etwas gesagt, wenn sie für eine Woche zu Besuch war oder er bei ihnen in Honduras. Ihre Väter haben das ohne mit der Wimper zu zucken akzeptiert und Jemina weiß, dass ihr Vater das bei keinem anderen Mann getan hätte, doch sie wussten, wie wichtig ihnen beiden diese Beziehung war.

Zumindest eine gewisse Zeit lang. Jemina sieht in die Regale, wo ihre Kleidung hing, dort liegt nichts mehr, doch sie ist sich sicher, dass sie hier noch in einer Schublade sein werden. Dann bemerkt sie die Schmuckschatulle und öffnet sie. Sie findet darin das wunderschöne Armband, was Dario ihr an diesem Abend geschenkt hat, als alles zwischen ihnen eskaliert ist. Sie hat es ihm ins Gesicht geworfen und ihn wüst beschimpft.

Sie streicht über die diamantbesetzten Anhänger, die wie Tränen aussehen. Ein mildes Lächeln schleicht sich auf ihre Lippen. Auch heute macht sie das wütend. Wütend, weil es so schön hätte sein können und er alles kaputt gemacht hat, doch jetzt mit etwas Abstand dazwischen weiß sie, dass sie vielleicht einfach nur zu jung waren und sein Leben einfach zu wild, um all dem standzuhalten.

Tief im Inneren hat sie gewusst, dass Diego diesem wilden Leben nicht widerstehen konnte. Sie hat es geahnt, doch sie hat ihn niemals danach gefragt, wahrscheinlich weil sie wusste, dass er sie niemals anlügen würde. Doch dann kam es immer öfter vor, dass sie Geschichten gehört hat von Diego und anderen Frauen. Sie hat es versucht zu ignorieren, doch dann ist sie ohne dass jemand es wusste mit ihrer Cousine zu Darios Geburtstagsparty geflogen.

Das war das erste Mal, dass ihr wirklich das Herz gebrochen wurde. Sie hat Diego nicht auf der Party sondern in einem der Gästezimmer mit zwei Frauen gleichzeitig erwischt. Das hat ihr die Augen geöffnet, es gab furchtbaren Streit, Jemina ist ausgeflippt und die Party war vorbei, doch nicht nur das war beendet.

Es war nie so, dass Jemina daran gezweifelt hat, dass Diego sie liebt, aber genauso hat er dieses Leben geliebt. Es war ein Jahr ein Hin und Her. Diego wollte immer wieder mit ihr sprechen, hat sich entschuldigt, wenn sie dann aber bereit war, mit ihm zu sprechen, war er schon auf der nächsten Feier. Es tat irgendwann mehr weh, als es gut für sie war. Das letzte Mal, als sie sich dann gesehen haben, hat Jemina ihm gesagt, dass sie mittlerweile gemerkt hat, dass sie ihn nicht mehr liebt und er einfach nicht Mann genug ist für so etwas wie eine richtige Beziehung. Das hat dann auch Diego zwei Schritte zurückgehen lassen und sie hatten eine ganze Weile keinen Kontakt mehr, sicherlich ein Jahr nicht. Beide haben es vermieden, auf Familienfeste mitzugehen und sind sich aus dem Weg gegangen.

Doch ihre Liebe wurde nie schwächer und die Sehnsucht nach ihm hat Jemina so einige schlaflose Nächte beschert. Es hat lange gedauert, bis sie wieder einen Mann an sich herangelassen hat.

Nathaniel, der Sohn eines Bekannten aus dem Dorf ihrer Mutter, hat sie hin und wieder gesehen, als ihre Oma krank wurde und sie oft in dem Dorf ihrer Mutter waren, um sich um sie zu kümmern. Ihre Oma wollte dieses Dorf nie verlassen und hat es bis zu ihrem Tod auch nicht getan. Nathaniel ist so anders als Diego, ruhiger und viel ausgeglichener. Seine Familie ist sehr wohlhabend und bekannt in Honduras, doch er war nie für wilde Partys und Frauengeschichten bekannt, auch wenn er ein hübscher junger Mann war.

Nachdem er Interesse an ihr gezeigt hat, haben sie sich getroffen und näher kennengelernt. Das ging einige Wochen so. Jemina wollte es, sie wollte um jeden Preis etwas Neues beginnen und Diego endgültig aus ihrem Herzen streichen, doch es war für sie eine wirklich schmerzvolle Zeit.

Ihr war klar, dass Diego immer ein Auge auf sie hatte. Der Tag, an dem alles eskaliert ist, war an ihrem Geburtstag. Sie sind in einem feinen Restaurant essen gewesen mit Nathaniel und seiner Familie und ihrer Familie. Das war das erste offizielle Zusammensein der Familien und Jemina war ziemlich aufgeregt. Alles lief gut, es hätte nicht besser sein können. Ihr Vater hatte ihr vorher gesagt, dass er nicht denkt, dass das zwischen Diego und ihr zu Ende ist, doch sie hat ihm versichert, dass es so ist.

Sie wird diesen Abend niemals vergessen.

Sie saßen alle am Tisch und haben gegessen, und auf einmal hat Jemina ihn gesehen: Diego. Er stand abseits und hat wütend in ihre Richtung gestarrt. Er war kurz davor, zu ihnen zu kommen, doch sie hat schneller reagiert und sich schnell entschuldigt, um auf die Toilette zu gehen, die zum Glück auch in der Richtung lag.

Von Nathaniels Familie hat niemand etwas mitbekommen, ihre Familie schon. Jemina ist zu Diego gegangen und hat ihm angedeutet mitzukommen. Im dunklen Gang zu den Toiletten ist sie ihn dann wütend angegangen, was er hier tut und was das soll.

Wie immer ist Diego ruhig geblieben. Er hat die Schmuckkiste aufgemacht und ihr das Armband gezeigt. »Für jede Träne, die du weinen wirst, weil du den größten Fehler deines Lebens machst, wenn du dich auf diesen Mann einlässt.«

Jemina war sprachlos vor Wut, und in diesem Moment ist Diego so nah an sie herangekommen, dass sie die Sehnsucht mit voller Wucht getroffen hat. »Sieh mir in die Augen, Jemina, und sag mir, dass du mich nicht mehr liebst und ihn willst und ich schwöre dir, ich gehe und ich werde nie wiederkommen.«

Sie wollte es, sie wollte es wirklich. Sie hat ihm wütend in die Augen gestarrt und es lag auf ihren Lippen, doch sie konnte nicht. Seine Augen, sie wusste in diesem Moment, dass sie niemals aufhören wird, Diego zu lieben und dass das wahrscheinlich ihr Untergang sein wird. Sie kann nicht mehr sagen, ob er sie geküsst hat oder sie ihn, doch sie haben sich so sehnsuchtsvoll geküsst, dass es noch heute in ihrer Brust schmerzt beim Gedanken an diesen einen Kuss.

Er hat ihr geschworen, dass er sie liebt, seine Lippen haben ihr Gesicht nicht verlassen und sie hat auch Tränen in seinen Augen entdeckt. Er hat ihr gesagt, dass er alles ändert, dass er verrückt ohne sie wird und er sie zurückhaben will, doch Jemina wusste, dass das nicht mehr möglich sein wird. Sie wurde wieder wütend, weil sie wusste, dass sie niemals etwas mit Nathaniel anfangen könnte. Sie wurde noch wütender, weil sie wieder schwach geworden ist und darüber, wie leicht es Diego bei ihr hat. All das hat sie wütend das Armband, was noch in ihrer Hand war, nach ihm werfen lassen. Sie hat ihm gesagt, dass er verschwinden soll und sie ihm all das, was er getan hat, niemals verzeihen wird. Er liebt sie, ja, aber er liebt diese vielen anderen Frauen und das wilde Leben viel mehr. Diego Da Silva ist kein Mann, mit dem man eine Familie gründet, er ist der Mann, der dein Herz bricht und an den man sein Leben lang mit Tränen in den Augen zurückdenkt.

Nachdem sie zurück zum Tisch gekommen ist, lag auf den Lippen ihres Vaters ein wissendes Schmunzeln, doch Jemina war tief getroffen. Sie hat das mit Nathaniel beendet und Diego hat angefangen, um sie zu kämpfen. Wirklich um sie zu kämpfen.

Er hat die letzten Monate bis vor einem halben Jahr wirklich alles getan, um sie zurückzugewinnen. Keiner kann sagen, dass er nicht alles getan hat, doch vielleicht war das Vertrauen und alles andere schon zu sehr erschüttert. Sie hat es nicht geschafft, diesen Schritt noch einmal zu gehen und es noch einmal zu riskieren, ihr ohnehin schon gebrochenes Herz endgültig zu zerstören.

Diego war wirklich stur, doch irgendwann hat er es eingesehen und aufgegeben. Er hat gewusst, dass es sinnlos ist. Für Jemina war das alles wirklich beendet, sie hätte niemals gedacht, dass sie nun wieder hier steht. Sie schließt die Schachtel, legt das Bild zurück und geht zur großen Terrasse auf dem Stockwerk. Hier haben sie früher oft gesessen, man hat einen atemberaubenden Ausblick auf ihr Gebiet. Auch hier ist alles gemütlich mit Lichtern und Laternen geschmückt.

Jemina stellt sich an den Rand der Terrasse und sieht auf das Gebiet der Da Silvas hinab. Auf all die Lichter, und in diesem Augenblick wird ihr bewusst, wie sehr sie das hier wollte. Sie hat ihnen keine weitere Chance gegeben und doch hat sie Diego Tag für Tag mehr vermisst. Es ist verrückt, aber sie hat sich damit abgefunden, ihn immer zu lieben und doch ohne ihn leben zu müssen, aber tief in ihrem Herzen hat sie sich immer gewünscht zurückzukommen, wieder bei ihm zu sein und morgens neben ihm aufzuwachen.

Genau das, was sie jetzt tut, nur ist der Grund dafür genau das, was sie nun in die Knie zwingt.

Jemina treten Tränen in die Augen. Sie hat lange nicht mehr geweint, sie konnte nicht mehr, sie hatte nicht einmal mehr Tränen übrig, doch jetzt laufen sie über ihre Wangen.

Sie weiß, dass sie nicht alleine ist, Diego und seine Familie sind da, doch sie weiß auch genau, dass sie einen eigenen Weg finden muss. Jemina hat sich noch nie, niemals so alleine gefühlt wie in diesem Moment. Sie wünscht sich nichts sehnlicher, als in die Augen ihrer Mutter sehen zu können, während sie strahlend die Weihnachtsdekoration anbringt. Sie war noch nie in ihrem Leben alleine und ihr Herz blutet vor Sehnsucht nach ihrer Familie.

Jemina atmet schwerer, sie hat das Gefühl, keine Luft mehr zu bekommen, da spürt sie ihn hinter sich.

»Hier bist du. Ist alles in Ordnung? Ich habe dir ...« Jemina dreht sich um, sie weint und sieht Diego in die Augen. »Ich bekomme keine Luft, ich habe das Gefühl, nicht mehr atmen zu können.«

Er überbrückt die letzten Schritte zwischen ihnen und streicht ihr die Tränen von den Wangen, dann nimmt er ihre Hand in seine.

»Komm mit.«

Kapitel 7

Diego verschränkt Jeminas Finger mit seinen.

Die Bedenken, dass sie seine Nähe zurückweisen könnte, hat er sehr schnell verloren. Im Gegenteil, auch wenn es ihr vielleicht gar nicht so auffällt, merkt er immer mehr, wie sie unbewusst seine Nähe sucht. Sei es nachts, beim Schlafen, aber auch, wenn jemand sie besuchen kommt, rückt sie immer etwas enger zu ihm. Auch wenn ihn der Grund dafür natürlich nicht freut, ist es schön für ihn zu sehen, dass das Grundvertrauen von ihrer Seite nie verlorengegangen ist.

Als er sie gerade auf der Terrasse vorgefunden hat, völlig in Gedanken versunken und ihre Wangen nass von all den Tränen, wusste er, dass er sie hier herausholen muss. Die letzten Tage hat Jemina sich erholt, ihrem Körper geht es besser, doch je mehr ihre äußeren Wunden heilen, umso sichtbarer werden ihre seelischen.

Es passiert immer wieder, dass sie völlig abwesend ist, dass sie nachts aufwacht und zittert. Sie isst nicht viel und wenn Diego sie nicht dran erinnern würde, würde sie es wahrscheinlich sogar ganz vergessen. Sie lässt seine Nähe zu, auch die seiner Familie, doch er hat sofort gemerkt, wie blass sie bei Darias Anwesenheit geworden ist. Natürlich hat sie verstanden, dass Daria selbst eine Gefangene der Guerillas war und von ihnen eine Gehirnwäsche bekommen hat und das, seit sie drei Jahre alt war, doch all das Schreckliche, was sie dort erlebt hat, kommt wahrscheinlich wieder hoch, wenn sie Daria sieht.

Jemina hat versucht, sich nichts anmerken zu lassen, was Diego ihr hoch anrechnet. Sie weiß, wie lange sie seine Schwester gesucht haben und was es ihm bedeutet, sie wieder bei sich zu haben. Wahrscheinlich hat auch kein anderer etwas bemerkt, doch er kennt sie besser. Besser als sonst jemanden, und das wird ihm immer bewusster.

All die Jahre hat er zwar immer phasenweise viel Zeit mit Jemina verbracht, doch die letzten Tage waren so viel intensiver. Er lag noch niemals so viel wach und hat Jemina einfach nur in seinen Armen gehalten. Er weiß nicht, wie lange sie noch bei ihm ist. Er lag wach und hat immer wieder über alles, was zwischen ihnen war, nachgedacht. Noch nie sind ihm so viele Kleinigkeiten an ihr aufgefallen. Er sieht ihr genau an, wenn sie über etwas nachdenkt und in Gedanken versunken ist, wenn sie nein sagt, aber ja denkt. Manchmal, wenn er in den Raum kommt, reicht es, einen Blick in ihre Augen zu werfen und er weiß, wie es ihr geht. Wenn er unterwegs ist, wie gerade, beherrscht sie seine Gedanken und er möchte so schnell wie möglich zurück, was verrückt ist. Diego war früher nur zum Schlafen zu Hause.

Es ist auch schön zu sehen, dass bei aller Trauer, die sie gerade spürt und bei dem ganzen Wahnsinn, den sie durchlebt hat, es immer mal wieder Momente gibt, wo sie die alte Jemina ist. Als sie Nael auf dem Arm hatte, haben ihre Augen das erste Mal wieder wie früher geglänzt, und gestern Abend hat Diego einen Film angemacht und sie haben sich den zusammen im Bett liegend angesehen. Sie hat es geschafft, nicht dabei einzuschlafen und an zwei, drei Stellen hat sie sogar zu lachen begonnen, nicht wie früher, aber Diego fallen diese Kleinigkeiten gerade besonders stark auf.

Er konzentriert sich komplett auf Jemina und er weiß, dass so einiges liegen bleibt. Diego hat die letzten Tage nicht viel Zeit mit seiner Schwester verbringen können, was ihm nicht leichtgefallen ist. Sie haben so viel Zeit zusammen verpasst, doch Jemina braucht ihn und er weiß, dass Daria das versteht. Er hat ihr erzählt, was ihr alles angetan wurde und sie versteht es, doch er wird auch dafür eine Lösung finden müssen.

»Wohin gehst du? Ich bin müde und ...«

Diego bringt Jemina in die Garage und holt sein Motorrad heraus. Früher sind sie oft damit gefahren, doch nun steht es schon seit einer Weile herum. Doch man kann nirgendwo so frei atmen wie auf einem Motorrad. »Komm, so kannst du wieder frei durch-atmen.« Jemina sieht auf das Motorrad und Diego setzt sich dar-auf. Er lässt das Garagentor auffahren und sie lächelt. Ein echtes Lächeln. Einen Moment stockt Diego, er hat fast vergessen, wie schön sie aussieht, wenn sie lächelt.

Jemina setzt sich hinter ihn auf das Motorrad. Ihre zarten Arme umfassen ihn, und wie früher gleiten ihre Finger unter sein Shirt und legen sich um seinen Bauch. Diego muss schmunzeln und schaltet das Motorrad an. »Bist du bereit, Sonnenschein?« Jemina rückt enger an ihn und er startet.

Selbst Diego hat vergessen, wie gut es tut, mit dem Motorrad durch die Nacht zu fahren. Er fährt auf die Schnellstraße, der schwüle Wind weht seine Gedanken frei und er spürt Jeminas Gesicht an seinem Rücken, ihren gleichmäßigen Herzschlag und ihre Hände an seiner Haut.

Seit er davon erfahren hat, was passiert ist, dass Jemina entführt und ihre Familie getötet wurde, konnte er nur reagieren. Er hat reagiert und es vermieden, zu viel über das was kommen wird nachzudenken, doch jetzt, wo etwas Ruhe eingekehrt ist und er sie bei sich hat, hat er darüber nachgedacht und in diesem Moment ist es das erste Mal, dass sich etwas wie Hoffnung in seinem Herzen aufbaut.

Er hält erst, als sie an der Aussichtsplattform ankommen, auf der er oft mit Dario und seinen Cousins ist. Diego hilft Jemina vom Motorrad und setzt sich so auf die Plattform, dass sie sich an ihn anlehnen kann, was sie dann auch tut. Sie waren früher auch schon einige Male hier zusammen, doch trotzdem hält Jemina ein, der Ausblick auf Puerto Rico ist einmalig. Sie deutet zu ihrem Gebiet, auf das man von hier sehen kann und was viel heller scheint als alles andere. »Deine Mutter meinte es echt gut mit der Weih-nachtsdekoration.« Diego lacht leise auf und lehnt sich gegen den Felsen.

Sie blickt auf die Stadt hinab und atmet tief ein, Diego betrachtet ihr Profil und sieht, dass sie noch immer gegen ihre Tränen ankämpft, deswegen deutet er ihr, näher zu kommen.

»Was hat der Arzt gesagt?«

Er umfasst Jemina und sie lehnt ihren Kopf an seine Brust. Auch nachts haben sie diese Nähe, tagsüber sind sie beide eher zurückhaltend damit, doch wenn er spürt, dass sie Halt braucht, wird er ihr den immer geben. »Körperlich sieht alles sehr gut aus, doch er hat wieder von der Klinik gesprochen. Ich habe ihm gesagt, dass ich mir das überlegen werde.«

Diego sieht auf Puerto Rico hinaus.

»Möchtest du das? Meinst du, du brauchst diese Hilfe?« Er hört, wie sie einen Moment zögert, vielleicht weiß sie nicht, ob sie sich ihm so weit öffnen kann, sie redet nicht viel darüber, wie es ihr wirklich geht. Wenn man sie fragt, sagt sie meistens nur knapp 'es geht' oder 'besser' oder 'es ist alles in Ordnung', doch jetzt wendet sie sich mit ihrem Gesicht zu ihm um. »Ich denke schon, dass ich das brauche. Mein Herz und mein Verstand. Es tut so weh, dieser Schmerz in mir, er erdrückt mich, ich kann nicht damit umgehen, ich habe das Gefühl, daran zu ersticken. Ich kann es gar nicht beschreiben, ich muss immer daran denken, dann schiebe ich die Erinnerungen weit von mir, um wieder atmen zu können, doch dann kommen sie noch viel intensiver zurück. Als würde ich jedes Mal von Neuem begreifen, dass ich nun ganz alleine bin. Wenn ich in den Spiegel sehe, ist da nicht mehr die Frau, die … ihre Unschuld an dich verloren hat. Es ist nur noch die Frau da, die Juma in die Hände bekommen hat und ich habe mich heute das erste Mal wieder richtig angesehen. Ich denke, dass ich kleine Fortschritte mache, doch wenn mir jemand dabei helfen kann, damit umzugehen, sollte ich diese Hilfe annehmen, so kann ich nicht weitermachen. Ich denke, euer Arzt hat recht, es ist zu viel, um damit alleine fertig zu werden.«

Er liebt diese Frau über alles, er hätte nie zulassen dürfen, dass er sie verliert, das wird ihm bewusst, als er ihr jetzt in die Augen blickt. Es ist das Allerschlimmste für ihn, sie so zu sehen. Diego hebt seine Hand und streicht Jemina über die Wange.

»Du musst alles tun, was du für richtig hältst. Du weißt, dass ich dich mit allem unterstütze und dir helfen werde.« Jemina unterbricht ihren Augenkontakt nicht und erneut treten Tränen in ihre Augen.

»Ich war vorhin in deinem Schlafzimmer und musste an uns denken, an alles, was passiert ist.« Diegos Hand liegt noch immer an ihrer Wange. »Ich muss ständig daran denken und ich wünschte, ich könnte vieles rückgängig machen. Ich hätte niemals zulassen dürfen, dass wir uns verlieren und ich wünschte, du könntest einen Moment in mein Inneres blicken, damit du verstehst, wie leid mir das alles tut.«

Einen Moment schließt Jemina die Augen, ihre Tränen verlassen ihre Augen, während sie ihr Gesicht in seine Hand schmiegt und einen Kuss auf seine Handflächen gibt. »Das weiß ich, Diego. Das wusste ich immer, doch ich konnte einfach nicht mehr. Ich hatte solch eine Angst, dass du mich wieder verletzt. Ich wusste, dass ich das nicht noch einmal überstehen werde. Wenn ich jetzt darüber nachdenke, waren wir vielleicht einfach zu jung für solch starke Gefühle und so eine tiefe Bindung. Keiner von uns konnte richtig damit umgehen.«

Diego schüttelt den Kopf. »Ich wusste, dass ich alles falsch gemacht habe, doch als ich dann darum gekämpft habe, war einfach ... ich saß irgendwann da und es gab nichts mehr, was ich noch tun konnte. Ich habe wirklich alles getan, um dich zurückzubekommen, ich konnte nichts mehr tun.«

Auf Jeminas Lippen legt sich ein mildes Lächeln.

»Das hast du wirklich ... im Grunde ist all das mittlerweile auch völlig egal.«

Diego hebt ihr Kinn wieder so, dass sie ihn ansieht. »Sag das nicht, das ist es nicht. Es mag sich vieles geändert haben, doch das hier hat sich nicht verändert, Jemina. Ich liebe dich mehr denn je und ich werde darum kämpfen, dass es dir wieder gut geht. Ich sehe doch in deinen Augen, dass deine Gefühle auch noch genauso da sind und ...«

Jemina sieht ihm fest in die Augen.

»Diego, ich habe dich immer geliebt, daran hat sich nie etwas geändert. Du bist der Mann meines Lebens und es wird niemals jemand deinen Platz in meinem Herzen einnehmen können, doch ich habe gelernt, damit zu leben.« Sie lächelt matt.

»Ich musste damit leben, nur weil wir uns lieben, bedeutet das nicht, dass wir füreinander bestimmt sind. Du hast es damals schon nicht ausgehalten, nur mich an deiner Seite zu haben, nicht auf Dauer, nicht bei dem Leben, was du führst, und da war noch alles in Ordnung. Wie willst du das jetzt können? Wo ich nur noch ein Hauch von dem bin, was ich mal war? Vielleicht werde ich nie wieder die Alte. Du würdest das nicht aushalten, nicht auf Dauer ...«

Diego unterbricht sie.

»Nein, Jemina. Das Einzige, was ich auf Dauer nicht aushalte, ist es, ohne dich zu sein.«

Sie lächelt und sieht ihm in die Augen. Sie glaubt ihm nicht, noch immer nicht, das sieht er ganz genau. Und er kann es sogar verstehen, nach allem, was zwischen ihnen war. Daran ist Diego all die Monate verzweifelt. Er weiß nicht, wie er ihr zeigen kann, dass er es verstanden hat, dass er das hier wirklich will.

Sie sagt nichts mehr dazu, noch immer hält er ihr Gesicht in seiner Hand.

»Ich habe heute von der Feier auf der Insel erfahren, du solltest dort unbedingt hin. Deine Familie braucht dich, du musst diese Zeit mit ihr verbringen, ich wünschte, ich könnte das, ich würde alles dafür tun, jetzt bei meiner Familie sein zu können. Sieh das nicht als selbstverständlich und genieße diese Zeit.«

Er sieht sie überrascht an.

»Okay ... wir können mitfliegen. Ich dachte nur ...«

Jemina unterbricht ihn.

»Nein, du solltest fliegen, Diego. Ich muss nach Honduras. Ich muss dorthin und all das mit eigenen Augen sehen, damit ich endlich begreife, was mein Verstand noch nicht zulassen möchte. Vielleicht schaffe ich es so, wieder richtig zu atmen. Ich muss nach Honduras zurück.«

Kapitel 8

Unruhig läuft Jemina zu den Piloten nach vorne und klopft gegen die Tür zum Cockpit. »Wie lange dauert es noch?« Sie hat schon mindestens fünf Mal geklopft. Am Anfang konnte man die Flugdauer noch auf einem Bildschirm sehen, doch irgendwann ist er ausgegangen und sie wusste nicht, wie sie ihn anbekommt.

»Noch eine Stunde, dann landen wir.« Jemina schließt die Augen. Ihr Herz rast. »Danke, und entschuldigen sie die vielen Störungen.« Sie lehnt sich an die Wand und atmet tief ein. In einer Stunde wird sie in Honduras sein. Sie weiß, was sie dort erwartet, doch trotzdem muss sie es mit eigenen Augen sehen.

»Kein Problem, Señora.«

Jemina geht zurück in den hinteren Teil des Flugzeuges, durch den kleinen Wohnbereich mit Fernseher und gemütlichen Sesseln, zu einem der zwei Schlafzimmer. Sie hat bereits geduscht und sich umgezogen. Nachdem sie mit Diego zurück in seinem Haus war, hat sie nach ihren alten Kleidungsstücken gefragt und tatsächlich hatte er damals seinen Haushälterinnen gesagt, sie sollen alles in einen Karton packen und wegstellen. Er hat den Karton gefunden und nun hat Jemina wieder ein paar ihrer Sachen.

Sie trägt eine Jeans, ein Top und ein Hoodie, die Sonne ist gerade aufgegangen und es wird noch kühler sein. Hier im Flieger ist es eh kühl.

Sobald sie in den Schlafbereich tritt, blickt sie auf das Bett, doch Diego liegt nicht drin und schläft. Sie hat ihn gebeten, bei seiner Familie zu bleiben und mit ihnen Weihnachten zu verbringen, doch da war nichts zu machen, er hat nicht eine Sekunde daran gedacht, sie alleine gehen zu lassen, im Gegenteil.

Nachdem sie gesagt hat, dass sie zurück nach Honduras muss, hat Diego es geschafft, dass sie innerhalb von zwei Stunden losgeflogen sind mit einem der Privatjets seiner Familia.

Sie hätte das niemals von ihm erwartet, nie gefordert, doch sie ist froh, dass er an ihrer Seite ist, auch wenn sie weiß, dass er eigentlich bei seiner Familia sein sollte.

Diego ist im Bad. Die Dusche ist gerade ausgegangen. Auf dem Bett liegt sein Handy und klingelt: Dario. Sie hat gehört, dass sein Bruder nicht begeistert ist, dass sie alleine nach Honduras fliegen. Ihre Männer sind seit einer Woche zurück. Sie haben dafür gesorgt, dass ihre Familie ihre letzte Ruhe bekommt und sind dann zurückgekehrt. Dario denkt, es ist zu gefährlich, alleine dorthin zu fliegen, doch Diego ist nicht weiter darauf eingegangen. Das Letzte, was sie jetzt möchte, ist, dass ihretwegen nun auch noch Streit entsteht, doch Diego hat dazu nichts weiter gesagt. Er wird an ihrer Seite bleiben, das ist alles, was er dazu sagt.

Sie setzt sich auf das Bett und rutscht zum Fenster. Sie sieht nur auf eine feine Wolkendecke, sie wünschte, sie könnte auf ihre Heimat blicken, doch die nächsten Minuten, die sie am Fenster verbringt, hat sie nur den Blick auf die Wolkendecke.

Erst als die Badezimmertür aufgeht, blickt Jemina vom Fenster weg und direkt in Diegos dunkle Augen.

»Hast du überhaupt geschlafen?«

Sie schüttelt den Kopf. »Nein, ich bin viel zu aufgeregt.« Diego trägt nur eine graue Jogginghose und trocknet sich gerade die Haare. Er setzt sich auch aufs Bett und sie sieht auf seinen breiten goldbraunen Rücken.

»Ich weiß nicht, ob das so eine gute Idee ist, dass du dir alles ansehen willst, doch ich kann dich verstehen, ich würde es auch nicht anders machen.« Jemina rutscht wieder nach vorne und setzt sich genau neben ihn. Diego legt das Handtuch weg und sieht zu ihr.

»Dario hat angerufen. Ich hoffe nicht, dass ihr deswegen jetzt Streit habt.« Diego lächelt matt. »Wie kannst du dir in deiner Situation noch um andere Gedanken machen? Du weißt doch, dass Dario und ich uns nie richtig streiten. Er macht sich noch zu viele

Sorgen um mich. Der beruhigt sich schon wieder.« Jemina sieht auf Diegos Hand. »Es ist Weihnachten.« Er nickt. »Und ich bin da, wo ich sein sollte.«

In diesem Moment blendet Jemina alles aus. Alles was passiert ist, was ihr angetan wurde und auch alles, was noch zwischen Diego und ihr steht. Diegos dunkle Augen sind ein Versprechen, dass alles gut wird, was im kompletten Kontrast zu dem steht, wie es in Wirklichkeit aussieht. Nichts wird gut und doch gibt sie sich in diesem Augenblick diesem Gefühl hin und der tiefen Liebe, die sie für Diego empfindet, immer empfunden hat.

Langsam beugt sie sich vor, schließt die Augen und berührt seine Lippen mit ihren.

Einen winzigen Moment stockt sie, sie erwartet, dass sie zurückschreckt, die Erinnerungen auf sie einprasseln und sie davon abhalten, diese Berührung zu genießen, doch alles bleibt ganz ruhig. Alles, was sich in ihr ausbreitet, ist die unerträgliche Sehnsucht nach Diego, die sie immer in ihrem Herzen trägt und an die sie sich irgendwie schon gewöhnt hat. Das ist dieses tiefe Grundvertrauen, was zwischen ihnen liegt, was alles Schreckliche komplett von Diego abtrennen kann.

Vielleicht sollte sie diese Berührung erschrecken oder sie einhalten lassen, doch Jemina schließt die Augen, als Diegos Hand sich an ihre Wange legt und er den Kuss zärtlich ausdehnt. Auch dieses Mal steigen ihr die Tränen in die Augen, doch nicht aus Angst oder Trauer, sondern weil sie spürt, wie sehr ihr das gefehlt hat.

Sie kennen sich gut, in allen Bereichen, und Jemina weiß, dass sich Diego sehr zurückhält und sehr vorsichtig ist. Er löst den Kuss und sieht ihr in die Augen.

»Du fehlst mir, Sonnenschein.« Jemina spürt, wie sehr sich Diego zusammenreißen muss, um so zurückhaltend und zärtlich zu bleiben, auch sie ist sofort in einem Gefühlsstrudel gefangen, doch er küsst zärtlich ihre Lippen und dann ihre Stirn, während Jemina ihre Augen wieder öffnet. »Du mir auch, du ahnst gar nicht wie sehr.«

Diego führt noch einmal ihre Lippen zueinander, doch da kommt die Durchsage des Piloten, dass sie zum Landeanflug ansetzen und Diego küsst nur einmal kurz ihre Lippen. »Du bist zurück in Honduras.«

Keine Stunde später bekreuzigt sich Jemina das erste Mal und kann kaum noch klar sehen. Ein Schleier aus Tränen hat sich in ihren Augen gebildet, seitdem sie mit ihrem Mietwagen, der am Flughafen für sie bereitstand, zum Anwesen ihrer Familie am Meer gefahren sind.

Es ist nichts mehr übrig. Jemina hat sich die schrecklichsten Bilder vorgestellt, doch das, auf was sie blickt, übertrifft alles. Die zwei Wachhäuschen einige Meter vor dem Anwesen sind leer. Sie waren weiß, jetzt sind sie grau vom schwarzen Rauch und Ruß des Feuers, dazu sieht man auch jetzt noch Blut, getrocknetes Blut, von außen weniger, doch wenn man in die kleinen Häuser sieht, ist alles rot getränkt.

Diego ist direkt vor das schwarze Eisentor gefahren, es steht offen, der Eisenzaun steht fast unversehrt da, doch dahinter ist nichts. Jemina traut ihren Augen nicht. Sie steigt aus und geht direkt durch das offenstehende Tor. Noch während sie das Grundstück betritt, bekreuzigt sie sich. Hier steht nichts mehr. Der Boden ist schwarz, vereinzelt stehen noch dunkle Steine von Mauern, ein paar vereinzelte Mauern ragen noch hervor, doch von dem prächtigen Gebäude, was ihr Vater hier hat entstehen lassen, ist nichts mehr zu sehen.

Sie hat die Flammen des Feuers noch vor Augen, aber sie hat nicht damit gerechnet, dass es alles zerstört hat.

Jemina hält sich die Hand vor den Mund, als sie auf das schwarze Grab vor sich sieht. Es ist eine riesige Fläche verbrannter Erde. Sie traut sich nicht einmal, darauf zu laufen. Es ist nichts übrig geblieben, wie konnte sie daran glauben, dass jemand hier überlebt hat? Die Gesichter ihrer Mutter, ihrer Geschwister, Cousinen und Tanten kommen ihr vor das innere Auge, an ihrem letzten Abend. Jemina holt tief Luft, sie hat Angst, dass sich ihre Lungen wieder mit dem Geschmack von Rauch und von Blut füllen, doch da ist nichts.

Sie atmet die frische Meeresluft ein und Diegos Hand umfasst ihre. Auch er bekreuzigt sich, während sie zusammen auf die schwarze Erde blicken.

»Gehts?« Sie nickt. Sie hat versucht, sich darauf vorzubereiten, doch jetzt spürt sie, wie ihre Beine zittrig werden. Der Gedanke, dass die Menschen, die sie am allermeisten geliebt hat, hier verbrannt sind, bringt sie um den Verstand. Sie ist dankbar für Diegos Hand, die ihr Halt gibt.

Sie gehen weiter, vorbei an dem Ort, wo das Poolhaus stand, in dem ihr Bruder und ihre Cousins waren, erst da bemerkt sie, dass am Meer etwas Neues steht. Zwischen all der schwarzen und grauen Erde steht direkt am Meer ein weißes rundes, kleines Haus, dessen Mitte frei ist. Es ist ein schmaler Streifen, von den man das Meer sieht.

»Was ist das?«

Jemina blickt auf das ruhige Meer, am Steg angemacht schwimmen noch immer zwei Jetskis und ein Motorboot, als wäre all der Horror hier nie geschehen.

Diego hält ihre Hand fest in seiner und führt sie über all den Schutt zu dem neugebauten Häuschen.

»Als wir mit dir zurück sind, haben wir einige unserer Männer hier gelassen. Sie haben Bestattungsinstitute beauftragt, die Toten zu bergen und auch deinen Vater und die Männer aus San Sebastian zu überführen und bei euch zu Hause eine Grabstätte für alle zu errichten. Hier sollten sie eine kleine Gedenkstätte bauen. Auch wenn hier die meisten gestorben sind, hat mein Vater gedacht, es wäre mehr im Sinne deiner Familie, dass sie auf eurem Anwesen ihre letzte Ruhe finden und nicht hier.«

Jemina wischt sich ihre Tränen aus den Augen. »Das ist gut ... das fühlt sich richtig an.« Diego bringt sie zu den zwei runden Wänden, in deren Mitte eine Bank zum Sitzen und ein wunderschönes weißes Kreuz steht.

Und das ist der Punkt, den sie unbedingt haben wollte und weswegen sie zurück nach Honduras gekommen ist. Auf jedem einzelnen Stein stehen mit goldener Schrift die Namen eingraviert, die hier ihr Leben verloren haben.

Ein erstickter Laut entgleitet ihr, als sie mit ihren Fingern über all die Namen fährt. Ihre Tante, ihre Mutter, ihr Bruder, ihre Freundin, die ganzen kleinen Kinder. Sie kniet sich vor das Kreuz und bricht zusammen. Die Mauern sind viel zu hoch, es sind zu viele Namen und jeder Einzelne bricht ihr Herz ein weiteres Mal.

Sie spürt Diegos Arme um sich, er hat sich zu ihr gesetzt, während sie vor dem Kreuz kniend weint und endlich einen Platz zum Trauern gefunden hat. Sie hat das Gefühl zu zerreißen, als sie an all das denkt, was ihr passiert ist und gleichzeitig fühlt es sich gut an, hier zu sein, bei ihnen zu sein, trauern und sich verabschieden zu können.

Diego hat einen riesigen Strauß Rosen gekauft auf dem Weg hierher und als er spürt, dass die Tränen von Jemina nachlassen, verteilt er diese vor den Wänden und legt die letzte auf das Kreuz, vor dem Jemina mehrere Gebete spricht. Sie hofft, dass es allen gut geht, sie spricht zu Gott und zu ihnen und sagt ihnen leise, wie sehr sie sie vermisst.

Nachdem sie sich das letzte Mal bekreuzigt hat, hilft Diego ihr auf die Beine und nimmt sie fest in die Arme.

»Danke, dass du mit mir hier bist. Ich glaube, das ist wichtig. Es fühlt sich schrecklich, aber auch befreiend an, endlich hier zu sein.«

Diego küsst ihre Wange. »Du kannst immer hierher, wenn du zu starke Sehnsucht hast. Dieses Grundstück gehört jetzt dir. Wir haben all die Namen und Daten von den letzten Männern, die überlebt haben aus deiner Familia. Sie haben auch gefragt, was sie hiermit machen sollen, doch wir haben gesagt, dass du das entscheiden sollst. Ob du etwas Neues bauen möchtest, ob du es so lassen willst, du musst das entscheiden.«

Jemina nickt und sieht auf die schwarze Erde. »Dieses Denkmal ist perfekt und ich wünschte mir, diese schwarze Erde würde verschwinden. Doch ich kann hier auch nichts Neues bauen lassen, vielleicht einfach eine grüne Wiese mit vielen bunten Blumen für ihre Seelen, ich denke, das wäre fürs Erste am besten.«

Diego nickt und sie sehen auf das ruhige Meer. »Ich werde dafür sorgen, dass das gemacht wird.« Jemina legt ihren Kopf auf seine Brust. »Ich fühle mich auf eine Art auch schuldig. Dass ich nicht bei ihnen bin, dass ich als Einzige noch hier bin, während ihnen allen so früh das Leben genommen wurde.«

Diego rückt ein wenig weg und hebt ihr Kinn so an, dass sie ihn ansieht.

»So darfst du niemals denken! Ganz im Gegenteil. Wahrscheinlich hast genau du überlebt, damit all das nicht vergessen wird. Damit diese Menschen nicht vergessen werden. Damit deine Kinder diese Blutlinie fortsetzen und du dafür sorgst, dass sie niemals vergessen werden.«

Jemina ist unglaublich dankbar, Diego hier an ihrer Seite zu haben. »Du hast recht, ich werde dafür sorgen.«

Eine ganze Weile bleiben sie noch auf dem Steg am Meer sitzen. Jemina erzählt ihm ein wenig vom letzten Abend, immer wieder kommen ihr die Tränen, doch als sie das Grundstück nach einer Weile wieder verlassen, fühlt sie sich trotzdem besser.

Jemina wollte am liebsten sofort zu ihrem Hauptsitz fahren, doch Diego überredet sie, das morgen zu machen und sich etwas auszuruhen und sie weiß, dass er recht hat. Das heute hat sie schon zerrissen, morgen in ihr Zuhause zurückzukehren, was nie wieder das sein wird, was es für sie war, und an die Gräber ihrer Famillie zu kommen, wird sie viel Kraft kosten, deswegen lehnt sie sich im

Auto zurück und Diego bringt sie zum Hotel, wo sie übernachten werden.

Ihr ist das Hotel, vor dem sie dann halten und den Autoschlüssel dem Parkservice übergeben, nur zu gut bekannt. Es ist das teuerste Hotel in der Gegend und sie war schon oft hier. Wenn ihr Vater geschäftliche Gäste zu Besuch hatte, hat er sie immer hier untergebracht.

Jetzt, nachdem die erste Anspannung von ihr abgefallen ist, spürt sie langsam die lange Zeit ohne Schlaf, die vielen Tränen, die sie verloren hat und wie erschöpft sie ist.

Die riesige Eingangshalle des Hotels hat sie schon immer fasziniert, nun steht dort ein gigantischer Baum, unter dem ein Weihnachtsmann steht und mit einer Glocke klingelt. Jemina tritt zu Diego, der zur Anmeldung gegangen ist, doch er kommt schon zurück und mit ihm ein Page, der ihre beiden Taschen trägt. Sie beide haben nicht viel dabei. Diego nimmt ihre Hand und sie fahren in die achte und letzte Etage.

Hier gibt es nur eine Tür und als der Page sie öffnet, stehen sie in einer riesigen Suite. Jemina folgt Diego und dem Mann hinein. Sie haben hier einen großen Wohnbereich mit Sofas, einem Klavier, einen Marmoresstisch, und auch hier steht ein großer geschmückter Weihnachtsbaum. Sie kann in ein großes Schlafzimmer sehen mit einem breiten Bett. Auch ein Bad kann sie erkennen. Diese Suite erstreckt sich fast über die gesamte Etage.

Der Page verlässt ihre Suite wieder, nachdem Diego ihm etwas Geld gegeben hat.

»Frohe Weihnachten.«

Diego wünscht ihm auch frohe Weihnachten und Jemina schließt einen Moment die Augen. Bei all dem Chaos hat sie ganz vergessen, dass heute Weihnachten ist. Sie tritt auf die Terrasse und sieht auf Honduras hinab. Als sie spürt, dass Diego hinter sie tritt, wendet sie sich zu ihm um.

»Es tut mir leid, dass du kein richtiges Weihnachtsfest hast. Du solltest bei ...«

Diego hebt seine Hand und lächelt leicht.

»Ich bin da, wo ich sein sollte. Ich habe gemerkt, dass du müde bist, aber in einer Stunde ungefähr bekommen wir ein Menü aufs Zimmer. Hältst du das noch aus?«

Sie hat gar keinen Appetit und will eigentlich nur noch schlafen, doch sie nickt, wenigstens das kann sie für ihn tun, wenn er schon das schrecklichste Weihnachtsfest aller Zeiten an ihrer Seite verbringt.

Genau in diesem Moment beginnen die Glocken der großen Kirche auf der anderen Seite des Platzes, an dem sich ihr Hotel befindet, zu läuten. Es ist eine der schönsten Kirchen Honduras. Ihre Mutter war öfter mit ihr dort, weil sie so schön ist und sie läutet, um die Leute einzuladen, die heilige Nacht mit ihnen zu eröffnen.

Es ist das erste Mal in all den Tagen, dass sie Diego die Hand hinhält. »Komm mit!«

Keine fünf Minuten später betreten sie beide diese wunderschöne Kirche, zusammen mit allen Menschen, die von den Straßen in die Kirche eilen. Es ist so voll, dass sich manche auch auf die Gänge setzen. Diego und Jemina haben einen Platz in den hinteren Reihen bekommen und sehen sich beeindruckt um. Es ist eine alte und wunderschöne Kirche. Sie ist mit Gold verziert und bunte Malereien schmücken die Fenster.

Jemina hält noch immer Diegos Hand fest, als er sich zurücklehnt, während kleine Kinder die Geschichte zu Jesus Geburt nachspielen. Auch sie entspannt sich in dieser friedlichen Umgebung, und auch wenn es nicht das ist, was sie beide an Weihnachten bisher gewöhnt waren, ist es vielleicht genau das, was Weihnachten ausmacht.

Sie sitzen mit vielen Fremden an diesem heiligen Ort, die Last auf ihren Schultern lässt für diese Minuten nach, wo sie leise dieser

Geschichte lauschen und Jemina ihren Kopf auf Diegos Schulter legt.

Er küsst ihre Stirn, und als dann der Padre vortritt und über Weihnachten und die Liebe spricht, verschränken sie ihre Finger miteinander.

Es ist perfekt, auch wenn sie in einer noch so außergewöhnlichen Situation sind, findet Jemina diesen Augenblick perfekt. Es werden Armbänder verteilt, die von den Kindern des Kindergartens geflochten wurden. Sie kosten nur eine Spende von drei Dollar und sie wurden geweiht. Diego sucht sich ein hellrosa Armband mit einem goldenen Kreuz darin aus und bindet es Jemina um, dabei streicht er über eine Narbe, die an ihrem Handgelenk ist und wahrscheinlich immer bleiben wird, dann sieht er ihr in die Augen und gibt ihr einen Kuss auf die Stirn.

»Frohe Weihnachten, Sonnenschein.«

Kapitel 9

Erst als der Gottesdienst vorbei ist, gehen sie zurück in ihr Hotel und können direkt ein leckeres Weihnachtsmenü essen.

Diego war überrascht, dass sie ihn in die Kirche gebracht hat, doch es war wahrscheinlich genau das Richtige. Nach dem ganzen Tag haben sie das gebraucht. Sie mussten ausatmen und zur Ruhe kommen und in dieser friedlichen Umgebung haben sie das beide geschafft. Sie waren den ganzen Tag auf einem riesigen verbrannten Grab. Ihn hat es schon schwer getroffen, dort zu sein, er hatte teilweise das Gefühl, Jemina würde jeden Moment zusammenbrechen, so blass wie sie war. Doch sie hat es ausgehalten und diesen Schmerz zugelassen, und vielleicht war das ein sehr wichtiger Schritt in die richtige Richtung.

Nun sitzen sie auf der Terrasse und sehen über Honduras. Es ist das erste Weihnachten ohne seine Familie, doch auch sie feiert es das erste Mal ohne ihre Familie, sie wird sie nie wieder sehen. Er hat Bescheid gegeben, ihnen das beste Menü zusammenzustellen, wenigstens das soll heute perfekt sein und das ist es. Sie beide haben nichts gegessen und als sie nach der Suppe erst einige Vorspeisen und dann einen leckeren Braten bekommen, essen beide viel.

Diego erinnert dieses spontane Essen an ein Weihnachten, was sie ungewollt zusammen verbracht haben.

Ihre Väter haben zusammen ein Geschäft abgeschlossen und waren dafür unterwegs. Eigentlich sollten sie zwei Tage vor Weihnachten zurück sein und dann wären alle zu sich geflogen, doch sie haben sich gemeldet und erklärt, dass es Komplikationen gibt und sie es nicht vor Weihnachten in der Nacht zurückschaffen werden. Jeminas Mutter und ihre Geschwister sollten nach Puerto Rico fliegen, und dann feiern sie zusammen Weihnachten, wenn sie nachts zurück sind.

Für Jemina und Diego war das gut, sie waren zu der Zeit zusammen und er wollte am zweiten Weihnachtstag zu ihr fliegen, so hat er sich das gespart. Dario und er hatten damals einen riesigen Deal abgeschlossen und waren dafür um die halbe Welt geflogen. Er wollte nichts weiter als einige Tage Ruhe, er hat nicht geahnt, dass diese Tage zum reinsten Chaos wurden.

Als er sie jetzt daran erinnert, lacht Jemina laut auf und Diego sieht ihr dabei in die Augen. Wie kann so eine kleine Geste sein Herz derart zum Rasen bringen. Das Geräusch ihres Lachens ist in diesen Zeiten mehr wert als alles Geld der Welt. Es ist auch für ihn schön, in diese Zeit zurückzukehren und er erinnert sie daran.

Dieses Weihnachten war das vollkommene Chaos.

Ihre beiden Mütter hatten das Fest schon bis ins kleinste Detail geplant und nun haben die Männer innerhalb weniger Minuten alles umgeworfen. Als Jeminas Familie angekommen ist, wusste keiner, wie sie nun was machen sollen. Sie mussten dem Cateringunternehmen absagen, da plötzlich 20 Leute mehr teilnahmen. Diego weiß noch, wie ihre Mütter verzweifelt in der Küche standen und überlegt haben, was sie tun sollen. Ihnen war das relativ egal.

Diego und Jemina hatten sich einige Zeit nicht gesehen und sie haben sich schnell zurückgezogen. Diego hat sie damals immer sehr schnell vermisst. Zwar haben sie sich immer wieder für einige Wochen nicht gesehen, doch die Tage, die sie dann zusammen verbracht haben, waren immer sehr intensiv.

Er hat sie immer geliebt, von klein auf. Mittlerweile versteht er, dass er sich falsch verhalten hat, doch damals hat er gar nicht darüber nachgedacht, dass er Jemina über kurz oder lang verlieren wird, wenn er auf seinen Reisen seinen Spaß hat. Ihm war das unwichtig. Er war weg und wenn es sich ergeben hat, hatte er Spaß mit einer anderen Frau, oder auch mal auf einer Party, doch für ihn war das niemals auf einer Stufe mit dem, was er mit Jemina hatte. Er hat das nicht einmal auf einer Ebene gesehen. Er war jung, er hat sich nie darüber Gedanken gemacht, wie sehr es sie verletzt oder wie sauer er wäre, wäre das andersherum. Das alles hat er danach schmerzlich begreifen müssen. Doch auch wenn er diesen Fehler eingesehen hat und wahrscheinlich nichts so sehr bereut, wie dass er durch all das Jemina verloren hat, so kann er trotzdem sagen, dass er sie immer geliebt und geschätzt hat. Er hat einfach nicht darüber nachgedacht, dass er sie dabei verletzt und verliert, für ihn waren das immer zwei verschiedene Welten, er war einfach zu egoistisch, um all das zusammenzunehmen.

Das bereut er bis heute bitter.

Doch als sie sich damals zurückgezogen haben, war noch alles in Ordnung, erst dann fing das Chaos an. Diego hat sofort gemerkt, dass Jemina fahrig war, unruhig, und hat sie deshalb zur Rede gestellt. Nach und nach hat sie ihm gebeichtet, dass sie mit ihrer Menstruation seit knapp einer Woche überfällig war. Als sie sich vor einigen Wochen das letzte Mal gesehen haben, sind sie beide eine Woche zusammen in ein Strandhotel gefahren und haben dort viel Spaß gehabt, somit hat diese Nachricht hat auch sein Herz stolpern lassen.

Während die Frauen unten in der Küche verzweifelt darüber nachgedacht haben, was sie mit dem Essen machen, haben Diego und Jemina überlegt, was sie nun tun. Jemina hat etwas von einem Arzt erzählt, doch Diego wollte nicht so lange warten. Sie wollten losfahren und in einer Apotheke einen Test holen, allerdings haben ihre Mütter sie aufgehalten und ihnen ihre Pläne erzählt. Sie sollten mitentscheiden, was unmöglich war mit den Gedanken, die sie beschäftigt hat.

Wieder war es Jeminas sanfte Art, die sie da herausgeholt hat. Diego wurde von Minute zu Minute unruhiger, doch Jemina hat einen klaren Kopf behalten, ihren Müttern bei der Auswahl geholfen und dann konnten sie beide losfahren.

Es war mitten in der Nacht und nur noch Notapotheken hatten geöffnet. Sie sind knapp zwei Stunden herumgefahren, um eine zu

finden, die Schwangerschaftstests geführt hat, da man die eigentlich eher in der Drogerie bei ihnen kauft. Während sie herumgefahren sind, hat Diego kaum mit Jemina gesprochen. In seinem
Kopf sind die Gedanken gerast. Er weiß noch bis heute, dass er
nur daran dachte, dass er zu jung ist, um Vater zu werden und was
das für sein Leben bedeuten würde.

Als sie dann endlich den Test hatten, sind sie fast schon nach
Hause gerast, doch statt nach oben gehen zu können, um den Test
zu machen, sind sie in eine Kolonne von Wagen gekommen, die
auf dem Weg zum Krankenhaus war.

Dario und Adrian hatten Spaß mit zwei Frauen, sie wussten nicht,
dass die beiden verheiratet waren und das mit Polizisten aus Ame-
rika, die gerade alle in Puerto Rico Urlaub gemacht haben. Sie wurden erwischt und die Polizisten hatten natürlich keine Ahnung wer
sie waren und sind auf Dario und Adrian los.

Auch die Polizisten sind trainiert gewesen, aber dennoch hatten
Dario und Adrian schnell die Oberhand, trotzdem haben sie einiges abbekommen und alle Anwesenden sind ins Krankenhaus
gekommen. Also sind sie zuerst ins Krankenhaus gefahren mit
ihren Müttern, die noch aufgelöster waren, da keines der Catering-
Unternehmen, die sie angerufen haben, noch Kapazitäten für solch
einen Auftrag hatte.

Diego hatte noch nie solche Kopfschmerzen wie in dieser Nacht.
Nach zwei Stunden Krankenhaus, wo sie Dario immer wieder von
diesen Polizisten wegziehen mussten, damit er nicht noch einmal
auf sie losgeht, sind alle wieder nach Hause. Sein älterer Bruder
und sein Cousin haben einiges abbekommen, doch auf dem Rück-
weg konnten sie schon wieder lachen.

Erst am frühen Morgen sind sie dazu gekommen, diesen Test zu
machen. Diego ist auf die Terrasse gegangen, um frische Luft zu
schnappen, während sie gewartet haben und als Jemina zu ihm
kam, hat sie angefangen zu weinen. Damals dachte sie, dass er deswegen so schockiert war, weil sie schwanger sein könnte und er sie

nicht wollte. Das war der Punkt, wo Diego laut losgelacht hat nach all dem Chaos und auch jetzt auf der Terrasse in Honduras muss er lachen und auch Jemina lächelt, als er davon erzählt.

»Was habe ich dir damals gesagt?« Jemina hebt den Blick und trinkt einen Schluck Wein. »Du hast gesagt, dass du nicht eine Sekunde darüber schockiert warst wegen mir. Du würdest nicht zögern, mich zur Frau zu nehmen und dich immer um das Baby kümmern, nur dass es zu früh ist, waren deine Sorgen, nicht dass es so ist.« Diego hebt ebenfalls sein Glas.

»Und das war mein Ernst. Ich hätte nie gezögert, dich zu meiner Frau zu nehmen, an keinem Punkt in meinem Leben. Für mich stand und steht es außer Frage, dass du meine Frau wirst und die Mutter meiner Kinder, ich habe nie etwas anderes gewollt, das hat sich niemals geändert.«

Jemina sieht ihm in die Augen. »Aber du hast dich nicht danach verhalten, Diego. Und auch du hast aufgehört zu kämpfen die letzten Monate, weil du gespürt hast, dass es sinnlos ist.« Diego sieht ihr in die Augen. »Ich weiß, dass ich mich nicht so verhalten habe, Jemina, und ich habe nichts so sehr bereut wie das, die letzten Monate. Ich habe nicht aufgegeben, ich habe nur eingesehen, dass du nicht willst. Egal was ich getan habe, du hast mich zurückgewiesen. Irgendwann konnte ich einfach nichts mehr tun.«

Ja, Diego hat Fehler gemacht und Jemina verletzt, doch er hat versucht, sie zurückzubekommen, so lange und mit allem, was er konnte.

Er ist ständig in Honduras gewesen und hat versucht, mit ihr zu sprechen, er hat ihr Unmengen von Geschenken gemacht, die sie alle zurückgeschickt hat. Er hat Überraschungen geplant, die sie ignoriert hat. Er war bei ihrem Vater und hat um ihre Hand angehalten, mehrmals. Ihr Vater hat nur mild gelächelt und ihm gesagt, dass er es sofort machen würde, doch Jemina nicht mehr will. Sie glaubt nicht daran, dass Diego sich ändert und sie möchte so nicht leben.

Er hat so lange versucht, Jemina zurückzubekommen, dass irgendwann Dario eingegriffen und ihm gesagt hat, es wäre vielleicht an der Zeit zu akzeptieren, dass es vorbei ist. Er kann sie nicht zwingen und tief im Herzen wusste Diego das auch.

Er hat ihr noch einmal gesagt, dass er sie liebt und es ihm leidtut, und dann hat er losgelassen, woran er so lange festgehalten hat.

Er wusste, dass er sie immer lieben wird und er hatte auch nicht vor, eine andere Frau zu heiraten. Er hat begonnen, sein Leben weiterzuleben und damit klarzukommen, dass sie immer einen Platz in seinem Herzen hat und auch keine andere Frau da mithalten würde, doch er hatte niemals damit gerechnet, dass er noch einmal die Chance haben würde, auch nur mit ihr zu sprechen. Dass sie jetzt hier sitzen, ist allerdings solch eine grausame Situation, dass er alles andere bisher versucht hat auszublenden.

Jemina legt den Kopf schief, sie sind mit dem Essen fertig, es war sehr lecker. »Und am Ende hättest du irgendwann eine andere Frau gefunden und sie …«

Diego hebt die Hand. »Nein, das hätte ich nicht. Ich habe wieder weitergemacht wie zuvor, doch ich hätte nie wieder so etwas haben können wie das, was wir hatten … haben.« Sie verschränkt die Arme vor der Brust. »Das weißt du doch gar nicht, ob du noch einmal etwas …« Er will nicht sauer auf sie sein, doch er hasst es, dass sie ihm nicht glaubt.

»Was ist denn mit dir? Du hast einen anderen Mann getroffen und war es das Gleiche? War irgendwann noch einmal etwas mit dem, was wir hatten, zu vergleichen, oder denkst du, du hättest so etwas noch einmal haben können, oder hast du damals, jetzt oder zu irgendeinem Zeitpunkt aufgehört, mich zu lieben?« Sofort bricht Jemina den Augenkontakt ab und Diego muss schmunzeln.

»Natürlich nicht, genauso wenig wie ich, doch klar, es ist natürlich besser, wenn wir beide weiter unglücklich leben, als eine Lösung zu finden. Das war doch auch an diesem Weihnachten damals so. Am Ende haben wir für alles eine Lösung gefunden.«

Sie steht auf und stellt sich an den Terrassenrand, um auf Honduras hinabzublicken, doch sie lächelt.

»Das haben wir. Es war ja falscher Alarm und wir beide waren sehr erleichtert, und wir wurden schon ein paar Minuten später erlöst. Und am Ende war es ein wunderschönes Weihnachtfest, weißt du noch? Unsere Mütter haben uns alle am Morgen zusammengerufen, ihr wart einkaufen und wir haben den ganzen Tag zusammen in der Küche gekocht und gebacken, und am Abend saßen wir alle zusammen bei selbstgemachtem Essen und haben so viel gelacht wie nie zuvor.«

Sein Herz wird schwer, als er an dieses Weihnachten zurückdenkt. Kurz danach haben sie sich endgültig getrennt und nun sitzen sie hier und es ist so viel passiert, dass er nicht weiß, ob sie sich jemals wieder so unbeschwert fühlen werden wie zu diesem Zeitpunkt.

Jemina sieht zur Seite, sie hat Tränen in den Augen. »Ich wünsche mir, wir könnten genau zu diesem Zeitpunkt zurück.«

Diego steht auf und tritt zu ihr. Er legt seine Arme um sie und sie lehnt ihren Kopf an seine Schulter. »Ich wünschte mir das auch, doch das geht nicht. Alles was wir tun können, ist, das Beste aus dem zu machen, was wir jetzt haben.«

Er spürt ein leichtes Nicken an seiner Schulter. »Weißt du, bei allem ist es das Schlimmste, dass ich niemanden habe … an dem ich mich rächen kann, den ich ansehen kann und weiß, er ist verantwortlich für all das. Ich bin so wütend und kann nichts tun. Neben all der Trauer ist es vor allem das, was in meinem Bauch sitzt: Wut.«

Darin versteht Diego sie wohl am allerbesten.

»Glaub mir, ich konnte nach dem was ich gesehen habe nur wieder schlafen, weil wir all das gerächt haben.« Sie atmet tief ein.

»Aber es ist gut, dass ich hier bin, es fühlt sich wie ein Abschluss an. Alles, woran ich denken konnte bisher, war der Rauch und die Schreie und nun habe ich ein anderes Bild. Wenn ich jetzt daran zurückdenke, kann ich an dieses schöne Denkmal denken und das friedliche Meer davor. Ich bin eurer Familie sehr dankbar, dass sie das für uns tun.«

Er küsst ihren Scheitel.

»Das ist doch normal, wir haben euch immer als Teil von uns gesehen und dass du ein Teil von mir bist, ist auch allen klar. Andersherum wäre es genauso gewesen. Denkst du, dein Vater hätte zugesehen, wenn unserer Familia etwas passiert wäre? Und auch wenn du sehr überzeugend so getan hast, als würdest du mich hassen, weiß ich: Wenn mir etwas passiert wäre, wenn ich wachgeworden wäre, hättest du an meinem Bett gesessen.«

Einen Moment sagt sie nichts, doch dann spürt er, wie sie sich ein klein wenig mehr entspannt in seinen Armen. »Im Grunde hast du recht.« Sehr leise, sehr unsicher, doch sie hat es gesagt und Diego verstärkt den Griff um sie.

Sie beide sehen in den Himmel, der in dieser heiligen Nacht übersät ist mit Sternen und in dem Augenblick fliegt eine Sternschnuppe vorbei. Jemina deutet auf sie. »Wünsch dir etwas.« Diego sieht dem schwebenden Stern hinterher und atmet selbst tief aus.

Auch ihm geht all das sehr nah, er hat harte Wochen hinter sich. Sein Handy hört nicht auf zu klingeln und zu piepen, weil er das erste Mal ohne seine Familie feiert und er weiß, dass ihnen morgen ein weiterer schwerer Tag bevorsteht. Und doch spürt er, dass er in diesem Moment genau da ist, wo er sein sollte und einen wichtigen Teil seines Herzens in seinen Armen hält, von dem er gedacht hat, er hätte ihn für immer verloren.

Der Stern verglüht und Jemina wendet ihr Gesicht zu ihm. »Hast du dir etwas gewünscht?«

Er muss schmunzeln.

»Ich hoffe, du weißt, dass das letzte Mal bei deinem Vater nicht das letzte Mal gewesen ist, wo ich dich bitten werde, meine Frau zu werden.«

Einen winzigen Moment erkennt er das alte vertraute Funkeln in Jeminas Augen, als sie leise lacht. Er weiß, dass sie dazu viel sagen könnte, doch er ist dankbar, dass sie ihren Kopf wieder an seine Schulter legt und in die heilige Nacht hinaussieht.

Nichts um sie herum ist perfekt, bei Weitem nicht, doch dieser kleine Augenblick ist es.

Kapitel 10

»Komm her, du kleine Honduras-Puta, so wie ich deinen Vater und seine Familie beherrsche, so wirst auch du tun, was ich will. Wie kann so eine Schönheit aus Honduras kommen?«

Auch wenn sie ihr Gesicht abwendet, weiß sie genau, was nun passieren wird. Sie riecht die Zigarette, die das Monster raucht, und keine Sekunde später spürt sie einen stechenden Schmerz an ihrer Taille, Feuer, es brennt und Jemina schreit auf, zumindest will sie das, doch sie ist so geschwächt, dass es kaum mehr als ein Krächzen ist.

Sie spürt Hände an ihren Brüsten und wie ihre Beine auseinandergedrückt werden. Sie hat versucht sich zu wehren, stundenlang, sie hat die Schläge ertragen und so lange versucht, ihre Hände aus den Fesseln zu befreien, dass sie vor Schmerzen ohnmächtig wurde. Sie spürt das Blut an ihren Handgelenken und irgendwann hat sie aufgehört zu weinen, zu schreien und sich zu wehren, nicht weil sie es akzeptiert, aber sie hat keine Kraft mehr.

»Bei Gott, wie kann man so perfekt sein. Glaub mir, ich werde dich nie wieder gehen lassen. Du wirst für immer hier sein und tun, was ich will.« Sie spürt den Schmerz in ihrem Unterleib und die schnellen Bewegungen, nimmt den Geruch von Schweiß und Blut wahr, von einem zu starken Parfum, spürt fremde Hände an ihrer Haut und schließt die Augen. Es soll einfach nur vorbei sein.

Jemina atmet tief aus und öffnet ihre Augen, als diese Erinnerung sie einholt, während sie sich abtrocknet und eincremt. Sie sieht auf die hellroten Ringe um ihre Handgelenke, ob sie jemals ganz verschwinden werden? Es geht ihr besser, körperlich. Die Wunden sind geheilt, noch nicht ganz abgeheilt und es werden sicher auch einige Narben bleiben, doch sie kann sich ansehen, ohne sofort daran erinnert zu werden.

Während sie versucht, all das von sich zu schieben, kramt sie in ihrer Tasche und holt sich eine alte kurze Shorts und ein bauchfreies Top heraus. Sie hat die Sachen, die sie noch bei Diego hatte, völlig vergessen. Früher war die Shorts sehr eng, nun liegt sie weiter um ihre Beine, da sie viel zu viel Gewicht verloren hat.

Bevor sie zurück in den großen Wohnraum geht, kämmt sie sich noch einmal die Haare durch. Auch jetzt ist sie müde, weil sie keinen Schlaf hatte, müde von allem, was passiert ist. Sie kann nicht mehr unterscheiden, ob diese Müdigkeit wirklich vom fehlenden Schlaf ist oder ob es noch tiefer in ihren Knochen steckt. Sie hat das Gefühl, durch komplett verschiedene Stadien zu gehen.

Am Anfang hat ihr Körper geschlafen und sich die Ruhe geholt, die er gebraucht hat zum Heilen, dann ist sie wach geworden und wollte nicht glauben, was passiert ist, es war diese Ungläubigkeit, dieses dumme Hoffen, dass sich doch auf einmal die Tür zum Krankenzimmer öffnet und ihre Mutter eintritt, weil all das nur ein Albtraum oder ein Irrtum war.

Es hat lange gedauert, bis sie es zugelassen hat, die Wahrheit zu akzeptieren und dann kam der tiefe Schmerz, der noch immer anhält. Das heute hat ihr wirklich geholfen, sie weiß, dass dieser Albtraum, in dem ihre Familie umgekommen ist, beendet ist und etwas Schönes da steht, wo sie an sie zurückdenken kann. Sie kann nur hoffen, dass ihr das morgen oder eher gesagt heute, wenn sie zu ihrem alten Grundstück fahren, auch so geht.

Doch sie spürt, dass nun eine neue Phase beginnt: damit zu leben und vor allem weiterzuleben. Immer wieder kommen ihr solche Momente vor das innere Auge, sie spürt, wie Teile ihres Körpers einschlafen, als hätte sie keine Kontrolle mehr darüber, wie Gerüche oder Geräusche hochkommen und sie in einen Strudel gelangt, aus dem sie kaum wieder herauskommt. Sie sollte sich wirklich mit solch einer Klinik auseinandersetzen.

Sie ist da, sie hat überlebt und sie sollte nun alles daran setzen, zu heilen und diese Chance, die sie als Einzige bekommen hat, auch nutzen.

Leise tritt sie aus dem Bad. Wie sie es sich gedacht hat, liegt Diego angelehnt im großen Bett. Er hat wahrscheinlich auf sie gewartet und ist dabei eingeschlafen. Statt auch ins Bett zu gehen, tritt sie noch einmal barfuß auf die Terrasse.

Das Essen ist weg, es war wirklich sehr lecker und Diego und sie haben hier noch eine ganze Weile zusammen verbracht. Wenn man bedenkt, wie der Tag gestartet ist, hatten sie einen recht schönen Abschluss, auch wenn es natürlich nicht viel mit einem Weihnachtsfest zu tun hat, wie sie es kennen. Doch es wird wahrscheinlich nie wieder etwas, wie sie es kennt.

Jemina atmet noch einmal tief Honduras-Luft ein und geht dann zurück. Ihr Blick verweilt auf Diego. Gerade ist er die einzige Konstante in ihrem Leben. Es ist das, was sie gerade aufrecht hält. Natürlich hat er recht, die Liebe, die zwischen ihnen ist und immer sein wird, hat nie an Stärke verloren. Nichts ist ihr so schwergefallen wie die Situation, Diego die Monate zuvor immer wieder vor den Kopf stoßen zu müssen und zu sehen, dass er letztlich aufgibt, weil er keine andere Wahl hat.

Sie wollte nicht mehr, egal wie sehr sie ihn geliebt hat, egal wie weh es ihr getan hat, sie war fertig mit dem Thema, sie wollte nie wieder von ihm verletzt werden, doch wenn sie ganz ehrlich ist, weiß sie nicht, ob das wirklich endgültig war. Sie weiß nicht, ob sie ihn für immer aus ihrem Leben herausgehalten hätte, bei Diego konnte sie noch niemals eine Garantie für etwas geben.

Als sie aufgewacht ist und in sein Gesicht gesehen hat, war sie nicht verwundert, es war ihr immer klar, dass was auch immer sein würde, wenn sie Diego braucht, ist er da und er weiß das offenbar auch. Hätte sie erfahren, dass ihm etwas passiert wäre, hätte sie genauso an seinem Bett gesessen, egal wie sehr sie ihn vorher auch verflucht hat.

Jemina setzt sich zu ihm ins Bett und sieht ihm in sein hübsches Gesicht. Wenn er so friedlich schläft, erinnert er sie wieder an den wilden Jungen, der ihr damals das Herz geraubt hat mit seiner charmanten Art.

Er war so wild und gleichzeitig liebenswert. Es war ganz normal, dass er mit seinen Cousins eine Schlägerei begonnen hat und wenige Minuten später mit blutender Lippe ihr eine Blume gepflückt, sie umarmt und ihr gesagt hat, dass er sie liebt. Zwischen all dem lag manchmal nur eine Minute. Das war Diego und davon steckt auch jetzt noch viel in ihm.

Allerdings hat man davon nicht mehr viel bemerkt, seit sie ihm den Rücken zugekehrt hat. Er ist viel ernster geworden, wütend; wenn sie ihn gesehen hat, hatte er die Leichtigkeit verloren, die ihn immer ausgemacht hat. Er hat ihr damals gesagt, dass sie diese Leichtigkeit in seinem Leben war. Neben allem, was passiert ist, war sie sein Sonnenschein.

Sie hat ihm jedes Mal ein Lachen ins Gesicht gezaubert, der Gedanke, sie wieder bei sich zu haben, hat ihn weitermachen lassen und ihm Kraft gegeben. Neben all der Schwere, die sein Leben als einer der Anführer der Da Silvas mit sich bringt, war sie die Leichtigkeit. Er konnte sich bei ihr fallen lassen, sein Gesicht in ihrer Halsgrube vergraben, die Augen schließen und all den Druck loslassen. Vor Jemina musste er niemals der mächtigste Mann Lateinamerikas sein, dort konnte er immer Diego, der freche Junge von damals sein.

Jemina muss lächeln. Jetzt hat er diese Leichtigkeit nicht mehr. Sie sieht, wie sehr es ihn quält, was passiert ist und dass er ihr all das abnehmen möchte, doch das kann er nicht. Sie rückt näher zu ihm. Es fällt ihr so leicht, seine Nähe zuzulassen, weil er ihr vertrauter ist als sonst jemand. Seit sie aus dem Krankenhaus heraus ist, haben sie jede Nacht zusammen verbracht

Er hat sie gehalten. Als sie an den Kuss im Flieger denkt, spürt sie ein Kribbeln auf ihren Lippen. Sie hätte nicht damit gerechnet, dass sie nach dem, was ihr passiert ist, diese Nähe wieder zulassen kann. Sie kann auch kaum Nähe zulassen, doch ihr Körper scheint das komplett trennen zu können. Sie kennt Diego so in- und auswendig, dass dieser Kuss sie für wenige Minuten aus all dem Grauen gezogen hat und seine Nähe sie erneut beruhigt und geerdet hat.

Ihr Blick wandert über seinen Körper. Er trägt nur eine Boxershorts. Seine muskulösen Beine mit den dunklen Haaren liegen entspannt auf dem weißen Bettlaken, seine muskulöser Bauch hebt und senkt sich leicht, sie sieht auf seine breite Brust, die Tattoos, die sie alle kennt, seine trainierten Arme, die ein Versprechen auf Geborgenheit sind, seine breiten Hände, die sie immer schützen werden.

Sein Handy, was auf dem Nachttisch liegt, vibriert. Es ist Dario. Als Diegos Bruder aufgibt, sieht sie, dass er einige Nachrichten und Anrufe ignoriert hat. Sie hat vorhin nur gehört, wie Diego kurz mit seinen Eltern gesprochen hat. Er versucht all das vor ihr zu verstecken, ihr ist bewusst, dass er das für sie tut, damit sie sich nicht schlecht fühlt, doch das tut sie. Er sollte bei seiner Familie sein.

Sie muss ihre Tränen herunterschlucken, sie wird diesen Mann immer lieben. Sie sieht auf seine schönen Lippen, die gerade Nase, die dunklen Wimpern und die leichten Stoppeln, die sich auf seiner Wange abzeichnen.

Neugierig beugt sie sich über ihn, sie inhaliert seinen Duft und ihr Herz reagiert sofort. Sachte, um ihn nicht zu wecken, legt sie ihre Lippen auf seine. Sie möchte testen, wie weit ihr Körper all das zulässt, wie tief diese Verbundenheit geht. Sie liebkost seine Lippen, will sich zurückziehen, doch dieses Gefühl ist so gut und sie hat es so sehr vermisst, dass sie es nicht schafft.

Bevor sie den Kuss vertiefen kann, legt sich seine Hand an ihre Wange, er ist wach und er vertieft den Kuss sofort, als könnte auch sein Körper gar nicht anders. Jemina seufzt leise auf, sie schafft es, alles von sich zu schieben. In dem Moment, als sie Diego wieder so küsst, gibt es nur sie beide und die tiefe Sehnsucht, die sie beide viel zu lange schon in ihrem Herz tragen.

»Jemina, ich … warte …«

Diegos Stimme ist rau, als sie sich mit ihrer Shorts auf ihn setzt. Sie atmet tief ein, spürt seine warme Haut, schmeckt ihn und die Kälte in ihrem Körper entweicht immer mehr. Sie weiß, dass er sie nicht überfordern möchte, doch sie spürt, dass sie genau das jetzt braucht.

»Ich brauche das, Diego. Ich brauche dich.«

Sie küsst ihn und spürt, wie sein Verstand aufgibt. Ihre Hände fahren seine Muskeln entlang, das erste Mal seit langer Zeit spürt sie wieder jede Faser ihres Körpers. Ihr wird warm, es vertreibt die Kälte in ihrem Herzen und sie genießt dieses Gefühl.

Diegos Hand fährt an ihren Po und unter die Shorts. Sie schließt die Augen, seine Hände auf ihrer Haut hinterlassen eine warme Spur, sie hatte nicht damit gerechnet, das noch einmal zu spüren. Statt zu entweichen, drückt sie sich seiner Hand entgegen und Diego seufzt auf. Er unterbricht den Kuss, um etwas zu sagen, doch Jemina lässt ihn nicht dazu kommen.

Er spürt ihre Bereitschaft, ihr Körper braucht genau das, und bevor er sie aus Rücksicht zurückhalten kann, greift sie nach unten, schiebt seine Boxershorts hinunter und ihre Shorts zur Seite, sodass sie sie beide tief verbinden kann.

Sie stöhnt laut auf, genau wie Diego. Er hat die Augen geöffnet und sieht sie liebevoll an, streicht ihre Haare nach hinten und zieht ihr das Top aus. »Bist du dir sicher, Sonnenschein?« Sie nickt und beginnt, sich hoch und runter zu bewegen. »Genau das brauche ich jetzt. Ich liebe dich, Diego, das kann nichts auf der Welt ändern und wenn alles andere zerbricht.«

Seine Hände fahren an ihre Hüften, während sie sich zu ihm hinunter wendet, um ihre Lippen zu vereinen, doch vorher treffen seine Lippen ihre Stirn. »Ich werde uns nie wieder aufgeben …« Das weiß sie, sie weiß all das und die nächsten Minuten verfestigen nur das, was ohnehin schon immer zwischen ihnen bestand.

Als sie danach in seinen Armen liegt, hat sie das erste Mal das Gefühl, dass es besser werden kann. Sie schließt erschöpft die Augen und das warme Brennen in ihrem Körper hallt noch nach. Sie spürt Diegos Arme um sich und seine Lippen an ihrer Stirn, während sie einschläft, doch trotz all der Nähe kommen auch in dieser Nacht das Feuer, der Rauch und die Schreie wieder, und als sie panisch aufwacht, weiß sie, dass all das noch lange nicht vorbei ist, auch wenn Diego es schafft, sie es für einige Zeit vergessen zu lassen.

Diego lässt sie lange schlafen. Trotzdem ist sie sehr müde, als sie das Hotel am Mittag verlassen. Je näher sie ihrem alten Zuhause kommen, umso mehr weicht dieses Mal das gute Gefühl, was Diego ihr bringt und sie hat das Gefühl, keine Luft mehr zu bekommen.

Sie sieht sich in der Stadt um, die direkt vor ihrem Anwesen liegt. Hier wirkt alles wie immer, natürlich, wieso sollte die Welt sich aufhören zu drehen, nur weil sie für sie zusammengebrochen ist? Nach der Stadt kommt nichts. Ihr Gebiet ist komplett abgelegen, jeder, der in die Nähe wollte, wurde sehr schnell bemerkt.

Die ersten Wachhäuschen tauchen auf und Diego greift nach ihrer Hand, als sie an den leeren Häusern vorbeifahren. Außer ein paar Straßenhunden treffen sie niemanden.

Es ist gespenstisch, dann tun sich nach und nach die ersten Häuser auf, die von den Männern und ihren Familien bewohnt waren und schon da setzt sich Jemina auf. Es steht kaum mehr ein Haus. Überall stehen Bagger. Riesige Schutt- und Steinhaufen flankieren die Straßenseiten.

»Was ist hier los? Das ist doch immer noch unser Grundstück, ich meine, wieso ...?«

Diego sieht sich genauso ratlos wie sie um und hält. Bis zum Haupthaus ist es nicht mehr weit und die Straße ist so voll Schutt geladen, dass sie mit dem Jeep nicht weiterkommen.

Diego flucht leise auf, als er Jemina hilft auszusteigen, alle Gärten sind umgegraben, Kinderschaukeln liegen zerstört am Straßenrand. Hier macht jemand das gesamte Grundstück platt.

Jemina hat mit allem gerechnet, doch nicht damit. Sie dachte, sie könnte es nicht ertragen, sich ihr Gebiet anzusehen, jetzt bricht ihr Herz ein weiteres Mal, als sie erkennt, dass gar nichts mehr davon da ist.

Sie läuft an Steinen und Schutt vorbei, sie muss es sehen. Ihr Atem geht schneller, je mehr Zerstörung sie sieht. Sie hört Diegos Stimme, der mit jemandem am Handy spricht und zu ihr blickt, als er auflegt.

»Das war Jacob, er war noch bis vor wenigen Tagen hier, um sich um alles zu kümmern und da war hier noch alles in Ordnung. Sie müssen gewartet haben, bis meine Familia weg ist und dann angefangen haben.«

Jemina bleibt vor der Straßenkreuzung stehen, vor der sie zu ihren Haus abbiegt und bekreuzigt sich. Da heute ein Feiertag ist, ist kein Bauarbeiter da, doch hier stehen unzählige Bagger herum.

Herzukommen und all diese Erinnerungen zu sehen, ist schlimm, herzukommen und nichts mehr vorzufinden, ist kaum ertragbar. Alles, alles was ihre Familie und die Familia ausgemacht hat, ist weg, als wollte man sie komplett löschen. Nicht einmal diese Erinnerung bleibt ihr?

Sie keucht auf und spürt Diegos Arme um sich, als sie zu Boden geht.

Sie spürt, wie ihre Knie bei dem Aufprall aufplatzen und sie verzweifelt aufschreit.

Es ist weg, das Haus, in dem sie aufgewachsen ist, ist komplett abgerissen worden. Es steht nur noch der linke Außenflügel. Alles, was noch von ihrem bisherigen Leben ist, liegt in Schutt und Steinen vor ihr.

Sie schließt die Augen und öffnet sie wieder, in der Hoffnung, dass sie das nur träumt, doch das tut sie nicht. Richtig reagieren kann sie erst wieder, als Diego sie loslässt, sich hinstellt und seine Waffe zieht.

»Bleib hinter mir, Jemina.« Sie sieht auf und dann erkennt auch sie, dass aus all dem Schutt eine Person auf sie zukommt.

Kapitel 11

Diego hilft Jemina auf die Beine, damit er sie hinter seinen Rücken schieben kann, der Mann hat keine Waffe in der Hand, doch Diego wird trotzdem vorsichtig sein. Irgendetwas geht hier vor sich und er wird herausfinden, was.

Noch während er Jemina hinter seinen Rücken schieben will, stoppt sie. »Fuego.« Diego sieht genauer hin und dann erkennt auch er einen von Raphaels besten Männern.

»Jemina.« Auch der Mann scheint erleichtert zu sein, Jemina zu sehen und keine Minute später liegt sie in seinen Armen. Diego steckt seine Waffe wieder weg und sieht sich weiter um, während er bei den beiden stehenbleibt. Jemina weint und Fuego flüstert ihr etwas zu. Er war die ganze Zeit damit beschäftigt, darauf zu achten, dass Jemina nicht zusammenbricht, nun nutzt er die Gelegenheit, dass sie einen anderen Halt hat und sieht sich komplett um. Es steht nichts mehr außer ein seitlicher Teil des Hauses, vor dem die meisten Bagger stehen. Wahrscheinlich haben sie die Arbeiten nur wegen der Feiertage unterbrochen.

»Ich dachte, ihr alle seid nach Hause gefahren.« Nun wendet sich Diego wieder den beiden zu. Der Mann nickt ihm zu. »Ich fliege heute Nachmittag nach Guatemala, dort lebt ein Bruder von mir und ich beginne neu. Deswegen bin ich noch einmal hergekommen, hier ist mein Zuhause, doch es ist alles weg.«

Diego sieht dem Mann in die Augen, er weiß von seinen Männern, dass einige von Arturos Männern, die überlebt haben, geholfen haben, all das Chaos zu beseitigen und die Gedenk- und Grabstätte zu errichten.

»Als meine Männer hier waren, stand das alles noch. Was ist hier passiert? Wer ist dafür verantwortlich?« Fuego sieht sich auch um, erst jetzt bemerkt Diego eine babyblaue kleine Decke in seiner Hand.

»Das habe ich mich auch gefragt. Ich musste wegen meiner Papiere ein paar Dinge in der Hauptstadt erledigen und bin erst heute zurückgekommen, um mir noch einmal alles zu holen, was ich mitnehmen wollte. Von meinem Haus steht nichts mehr. Das ist alles, was ich finden konnte. Wir haben zusammen mit euren Männern das Gelände verlassen, die anderen sind längst weg. Ich weiß nicht, wer das hier war.«

Jemina nimmt die blaue Decke und faltet sie liebevoll. »Ich war gestern beim Haus am Meer, warst du dort?« Sie sieht einen Moment zu Diego. »Fuegos Frau Rosa war mit uns dort, sie war schwanger mit ihrem ersten Sohn.«

Diego sieht den Mann an. Er hat tiefe Ränder unter den Augen, er scheint nicht geschlafen zu haben. Er wird nicht älter als 22 sein und hat schon jetzt solch ein Schicksal zu tragen. Diego erinnert sich, dass er oft an Raphaels Seite war. Er war sehr beeindruckt von ihm, nun steht ein gebrochener Mann vor ihnen und Diego ist noch einmal dankbarer, dass Jemina hier bei ihm ist und all das überlebt hat, auch er könnte jetzt hier an Fuegos Stelle stehen.

»Das tut mir sehr leid. Ich weiß, dass Raphael deine Arbeit sehr geschätzt hat, wenn du möchtest, kann ich dir einen Platz bei uns anbieten.« Fuego schüttelt den Kopf. »Ich denke, zur Zeit sollte ich mich einfach zurückziehen und all dem aus dem Weg gehen. Ich halte es hier kaum aus, aber ich bin dankbar für dieses Grabmal, was eure Familia gebaut hat, es ist sehr schön geworden.« Er deutet nach vorne zum Meer, von der Seite, von der er kam.

Jemina zieht ihr Handy heraus und gibt Fuego ihre neue Nummer, sie bittet ihn, sich zu melden und dass sie herausfinden wird, wer all das hier zerstört hat. Als der Mann sich verabschiedet, weil er seinen Flug bekommen muss, drückt Diego Jemina einige Geldscheine in die Hand.

»Geh zu ihm, gib sie ihm. Er wird zu stolz sein, um es von mir anzunehmen.« Jemina lächelt und läuft ihm hinterher, während

Diego an den Steinen vorbeiläuft, um zum Meer zu kommen, wo die Grabstätte stehen soll.

Auch dieses Grundstück liegt am Meer. Das Anwesen von Jeminas Familie liegt direkt an einem wilden Strand. Hier gibt es viele Felsen und das Meer ist wellig und wild. Das Strandhaus, was er gebaut hat, lag hingegen an einem ruhigen Strand mit kristallklarem Wasser. Diego mochte das Meer hier immer mehr. Hier ist weit und breit nichts, man sieht auf den langen Strand und die angrenzenden Wälder. Raphael hat sich dieses Stück Land bewusst ausgesucht, um sicher mit der Familia zu leben. Selbst ihm bricht es das Herz, weil nun nur noch Schutt hier herumliegt. Ganz am Ende des Gebietes, bevor der Strand beginnt, befindet sich eine kleine Kapelle und daneben viele weiße Steine, die als Kolumbarium dienen.

Jemina tritt neben ihn und sieht auf das Meer hinaus. »Er hat das Geld nicht angenommen. Aber ich soll dir sagen, dass er deine Geste sehr zu schätzen weiß. Fuego war schon immer ein sehr sturer Mann.« Diego hat geahnt, dass der Mann zu stolz ist. Jemina seufzt leise auf und blickt sich um. »Weißt du, dass all das hier eigentlich der Besitz seiner Familie ist? So kam er in unsere Familia. Seine Familie stammt aus Honduras, er und seine Brüder sind hier aufgewachsen, doch dann hat ihr Vater in Guatemala angefangen zu arbeiten und sie sind dorthin gezogen. Als er alt genug war, ist er hierher zurückgekommen, doch da hatte mein Vater das Land gekauft. Der Staat hat es ihm verkauft, obwohl er dazu nicht die Rechte hatte.«

Jemina muss lächeln. »Ich weiß noch genau, wie Fuego herkam und einen riesigen Streit begonnen hat. Ihn hat es nicht beeindruckt, wen oder was er hier vorgefunden hat und das wiederum hat meinen Vater sofort beeindruckt. Sie haben viel miteinander gesprochen und dann ist er ein Teil von unserer Familia geworden. Mein Vater hat immer gesagt, wenn mein Bruder wirklich nicht seinen Platz einnehmen möchte, wird er Fuego diesen geben. Fuego war sein bester Mann. Es bricht mein Herz, ihn jetzt so leiden zu sehen.«

Diego nimmt ihre Hand. Seit ihrer Nacht gestern hat er keine Bedenken mehr, ihr näher zu kommen, sie sucht ebenfalls immer wieder seine Nähe. Auch wenn ihm bewusst ist, dass nicht zwangsläufig zwischen ihnen alles wieder in Ordnung ist, ist er in all diesem Chaos wenigstens über diese positive Veränderung froh.

»Fuego hat mir gesagt, ich soll all das hier hinter mir lassen und neu anfangen, so wie er es tut. Er sagt, sonst werde ich verrückt.« Sie laufen in Richtung der Kapelle. »Da hat er recht, doch wir werden erst noch herausfinden, was hier passiert ist. Wie gefällt es dir?« Jemina sieht auf die weiße Kapelle und die weißen Steine. Sie haben es schlicht aber schön ausgewählt. In der kleinen Kapelle ist ein Kreuz aufgebaut und eine Bank und Möglichkeiten, Kerzen aufzustellen. Sie sitzen eine Weile dort drin, nachdem Jemina alle Urnengräber einzeln durchgegangen ist. Hier haben nun alle ihre letzte Ruhe gefunden. Die Männer, die überlebt haben, darunter auch Fuego, haben geholfen, alle Namen zusammenzutragen. Sie hatten nicht einmal die Möglichkeit, darüber nachzudenken, wie die Leichen beerdigt werden sollen. Von den Frauen und Kindern war kaum mehr als ihre Asche übrig und die Körper der Männer, die sie gefunden haben, waren alle zerstückelt. Allein wenn Diego daran denkt, würde er sich zu gerne noch einmal rächen, es ging viel zu schnell, doch all das würde nie eine Rache geben, die eine Genugtuung wäre.

Am Grab ihrer Familie beginnt Jemina zu weinen.

Nun stehen alle Namen hier, alle haben hier zusammen ihre letzte Ruhe gefunden, ihre Eltern und ihre Geschwister. Es ist besonders schwer zu ertragen, zu wissen, was Raphaels letzte Gedanken waren. Er hat seine Familie verbrannt vorgefunden und zugesehen, wie seine Tochter gequält wird, kurz danach wurde ihm der Kopf abgeschnitten, es gibt keinen grausameren Tod, als so zu sterben.

Sie sitzen lange da. Jedes Mal wenn Diego fragt, ob sie gehen wollen, sagt Jemina, dass sie noch etwas Zeit braucht. Die Kapelle und die Gräber stehen am Ende des Gebietes kurz vor dem Strand und man hört das Meer, er weiß, dass das der beste Ort ist, um ihnen allen die letzte Ruhe zu geben.

Diego versucht für Jemina da zu sein, doch auch ihm fehlen einfach nur die Worte, als er auf all die Namen blickt. Es sind 239 Menschen, die hier begraben wurden.

Je länger sie noch in der Kapelle sitzen, desto mehr macht sich Diego Gedanken, was hier passiert ist. Als Jemina sich dann erhebt und sie zurückgehen, bemerkt er, dass sie kaum mehr auf die Steine und den Schutt sieht. »Ich kann das nicht ertragen, dass alles was … zerstört ist. Wer macht denn so etwas? Keiner hat mich gefragt, was mit dem Haus passieren soll.«

Sie sehen auf den kleinen Teil, der noch steht, und Jemina deutet Diego mitzukommen. Auch wenn alles nicht mehr sehr stabil wirkt, kann man über eine Treppe noch in den ersten Stock, die Wände sind eingerissen, doch hier stehen noch Möbelstücke, Bilder hängen an den Wänden. Diego erkennt, dass es der Flur ist, auf dem Jeminas Zimmer lag.

Sie sieht sich verwundert um.

»Alles Wertvolle ist weg.« Sie gehen an geschlossenen Räumen vorbei zu Jeminas Zimmer. Auch Diego sieht sich um. »Die goldene Vase meiner Mutter, der teure Bilderrahmen mit dem Hochzeitsbild meiner Eltern, all das ist weg.« Sie betreten Jeminas Zimmer. »Vorsicht!« Auch hier fehlt die Außenwand. Sie müssen sehr vorsichtig sein. Jemina geht zu einer Kommode, die Schränke und Schubladen sind aufgerissen und alles scheint durchwühlt worden zu sein. Diego ist sich sicher, dass alle Zimmer so aussehen. Sie zieht eine Schmuckdose heraus und zeigt ihm die leere Dose. »Es ist alles weg.«

Diego steckt die Hände in seine Hosentaschen. Er wünschte, er könnte Jemina vor all dem schützen, doch er kann es nicht. »Sie haben alles Wertvolle herausgeholt und zu Geld gemacht, bevor sie das Haus nun abreißen.«

Jemina lacht leise bitter auf. Sie wirkt sehr erschöpft. Ihre Tränen, die Trauer und die erneute Erkenntnis darüber, was passiert ist und dass auch hier alles zerstört ist, hat sie wieder zurückgeworfen, auch wenn sie trotz allem gefestigter als gestern wirkt. Vielleicht aber auch nur, weil gerade immer mehr Wut in ihr hochzukommen scheint.

Sie geht in ihren Kleiderschrank, der völlig verstaubt ist. Diego holt aus einer der Schubladen mehrere Bilder von ihnen beiden heraus, die sie tief unter ihrer Kleidung versteckt hat.

Jemina kommt mit zwei großen Reisetaschen wieder und öffnet sie. Nach und nach füllt sie die Taschen mit Kleidung, Bildern, Dokumenten, Figuren und Erinnerungen. Diego legt auch die Bilder dazu.

Als sie dann hinaus auf den Flur treten und Jemina in das nächste Zimmer will, stockt sie und schüttelt den Kopf. Es ist das Zimmer ihrer kleinen Schwester. »Ich kann das nicht.«

Diego nimmt ihr beide Taschen ab. »Dann lass es. Du wirst sie auch so in Erinnerung behalten.« Jemina deutet zu einer Kommode am Ende des Flures, dort finden sie mehrere alte Familienalben, die sie einpackt, dann verlassen sie die Ruinen wieder und machen sich auf den Weg zurück zum Jeep.

Diego schreibt Dario, dass er sich später meldet, er bekommt ständig Anrufe. Sie alle machen sich Sorgen, sie feiern immer zusammen und Diego konnte gestern noch nicht einmal richtig mit einem von ihnen sprechen, doch er weiß, dass es seiner Familie gut geht und er muss jetzt hier sein und sich darauf konzentrieren.

»Wer hat das veranlasst? Wir müssen an einer Bank halten. Fuego hat mir geraten, die Konten meines Vaters aufzulösen. Irgendjemand probiert, sich all das, was mein Vater aufgebaut hat, zu nehmen. Fuego hat sein Konto und das seiner zwei Cousins, die in der

Familia waren, geleert, wir sollten das auch tun, bevor wirklich alles weg ist.«

Diego fährt auf die Autobahn, ihm kommt noch ein Gedanke. »Wo sind eure Lager?«

Keine zwanzig Minuten später stehen sie vor den großen Lagerräumen, in denen Waren im Wert von vielen tausenden von Dollars gelagert waren. Raphael hatte erst kurz vorher eine Großlieferung von ihnen bekommen. Alle Lager sind leer. Komplett leer.

Diego flucht, Jemina ist nicht einmal aus dem Auto gestiegen, es ist schlimm für sie zu sehen, wie alles auseinanderbricht und jede Erinnerung an ihre Familie ausgelöscht wird.

Die ganze Zeit über hat Diego versucht, einen klaren Kopf zu behalten, für sie, damit einer von ihnen mit klarem Verstand arbeitet, doch ihre Tränen und all das lassen Diegos Blut kochen.

Er zieht seine Waffe und geht zu einigen Lagerarbeitern, die an einem Container stehen. Er will wissen, wer hinter alldem steckt. »Wer hat die Lager ausräumen lassen?« Die Arbeiter schrecken zusammen und sehen auf die Waffe und die Lagerräume, auf die er zeigt. »Die wurden vor zwei Tagen geleert, aber nicht von uns. Das war die Polizei, der Präsident hat all das beschlagnahmen lassen.«

Damit hat Diego nicht gerechnet. Er hat sie damals gerufen und ihnen von Raphael und dem Hinterhalt erzählt, er hatte Tränen in den Augen und hat sie um Hilfe gebeten. Hat er sich so in ihm getäuscht?

Als er Jemina davon erzählt, ist sie allerdings nicht sehr verwundert. Sie erzählt, dass es immer wieder Ärger zwischen dem Präsidenten und ihrem Vater gab, weil der Präsident immer mehr mitverdienen wollte. Trotzdem kannten sie alle sich lange und dass er hinter allem steckt, hätte auch sie nicht vermutet.

»Fahren wir nicht zum Hotel?« Jemina ist eine ganze Weile ruhig, bevor sie sich wieder an ihn wendet. Diegos Gedanken rasen und er hat gedacht, sie wäre eingeschlafen. »Nein, wir klären das.« Nun setzt sie sich wieder richtig auf und sieht ihn an.

Heute hat sich Jemina das erste Mal ein Kleid angezogen. Diego kennt es, es hing lange in seinem Schrank und er weiß, wie wütend er eine Zeitlang wurde, wenn er auf das rosa Sommerkleid mit den lila Blüten darauf gesehen hat, doch heute hat es ihn gefreut, dass sie ihre Jogginghose und Leggings gegen etwas anderes getauscht hat, jeder kleine Schritt in die richtige Richtung freut ihn. Vielleicht wollte sie auch nur etwas Besonderes anziehen, wenn sie nach Hause kommt. Sie haben ja nicht geahnt, dass dieses Zuhause gerade abgerissen wird.

»Du kannst nicht einfach zum Präsidenten gehen und mit ihm sprechen. Er wird bewacht und ...« Diego hält vor dem Anwesen, wo er sie auch damals empfangen hat. »Du weißt, dass ich das kann und dass ich das tun werde.« Jemina sieht ihn ernst an, er zieht seine Waffe und sie nickt. »Dann gib mir auch eine.« Diego sieht ihr in die Augen, beugt sich zu ihr und gibt ihr einen Kuss auf die Lippen. »Ich weiß, dass du früher schon immer gesagt hast, wir sind wie Bonnie und Clyde, doch dieser Clyde hier passt auf seine Bonnie auf, du brauchst keine, bleib einfach bei mir.«

Jemina sieht ihn ernst an. »Das weiß ich, ich brauche sie nicht, um mich zu verteidigen.« Nun hält Diego ein. Er wollte die Tür von ihrem Jeep öffnen, doch er wendet sich noch einmal zu ihr. »Hör zu, Sonnenschein, es gibt nichts, was ich nicht mehr verstehe, als dass du Rache willst, doch die habe ich schon für dich genommen. Mach dir deine Hände nicht schmutzig, ich tue das für dich. Du hast schon genug in deinem Herzen zu tragen, belaste es nicht noch mehr. Auch wenn es sich vielleicht im ersten Moment richtig anfühlt, Rache zu nehmen, irgendwann wird es dich einholen.«

Diego will sich umwenden, doch da hört er ein leises Schluchzen und Jemina wischt sich die Tränen weg.

»Es tut mir so leid, Diego.« Er sieht nun noch verwunderter zu ihr. Alles in ihm drängt dazu, endlich da hineinzugehen und allen da drin die Waffe unter die Nase zu halten, bis er Antworten hat, doch er hebt Jeminas Kinn an, damit sie ihn ansieht. »Was soll dir leidtun? Es gibt nichts ...« Sie nickt. »Doch, das gibt es. Ich war so verletzt und wütend und habe dich nur noch von mir gestoßen. Ja, du hast Fehler gemacht, aber ich wusste doch immer, dass du mich liebst und jetzt und hier sehe ich wieder, dass all diese Sachen doch völlig unwichtig sind. Du bist da. Du stellst dich ohne zu zögern vor mich, es gibt nichts, was du nicht für mich tun würdest und ich weiß, dass du es nie so sagen würdest, doch ich weiß, dass wenn ich gerade in Gefahr bin, du zu mir kommen würdest, selbst wenn du dafür deine Familie und die Familia lassen müsstest. All das begreife ich mehr und mehr und ich fühle mich schuldig, dass ich das nicht schon früher gesehen habe und alles andere so ...«

Diego küsst sie. Er will nicht hören, wie sie sich entschuldigt, sie muss das nicht tun, für ihn ist das selbstverständlich, und in dem Moment, als er seine Hand in ihren Nacken legt und den Kuss vertieft, schließt er schmerzvoll die Augen, denn in diesem Augenblick wird ihm klar, dass sie recht hat. Er würde alles für Jemina tun und ohne zu zögern sein Leben für sie geben.

Als er den Kuss löst, legt er seine Stirn an ihre. »Ich habe viele Fehler gemacht und es war richtig, dass du mich von dir gestoßen hast, um mir das richtig klarzumachen. Ich musste dich verlieren, um das alles zu begreifen, doch all das und nichts, was kommen wird, wird an diesem tiefen Band zwischen uns rütteln. Also komm, Bonnie, lass uns klären, was passiert ist.«

In dem Moment, als sie aussteigen und Diego Jeminas Hand in seine nimmt, ruft Dario an. Er nimmt den Anruf an, er weiß, dass wenn er drei Anrufe nicht annimmt, Dario im Flieger sitzt und ihn suchen kommt.

»Wo zur Hölle steckst du? Du wolltest doch ...«

Diego hebt seine Waffe, als die zwei Wachposten vor dem Tor ihn sehen. »Ich besuche gerade den Präsidenten.« Die Wachleute sehen ihn verwundert an, sie scheinen ihn zu erkennen. »Lasst die Waffen fallen und sagt eurem Chef, dass ich in zwei Minuten bei ihm bin, er soll sich etwas anziehen.«

Diego geht durch das Tor, ohne die Wachen weiter zu beachten. Dario am Handy flucht auf. Er weiß, dass sie ihn durchlassen und den Präsidenten informieren werden. Auch wenn sie hier in Honduras sind, wirkt die Macht der Da Silvas über all diese Grenzen hinweg.

»Kannst du nicht einmal auf Verstärkung warten? Brauchst du Männer bei dir? Soll ich …?« Die Tür zum pompösen Haus wird geöffnet und der Präsident persönlich begrüßt sie mit einem breiten Grinsen im Gesicht, er hebt seine Arme.

»Diego Da Silva, was verschafft mir die Ehre?« Erst in diesem Moment wandert sein Blick zu Jemina und er wird blasser. Diego weiß nicht, ob er mitbekommen hat, dass Jemina überlebt hat. Sie haben sie ja direkt nach Puerto Rico gebracht. Seinem Blick zufolge nicht.

»Lassen wir diese Höflichkeitsversuche.«

Er hebt seine Waffe und zielt auf den Kopf des Präsidenten, die Sicherheitsleute, die im Raum verteilt sind, heben ihre Waffen ebenfalls, doch weder Diego noch Jemina weichen zurück. Diego geht auf den Präsidenten zu.

»Ich bin mit Jemina zurückgekommen, um zu sehen, was mit den Grundstücken, den Konten und Lagern ihrer Familia ist. Wir haben festgestellt, dass ihr nur darauf gewartet habt, dass die Da Silvas das Land verlassen, um euch dann alles zu nehmen und zu zerstören.« Bei jedem Wort wird Diego saurer. Der Präsident will etwas sagen, doch Diego lässt ihn nicht.

»Wir saßen hier zusammen, Sie selbst wissen, was Raphael angetan wurde, wie können Sie nur so kurz nach seinem Tod so auf seinem Grab tanzen? Haben Sie kein Schamgefühl?«

Er weiß, wie wütend er sich anhört und das ist er auch. Der Präsident hebt noch einmal die Hände. »Ich wusste nicht, dass einer aus der Familia überlebt hat. Ich habe Raphael immer respektiert und wollte nur sichergehen, dass keine Diebe kommen und sich über all das hermachen, was …«

Diego kann sich das nicht einmal anhören. »Deswegen räumen Sie die Lager und reißen alles ab? Es gibt einen Grund, warum Puerto Rico keinen Präsidenten mehr hat, das kann sich auch ganz schnell in Honduras ändern. Alles, alles, jeder Cent, jede Vase, jede Waffe, jeder Millimeter Boden der Familia gehört jetzt Jemina. Wir sind noch ein paar Tage hier, in der Zeit ziehen die Bagger ab und alle verlassen das Anwesen. Alle Sachen kommen zurück, die aus dem Haus genommen wurden und die Waffen sind zurück im Lager. Zwei Tage, ansonsten komme ich wieder und da hilft ihnen niemand hier.«

Er deutet zu den Sicherheitsleuten, die etwas unsicher zwischen dem Präsidenten und Diego hin und her sehen. Der Präsident nickt nur, man sieht ihm an, dass es ihm nicht passt, doch er hat nicht die Macht, etwas dagegen zu tun.

Diego wendet sich zum Gehen um, er hört das Lachen von Dario aus dem Handy, er hat ganz vergessen, dass sein Bruder noch dran ist. Er hat Jeminas Hand nicht einmal losgelassen und als er sie jetzt mit hinausnimmt, atmet sie erleichtert durch, doch Diego hat noch etwas vergessen.

Er wendet sich noch einmal um.

»Und noch etwas: Ich erinnere mich genau, wie Sie gesagt haben, wie schwer es Honduras ohne Familia hat. Solange bis ich etwas anderes sage, gehört Honduras nun den Da Silvas. Sie sollten sich Ihre nächsten Schritte gut überlegen, wie gesagt, wir halten nicht viel von Präsidenten!«

Kapitel 12

»Alles in Ordnung?«

Jemina sieht über den Spiegel in Diegos Augen, der in das Bad kommt. Sie senkt den Blick und nickt. »Ich dachte, du willst noch etwas schlafen?«

Es war eine schwere Nacht.

Vorgestern waren sie an ihrem Haus und beim Präsidenten. In dieser Nacht ist Jemina eingeschlafen, bevor Diego überhaupt im Bett war und hat tief und fest geschlafen. Ihr Körper hat ihr den Schlaf gegeben, den sie dringend gebraucht hat. Sie hat bis zum Mittag geschlafen, als sie wach wurde, war Diego schon lange am Laptop und hat Sachen organisiert. Sie sind noch einmal zum Grundstück gefahren, und bevor die Bagger ganz abgezogen sind, hat Jemina entschieden, dass sie diesen kleinen Teil des Hauses auch noch abreißen sollen, es tut mehr weh, diesen Fetzen zu sehen als gar nichts mehr. Die Bauarbeiter haben den Auftrag, alles zu entfernen und die Außengrenzen wieder komplett auszubauen, dann ziehen sie ab.

Zudem waren sie bis zum späten Nachmittag bei den Lagern, die wieder gefüllt werden. Sie wissen nicht, wo der Präsident die Sachen hingebracht hat, doch sie kommen wieder. Diego kümmert sich darum, dass einiges davon verkauft wird. Jemina hat Fuego angerufen und mit ihm ausgemacht, dass er sich mit den alten Geschäftspartnern in Verbindung setzt und den Rest verkaufen wird. Er soll das Geld dann auch gleich behalten, dieses Geld ist auch sein Geld. Er hat einen großen Teil der Arbeit ihres Vaters übernommen. Sie weiß, dass er eigentlich weggeflogen ist, um all dem zu entgehen, doch als sie ihn gebeten hat, hat er zugestimmt. Auch er möchte nicht zulassen, dass der Präsident sich daran bereichert.

Als sie dann gestern erst mitten in der Nacht ins Bett gekommen sind, hat Diego sie wieder fest in seinen Armen gehalten, doch Jemina konnte nicht schlafen, und als sie dann endlich eingeschlafen ist, ist sie immer wieder schweißgebadet aufgewacht. Sie hat geträumt, sie wäre wieder da, in diesem Raum, gefesselt, und vor ihren Augen werden nach und nach alle Menschen, die sie liebt, verbrannt, dieses Mal war auch Diego dabei.

Der Traum war so realistisch, dass sie nicht wieder einschlafen konnte und somit war auch Diego wach. Sie haben viel darüber geredet, was passiert ist. Er ist überzeugt davon, dass es ihr nach und nach besser gehen wird, doch nach dieser Nacht weiß Jemina, dass sie Hilfe braucht. Es ist zu viel, ihr Verstand schafft es nicht, all das zu verarbeiten und zu begreifen, von ihrem Herzen mal ganz abgesehen.

Sie beide haben nicht geschlafen und als sie ins Bad gegangen ist, hat sie angenommen, Diego legt sich noch einmal hin, doch nun steht er angezogen hinter ihr und sieht sie unsicher an. Sie hat ein sehr schlechtes Gewissen, dass er wegen ihr hier ist und nicht bei seiner Familie und dass sie ihn mit alldem so belastet. Sie sieht, wie sehr es ihn quält, sie so zu sehen, deswegen versucht sie immer, zu lächeln und sich nichts anmerken zu lassen, doch vor allem bei Diego fällt ihr das sehr schwer, weil er sie so gut kennt.

»Ja, es ist alles gut. Wo gehst du hin?« Diego bindet sich seine Uhr um und steckt sich seine Waffe in den Hosenbund. »Ich überprüfe noch einmal alles am Lager. Willst du mitkommen oder bleibst du hier und ruhst dich noch etwas aus?« Er tritt zu ihr und küsst ihre Schulter. »Ich bleibe hier, kann ich deinen Laptop benutzen?« Diego grinst und sie sieht ihm noch immer über den Spiegel in die Augen. Wie lange sie dieses Grinsen nicht mehr gesehen hat. Es scheint ewig her zu sein, dass sie wirklich unbeschwert zusammen waren.

»Wie kannst du mich so etwas fragen? Natürlich. Melde dich, wenn etwas ist. Ich liebe dich.«

136

Jemina seufzt leise auf, sie sieht die dunklen Ränder unter seinen Augen. »Das solltest du vielleicht lieber nicht.« Diego kommt näher und küsst ihre Wange. »Das werde ich immer.«

Nachdem Diego gegangen ist, fühlt Jemina sofort ein beklemmendes Brennen in ihrer Brust und ihr wird bewusst, dass sie, seit sie im Krankenhaus wach geworden ist, nur einmal richtig alleine war und das auch nur kurz. Sie macht sich fertig und zieht sich einen schwarzen knielangen Rock und ein hellrosa Top an.

Im Hotel gibt es einen kleinen aber sehr schönen Juwelierladen. Jemina hat keinen Schmuck mehr, es ist alles weg und Diego hat sie überredet hineinzugehen. Sie wollte nicht, sie hat ganz andere Dinge im Kopf, doch Diego weiß, dass sie immer Schmuck getragen hat, wirklich immer, und als sie dann den schönen Schmuck gesehen hat, haben ihr auch gleich einige Teile gefallen. Sie haben zwei größere goldene Creolen und Perlenstecker mitgenommen. Jemina hat nach einer Kette mit einem Kreuz gesucht, wie sie sie von Diego bekommen hat und die nun auch aus ihrem Haus geklaut wurde. Doch der Laden hatte keine Ketten mit Kreuzanhängern, deswegen haben sie ein Armband genommen, was Jemina jetzt zusammen mit dem rosafarbenen Armband trägt, was Diego ihr in der Kirche gekauft hat.

Sie steckt sich die weißen Perlenohrringe an und tuscht sich ihre Wimpern, mehr Schminke legt sie nicht auf, so langsam kehrt ihre normale Gesichtsfarbe auch wieder zurück und sie bindet sich zum Schluss einen feinen hohen Dutt.

Als sie mit alldem fertig ist, trommelt sie mit den Fingern auf der Ablage im Bad herum. Sie wird sofort nervös. Die Stille lässt sie unruhig werden und ihre Gedanken drohen sie wieder in die falsche Richtung zu ziehen. Auch in dem Haus war es still. Wenn er nicht da war, war es still. Jemina lag stundenlang wach und hat auf jedes Geräusch gehört, ob jemand kommt und sie rettet. Die Stille tut ihr gar nicht gut.

Schnell geht sie zurück in den Wohnbereich, sie tritt auf die Veranda und blickt über Honduras. Früher hat sie es geliebt, alleine zu sein. In einer Familia ist man nie oder nur sehr selten mal alleine und wenn, dann hat sie immer die Augen geschlossen und dieses Gefühl geliebt. Nun lässt allein der Gedanke daran, die Augen zu schließen und diese Stille zu ertragen, ihr Schweißperlen auf die Stirn treten. Sie weiß, dass sie etwas machen muss. Nun hat sie die Gräber ihrer Familie besucht, hat all das gesehen, was geblieben ist und es ist an der Zeit, dass sie sich um ihre Heilung kümmert.

Während der ersten Tage im Krankenhaus gab es Zeiten, in denen Jemina die Augen geschlossen und sich gewünscht hat, nicht mehr aufzuwachen. Sie wollte nicht mehr leben, nicht als Einzige, wenn alle anderen tot sind. Sie hat in den Spiegel gesehen und nicht mehr gewusst, wen sie darin betrachtet. Doch dann hat sie in Diegos Augen geblickt und durch seine Liebe erkannt, wer sie ist. Sie hat sich wieder an früher erinnert und an die schönen Zeiten und nun weiß sie genau, dass ihre Eltern sie so niemals hätten sehen wollen. Sie muss kämpfen, gesund werden und allen zeigen, dass sie noch da ist. Wenn sie als Einzige noch da ist, dann ist das so, doch sie hat überlebt, in ihr schlägt das Kämpferherz ihres Vaters und das lässt sie nicht aufgeben.

Deswegen holt sie den Laptop auf die Veranda und beginnt, sich im Internet nach einigen Kliniken umzusehen. Der Arzt der Da Silvas hat ihr einige empfohlen, doch sie sucht in Honduras nach Kliniken. Wenn sie versuchen will zu heilen, wird ihr das nur hier gelingen.

Jemina sieht das erste Mal wieder vom Laptop auf, nachdem Diego ihr eine Nachricht geschrieben und gefragt hat, wie es ihr geht. Sie hat schon zwei Stunden Kliniken durchsucht, doch keine hat ihr das Gefühl gegeben, dass sie dort die Hilfe bekommt, die sie braucht. Vielleicht sollte sie doch lieber auf den Arzt hören. Sie schreibt ihm zurück, dass alles gut ist und fragt, wann er kommt, dann geht sie auf die nächste Seite einer Klinik, die sich auf einer der kleinen Inseln befindet, die noch zu Honduras gehören.

Einige werden als Urlaubsparadiese mit traumhaften Strandanlagen geführt, doch eine kleine Insel scheint als eine Kurklinik zu dienen. Schon als sie die ersten Seiten betrachtet, fühlt sich das ganz anders an. Sie haben andere Ansätze als die meisten Kliniken. Sie sagen, dass sie einem nicht den Schmerz und die Trauer nehmen wollen, denn diese sind wichtig. Sie zeigen einem Wege, damit zu leben und zu lernen, mit dem Erlebten weiterleben zu können. Es gibt Reiten als Therapieform, Yoga, all das spricht Jemina sofort an.

Sie bieten auch keine Standardtherapien an wie die meisten Kliniken, sondern erstellen für jeden Patienten eine individuelle Therapie, nachdem sie sich ausgiebig mit den Patienten auseinandergesetzt haben. Nur der Anfang ist immer gleich.

Die Patienten gehen für zwei Monate in die Klinik auf der Insel und lassen alles hinter sich. Zwei Monate haben sie keinen Kontakt zur Außenwelt, um ihre Seele zu öffnen und sich komplett auf das Heilen zu konzentrieren, danach wird noch einmal neu entschieden, wie lange und wie intensiv die Therapie dann weitergeführt wird.

Jemina ist so angetan von alldem, dass sie gleich einen Fragebogen ausfüllt. Als sie den Grund der Therapie angeben soll, umschreibt sie nur leicht, was passiert ist, sehr vage, sie kann es nicht einmal aufschreiben, doch sie hofft, das wird reichen. Diese Therapie ist natürlich sehr teuer, doch sie hat dank Diego genug Geld auf ihrem Konto, mehr als genug vom Vermögen ihres Vaters. Es ist nur ein Fragebogen, die Klinik wird sich dann melden, doch allein beim Abschicken fühlt es sich fast so an, als würde eine kleine Last von ihr fallen.

Trotzdem sucht sie weiter, bis ihr Handy klingelt. Erst als sie das Gerät in die Hand nimmt, bemerkt sie, dass es gar nicht ihr Handy ist, das da klingelt. Sie lässt den Laptop offen und geht verwundert in das Hotelzimmer zurück, erst da bemerkt sie, dass es ein Telefon auf der Kommode ist, was klingelt. Ihr Zimmertelefon, von dem Diego immer Bestellungen macht.

Sie geht ran und eine Frau von der Rezeption sagt ihr, dass zwei Herren unten sind und in der Lobby auf sie warten. Verwirrt legt Jemina auf. Sie hat gefragt, wer dort wartet, doch die Frau hat gesagt, die beiden haben ihre Namen nicht genannt und sich gleich hingesetzt.

Einen Moment denkt Jemina daran, Diego anzurufen oder gar nicht hinunterzugehen, doch dann atmet sie tief ein und ermahnt sich selbst. Sie waren bei der Bank, der Präsident weiß, wo sie sind, es werden irgendwelche Leute sein, die etwas wegen des Erbes oder wegen sonst etwas klären wollen. Niemand der ihr etwas antun möchte, lässt sie im Hotel ausrufen und wartet in der Lobby auf sie. Wenn sie ihr Leben in den Griff bekommen will, gehört dazu auch, hinter Diegos breitem Rücken hervorzukommen und wieder selbstständig zu handeln.

Sie nimmt sich nur die Zimmerkarte mit und geht schnell nachgucken, wer da unten ist. Als sie allerdings in den Fahrstuhl steigt, schlägt ihr Herz doch viel zu aufgeregt in ihrer Brust. Im Erdgeschoss tritt sie in die Lobby und blickt sofort in die Augen ihres Onkels.

»Jemina, Jemina mein Kind, lieber Gott, wir können dir gar nicht genug danken, dass unser Engel noch lebt.«

Schneller als sie überhaupt mit der Wimpern zucken kann, liegt sie in den Armen ihres Onkels und sieht auch auf Nathaniel, der betroffen neben ihnen beiden steht und den Kopf senkt. Giudo, an ihn hat sie überhaupt nicht mehr gedacht. Der einzige noch lebende Verwandte ihrer Mutter, ein Stiefbruder, der ein sehr schwieriges Verhältnis zu ihnen alle hatte, drückt Jemina an sich.

»Giudo, wie hast du mich gefunden?« Auch Jemina schließt einen Moment die Augen, sie hatten nie allzu viel miteinander zu tun, doch sie hat wirklich komplett verdrängt, dass sie noch einen lebenden Verwandten hat. »Wir waren sofort hier, als wir von alldem erfahren haben. Es ist eine Schande, was passiert ist, ich konnte mich nicht einmal von meiner Schwester verabschieden.

Der Präsident hat uns empfangen und hat mich gestern kontaktiert und berichtet, dass du wieder in Honduras bist. Wie geht es dir?«

Er lässt sie los, Jemina geht zu Nathaniel und umarmt auch ihn. Sie hat ihn nach ihrer Trennung damals nicht mehr gesehen. Was heißt Trennung, sehr viel war nicht zwischen ihnen, aber immerhin haben sich ihre Familien bereits kennengelernt, bis Diego wieder aufgetaucht ist.

»Als ich gehört habe, was passiert ist, bin ich fast durchgedreht vor Sorge. Du siehst gut aus, erholt, ich hätte etwas ganz anderes erwartet.« Nathaniel gibt ihr einen Kuss auf die Wange und Jemina sieht ihm in die Augen. »Ja, ich habe mich in den letzten Wochen ein wenig erholen können.« Zumindest äußerlich.

Um den abschätzigen Blicken von Nathaniel und ihrem Onkel zu entgehen, deutet sie auf die Terrasse. »Wollen wir uns nach draußen setzen und etwas trinken? Ich habe gar nicht damit gerechnet, euch ... also, dass ihr kommt.«

Zusammen setzen sie sich auf die edel ausgestattete Terrasse. Sofort tritt eine Kellnerin zu ihnen und sie bestellen sich alle etwas zu trinken. »Das habe ich eh nicht verstanden, Jemina, wieso bist du nicht sofort zu mir gekommen? Der Präsident sagt, du warst in Puerto Rico? Wieso bist du nicht zu deiner Familie gekommen?«

Sie streicht sich über die Stirn. Um ehrlich zu sein hat sie nicht einmal an ihren Onkel Giudo gedacht, bis gerade eben. »Ich war nicht bei Bewusstsein. Die Da Silvas haben mich da herausgeholt und ich war bei ihnen. Ich bin erst vor einigen Tagen hergekommen und habe gesehen, wie es hier aussieht. Wieso wart ihr beim Präsidenten?«

Ihr Onkel sieht sie ernst an. »Weißt du noch, die Blumenhändlerin aus der Stadt bei euch am Gebiet? Mit der ich ... meinen Spaß hatte. Sie hat mich angerufen, um mir ihr Beileid auszusprechen. Da habe ich erfahren, was passiert ist und bin hergeflogen. Hier habe ich das reinste Chaos vorgefunden und einer der Männer dort hat mich zum Präsidenten gebracht. Er hat mir sein Beileid ausgesprochen, er wusste nicht, dass jemand überlebt hat. Da ich so ja der Erbe war, zumindest sicherlich zum Teil, hat er meine Nummer genommen und wollte sich um alles kümmern und sich bei mir melden. Das hat er gestern gemacht und gesagt, du bist da.«

Jemina sieht ihrem Onkel in die Augen.

Das Verhältnis von ihrer Mutter und ihrem Halbbruder war immer schwer. Sie haben sich nie sonderlich gut verstanden, und als sie dann ihren Vater geheiratet hat, ist er immer wieder aufgetaucht, hat Geld ausgegeben und Ärger gemacht. Ihre Mutter hat ihm zwar immer geholfen, doch wenn sie im Dorf bei ihrer Oma waren, wo er noch im Haus lebt, weiß Jemina noch genau, hat sie ihnen immer gesagt, sie sollen sich von ihm fernhalten und Jemina weiß, dass ihr Vater ihn nie sehr gemocht hat und vieles nur wegen ihrer Mutter durchgehen lassen hat.

»Okay, ja, wie gesagt, ich war in Puerto Rico.« Sie bekommen die Getränke und ihr Onkel nimmt einen großen Schluck. »Das ist gut, dass sie dich da herausgeholt haben, aber jetzt bin ich ja da. Brauchst du etwas? Ich habe mir solche Sorgen gemacht, das ist für uns alle schwer, doch du hast ...« Jemina trinkt auch etwas, ihr ist heiß. Mit den beiden darüber zu sprechen, fühlt sich nicht richtig an. »Es war schlimm.«

Das erste Mal sagt Nathaniel etwas. »Ich habe deinen Onkel gleich begleitet. Als ich das gehört habe, habe ich mir sofort Sorgen gemacht. Ich weiß, dass das damals nicht gut gelaufen ist, du hast alles so abrupt beendet, doch das bedeutet nicht, dass ich nicht für dich da bin.«

Sie fühlt sich etwas überfordert. »Danke, aber ihr braucht euch keine Sorgen zu machen. Es geht mir natürlich nicht gut, aber Diego kümmert sich um mich und ich ...« Nun unterbricht ihr Onkel sie und legt seine Hand auf die von Jemina.

»Das haben wir gehört und genau das macht uns am allermeisten Sorgen. Jemina, pass auf, begehe nicht die Fehler, die deine Mutter gemacht hat. Sie hätte glücklich werden können, doch sie hat dieses Leben in dieser Familie vorgezogen und nun sieh, wo sie gelandet ist. Es gibt nicht einmal ein richtiges Grab, wo man sie betrauern kann.«

Die Worte ihres Onkels sind wie eine Ohrfeige für sie. »Doch, das gibt es und es ist wunderschön und ich weiß, dass ihr nicht viel Kontakt hattet, aber meine Mutter war glücklich. Sie war zufrieden und glücklich mit meinem Vater. Er hat sie über alles geliebt und ...«

Nathaniel unterbricht sie. »Aber das reicht doch nicht immer. Genau das waren doch deine Worte, als du mir damals von Diego erzählt hast. Dass er die ganze Zeit andere Frauen hatte und dich nie zu schätzen wusste und dass die Liebe alleine nicht immer ausreicht. Willst du das jetzt noch einmal? Nach allem, was dir passiert ist, kannst du doch nicht zu ihm zurückkehren und vergessen, was war.«

Wie ist diese Unterhaltung von einer herzlichen Umarmung so schnell hier gelandet. Das scheint den beiden wirklich unter der Haut zu brennen. »Diego ist mein engster Vertrauter, das ist gerade das Wichtigste. Ich vertraue den Da Silvas hundertprozentig und das hat mein Vater auch immer getan. Das, was in der Vergangenheit alles war, hat nichts damit zu tun, dass Diego alles für mich tut und dass er mich beschützt. Seine Familia hat sich um alles gekümmert und ich bin ihnen sehr dankbar dafür, während der Präsident nichts anderes zu tun hatte, als unser Haus einzureißen und unsere Lager zu räumen.«

Nur durch die Blicke der anderen Gäste spürt sie, dass sie lauter geworden ist. Es macht sie so wütend, dass er alles zerstört hat, was ihr noch geblieben ist.

»Das hatte ich mit ihm besprochen und ich bin immer noch dafür. Dieses Land erinnert daran, dass meine Schwester viel zu früh wegen falscher Entscheidungen sterben musste und diese

Waffen sollten verkauft werden, damit ich mein Erbe ausgezahlt bekomme und der Präsident daraus ein tolles ...«

Jemina kann nicht glauben was sie da hört.

»Dein Erbe? Ich habe dich seit Monaten nicht gesehen und ich weiß, dass ihr kaum noch miteinander gesprochen habt. Du warst nicht einmal auf der Beerdigung eurer Mutter und du denkst, du hast irgendein Recht auf Geld? Auf das Geld aus dieser schrecklichen Ehe, wie du es bezeichnest? Da muss das ja ein richtiger Schreck gewesen sein, dass ich noch lebe und dass du somit gar nichts bekommst. Keiner wird sich diese Grundstücke nehmen oder an die Lager gehen und ...«

»Jemina.« Ihr Onkel greift erneut nach ihrer Hand, die sie ihm schon längst wieder entzogen hatte. »Du hast viel erlebt und du kannst jetzt keine klaren Entscheidungen treffen. Du bist genau wie deine Mutter geblendet von den Worten dieses Mannes, und wenn ich als Onkel jetzt nicht eingreife, steht dir genau so eine Zukunft bevor wie das Schicksal, was deine Mutter getroffen hat ...« Jemina schüttelt nur den Kopf. Sie versteht immer besser, wieso ihre Mutter nur die Augen verdreht hat, wenn sie einen Anruf ihres Bruders bekommen hat.

»Ich würde mich glücklich schätzen, wenn ich nur die Hälfte des Glückes in meinem Herzen tragen könnte, was meine Mutter jeden Tag verspürt hat. Weißt du, was sie als Letztes getan hat, bevor sie umgebracht wurde? Sie hat sich Hochzeitskleider angesehen, weil sie es nach all diesen Jahren nicht erwarten konnte, meinen Vater noch einmal zu heiraten und wenn mir das Gleiche bevorsteht, danke ich Gott dafür.«

Ihr Onkel geht darauf gar nicht weiter ein.

»Das Wichtigste ist doch, dass all das Geld und alles andere hier in Honduras bleibt. Der Präsident hat mir gesagt, dass die Da Silvas Honduras nun für sich beanspruchen. Das kann es doch nicht sein, was du willst. Deine Heimat? In den Händen von Puerto Ricanern? Sieh doch, Nathaniel ist hier. Mit ihm an deiner Seite wirst du das wahre Glück finden, du solltest dich mit alldem nicht befassen. Wir kümmern uns um alles und er wird dich auch niemals hintergehen und verletzen und ihr könnt hier in deiner Heimat leben.«

»Jemina.«

Er hätte gar nichts sagen müssen. Sie hat seine Präsenz bereits viel früher gespürt und wie immer bildet sich eine leichte Gänsehaut in ihrem Nacken, als sie seine Hand an ihrem Rücken spürt. Er setzt an, etwas zu sagen. Wie sie Diego kennt, wird er die beiden ihretwegen sogar noch freundlich begrüßen, doch sie kommt dem zuvor.

»Das Allerwichtigste, Giudo, ist es, dass keiner von euch noch einmal auf den Gedanken kommen sollte, sich an mein Grundstücken und mein Geld heranzuwagen. Es mag sein, dass ich die Tochter deiner Schwester bin, die du im übrigen kein bisschen richtig gekannt hast, das haben die letzten fünf Minuten bewiesen, aber vor allem und was du vergessen hast, bin ich auch die Tochter meines Vaters. Es sollte sich keiner wagen zu versuchen, noch einmal hinter meinem Rücken im Namen der Familia zu handeln, ihr alle habt kein Recht dazu. Und lieber gebe ich mein Leben in die Hand dieser Puerto Ricaner als in die der Honduraner, die es nicht erwarten konnten, alle Andenken zu zerstören, die von meiner Familie noch übrig sind. Und Diego oder jemand aus seiner Familie würde sich niemals mit mir hier hinsetzen und mir versuchen etwas einzureden. Sie akzeptieren meine Entscheidungen und unterstützen mich. «

Jemina steht auf, ihr Onkel sieht sie böse an. Nathaniel blickt auf den Tisch. Diego ist nach hinten getreten, er weiß, dass sie das alleine regeln kann, doch er würde nie weit weg gehen und ihr nicht den Rücken stärken.

»Nathaniel, danke für deinen Besuch, doch ich habe mich damals schon für diese Liebe entscheiden. Du bist ein guter Kerl und du verdienst eine Frau, die dich auch über alles liebt, aber das werde ich niemals können. Ich weiß nicht, was ich tun werde, wo ich leben oder für was ich mich am Ende entscheiden werde. Ich habe vor wenigen Wochen alles verloren, was mein bisheriges Leben ausgemacht hat und ich bin noch gar nicht in der Lage, jetzt solche Entscheidungen zu treffen, doch was ich genau weiß ist, dass meine Familie gestorben ist. Ich habe keine Familie mehr, daran ändert auch dieser Besuch hier nichts. Trotzdem war es nett, dass ihr hier wart. Grüß deine Eltern, Nathaniel.«

Jemina zwingt sich selbst noch einmal zu einem Lächeln, sie sieht den beiden Männern noch einmal in die Augen. Sie weiß, dass sie nur schweigen, weil Diego hinter ihr steht, doch das ist in Ordnung. Erst war sie verwundert, ihren Onkel zu sehen, dann hat sich so etwas wie eine kleine Hoffnung in ihr breitgemacht, doch noch einen kleinen Teil Familie zu haben, bis er angefangen hat zu sprechen. Nun will sie nur noch weg hier.

Diego sieht ihr in die Augen, als sie zu ihm kommt und sie zusammen zurück ins Hotel gehen. »Seit wann sind die beiden da?« Er nimmt ihre Hand in seine. »Seit ein paar Minuten, sie haben gleich auf mich eingeredet, dass … ich weiß auch nicht. Mein Onkel scheint mit dem Präsidenten zusammenzuarbeiten.«

Ein Page drückt den Knopf für den Fahrstuhl für sie. »Dann werden sie sich ab heute zurückhalten, ich war gerade noch einmal beim Präsidenten und habe ihm so einiges klargemacht und ...«

Sobald sich die Fahrstuhltür schließt, wendet sich Jemina zu Diego um und legt ihren Kopf an seine Schulter. »Ist es normal, dass du dich tausendmal mehr wie meine Familie anfühlst als mein eigener Onkel?« Diegos Arme umfangen sie, seine Stimme ist etwas rauer, das ist immer so, wenn ihn etwas berührt. »Absolut normal. So soll es sein.«

Sie zieht ihren Kopf zurück und sieht ihm einen Moment in die Augen, bevor sie sich zu ihm hoch beugt und ihn küsst. Es war nur ein kleiner Kuss, doch die Erkenntnis, wie stark dieses Band zwischen ihnen ist, immer war und wahrscheinlich durch die letzten Wochen geworden ist, lässt sie den Kuss ausdehnen. Als sich die Fahrstuhltür öffnet, schreckt sie zusammen, so eingenommen war sie von diesem Kuss.

»Hast du schon gegessen?« Diego legt den Arm um sie und sie gehen in ihre Suite. Sie hat wirklich Hunger, es ist wahrscheinlich ein gutes Zeichen, dass sie wieder ein normales Hungergefühl hat. Er bestellt Essen für sie und will ihr gerade erzählen, was beim Präsidenten ist, da piept sein Handy und er blickt darauf.

»Du hast eine Mail bekommen, Jemina.«

Das hatte sie ganz vergessen. Sie hat die Mail über seinen Account geschrieben. Jemina holt den Laptop und liest sich die Nachricht durch. Sie ist herzlich willkommen in der Klinik. Sie könnte schon in den nächsten Tagen anreisen, da ein komplett neues Programm mit dem Start ins neue Jahr beginnt, woran sie gleich teilnehmen könnte, sonst muss sie zwei Monate warten. Diese zwei Monate, in denen die Patienten komplett von der Außenwelt abgeschnitten werden, werden sehr konsequent durchgezogen.

»Was ist das?« Diego setzt sich auf die Couch und Jemina neben ihn. Sie zeigt ihm die Klinik, das Programm und auch die Mail.

Es gibt keinen Menschen, den sie besser kennt als Diego und sie sieht sofort, dass er nicht begeistert ist, doch er sieht es sich trotzdem an.

»Und du denkst, dass du das brauchst?«

Sofort treten ihr Tränen in die Augen. Sie haben sehr viel gesprochen, über alles, was zwischen ihnen war und auch darüber, was passiert ist, doch noch nicht darüber, wie es weitergehen soll. »Das alles kann ich … kann niemand einfach so verarbeiten. Ich habe Angst, dass wenn ich das jetzt nicht tue, es mich irgendwann wieder einholen wird und ich es dann nicht mehr reparieren kann. Ich kann diese Trauer kaum aushalten, mein Herz fühlt sich an, als würde es jeden Tag erneut brechen, wenn ich aufwache und feststelle, dass all das kein böser Traum war. Wenn sie mir helfen können das zu lernen, dann sollte ich es probieren.«

Diego sieht ihr in die Augen und wischt ihr die Tränen weg. »Ich werde dich bei allem unterstützen, was du brauchst und wenn du denkst, dass dir das helfen kann, dann solltest du das tun.«

Sie sieht, wie schwer ihm diese Worte fallen und lächelt. Auch wenn sie sich nicht vorstellen kann, jetzt von ihm zu gehen, spürt sie, dass es das ist, was sie braucht, und wenn sie etwas gelernt hat, dann das, auf ihren Körper und ihr Herz zu hören.

Kapitel 13

Diego sieht an die Decke und reibt sich müde die Augen.

»Wir sind gelandet.« Die Durchsage des Piloten dringt zu ihm durch, doch er bewegt sich trotzdem keinen Millimeter. Er hört genau auf die Geräusche des Jets und atmet tief ein.

Er hat sich noch nie so leer gefühlt wie in diesem Moment.

Heute Morgen hat er Jemina zu dem Boot gefahren, was sie auf die Insel gebracht hat. Sie haben die Nacht nicht geschlafen. Jemina hat ihnen ein gemütliches Bett auf der Hotelterrasse gebaut und sie haben die Nacht dort wachgelegen, sich den Sternenhimmel angesehen und Abschied genommen. Diego darf Jemina die nächsten zwei Monate noch nicht einmal anrufen.

Im Grunde weiß er, dass das wahrscheinlich genau das ist, was sie braucht, um verarbeiten zu können, was passiert ist und weiterleben zu können, doch es ist ihm noch nie etwas so schwergefallen, wie Jemina auf dem Boot wegfahren zu lassen.

Seit er sie aus dem Haus geholt hat, hat Diego selbst sehr unter Strom gestanden und im Grunde nur reagiert. Er hat alles getan, damit es Jemina besser geht, es hat ihn um den Verstand gebracht, sie so zu sehen, doch mit jedem Tag, an dem sie sich wieder nähergekommen sind und sie mehr gelächelt hat, ist seine Hoffnung gestiegen. Dass sie viel Hilfe brauchen wird, war ihm klar, als er sie bewusstlos in den Armen gehalten hat, doch sie jetzt, nachdem es Stück für Stück besser geworden ist, gehen zu lassen, war so schwer, dass es ihn, seit er zurück zum Jet gefahren und dann losgeflogen ist, nicht mehr loslässt.

Er hat Jemina immer geliebt, wahrscheinlich schon damals, als sie noch gar nicht wussten, was Liebe ist, und sie war auch immer ein Teil seines Lebens, doch dieses Gefühl hat sich geändert. Es hat begonnen sich zu ändern, als er sie verloren hat, erst da hat er wirklich verstanden, was für ein wichtiger Teil seines Lebens sie bereits ist. Und jetzt, nachdem er sie wieder bei sich hatte und sie diese Zeit zusammen durchgestanden haben, spürt er das erste Mal, dass Jemina nicht nur ein Teil seines Lebens ist, sie ist zu seinem Leben geworden. Zu dem, um das sich alles bei ihm dreht. Genau wie seine Familie und die Familia.

Für ihn gehört das alles zusammen, er kann nicht ohne Jemina leben, genauso wenig wie ohne seine Familia oder die Familie. Jetzt in diesem Moment wird ihm das bewusst, er hat sein komplettes Denken geändert und begriffen, was für einen Platz Jemina in seinem Leben hat. Hätte er all das schon früher bemerkt, wären sie vielleicht nicht an diesem Punkt.

Während er dort liegt und diese Leere in sich spürt, begreift er das, was er schon viel früher hätte ernst nehmen sollen.

Erst als er sieht, dass sich das Personal an der Jettür aufstellt, um ihn zu verabschieden, steht Diego auf.

Er hat den Flug über geschlafen. Heute ist der letzte Tag des Jahres und er hat das Gefühl, noch nie solch ein anstrengendes Jahr hinter sich zu lassen wie dieses. All die Dinge, die passiert sind, die Jagd nach Barim, Mexiko, es ist viel schiefgelaufen, und Dario hat recht damit, dass sie das Jahr zusammen und in Ruhe beenden sollten, er hätte sich nur gewünscht, Jemina wäre in diesem Moment wieder an seiner Seite.

Diego schnappt sich seine Tasche und nickt dem Personal zu.

Als er den Flieger verlässt, blendet ihn die Sonne. Diego setzt sich seine Sonnenbrille auf und blickt auf Dario, der an einen schwarzen Maybach gelehnt steht und ihm entgegensieht. Er hat niemandem gesagt, dass er kommt, doch es verwundert ihn nicht, dass sein Bruder auf ihn wartet. Er raucht nicht regelmäßig, doch jetzt zündet er sich eine Zigarette an und sieht sich um, während er zu seinem Bruder und dem Wagen geht.

Die Insel soll traumhaft sein, er selbst war noch nie hier und er kann nicht glauben, dass die gesamte Insel nur für die Da Silvas gemietet ist. Sie ist nicht groß, doch das ist schon etwas verrückt.

»Ich wurde vom Strand gerufen, weil ein Jet im Landeanflug auf unsere Insel war und ich hatte eine leise Vorahnung, wer da kommt.« Diego lächelt, als sein älterer Bruder ihn streng ansieht. Er weiß, dass Dario sich viel zu viele Sorgen um ihn macht und dass er die Tage sehr sauer war, weil Diego sich kaum gemeldet hat.

Er umarmt seinen Bruder und gibt ihm einen Kuss auf die Wange. Er weiß, dass er nicht lange auf ihn böse sein kann. »Ich hatte nicht damit gerechnet, dass du alleine kommst, ist alles in Ordnung? Wo ist Jemina?«

Sofort rumort es in Diegos Magen. »Sie hat sich dafür entschieden, in eine Klinik zu gehen. Lass uns einsteigen.« Diego wirft seine Tasche auf die Rückbank und setzt sich auf den Beifahrersitz.

Dario steigt ein und startet sofort den Motor. »Was bedeutet eine Klinik? Für wie lange?« Diego sieht aus dem Fenster. »Sie macht dort ein Programm, wo sie zwei Monate von der Außenwelt abgeschnitten ist. Es soll ihr helfen, mit all dem Scheiß klarzukommen. Sich nur auf sich zu konzentrieren. Es war nicht leicht in Honduras. Als ich dort war, am Meer, wo ihre Mutter und alle anderen verbrannt sind, habe ich kaum Luft bekommen und ich habe schon so einiges miterlebt. Du selbst weißt, was ihr angetan wurde, und als wir zu ihrem alten Haus kamen, haben der Präsident und ihr Onkel bereits alles abreißen und die Lager räumen lassen. Ich habe versucht, alles rückgängig zu machen und für sie da zu sein, doch das reicht nicht. Ich denke auch, dass ihr das guttun wird. Sie hat keine Nacht durchgeschlafen, wenn ich sie nicht ans Essen erinnert hätte, hätte sie es nicht getan. Außer mir hat sie niemanden an sich herangelassen. Sie braucht Hilfe. Ich hoffe, dass sie sie dort bekommt.«

Es ist schwer, einen Menschen gehen zu lassen, den man liebt, doch wenn man weiß, dass es das Beste für die Person ist, tut man es, weil das Glück der Person am allerwichtigsten ist. Dario atmet laut aus und sieht zu ihm.

»Aber danach wird sie doch zu uns kommen? Das zwischen euch ist doch wieder in Ordnung, oder?«

Wahrscheinlich ist es das, was ihm die ganze Zeit wirklich schwer im Magen liegt.

»Ich weiß es nicht, wir haben nicht darüber gesprochen, was sie danach tun wird. Sie hat gesagt, dass sie erst mit der Vergangenheit klarkommen muss, bevor sie sich um die Zukunft Gedanken macht. Sie steht quasi vor dem Nichts. Ich habe mich um alles gekümmert und ihr ein Konto eröffnet, wo alles Geld ihres Vaters drauf ist, doch außer dieser Karte hat sie nichts mehr. Keine Familie, kein Zuhause, nur uns und einen Onkel, der an ihr Geld will. Ich weiß nicht, was sie tun wird, das weiß sie selbst nicht.«

Diego sieht auf den weißen Sandstrand und die kleinen Hütten, die hier überall stehen. Die Insel hat einen großen Hüttenkomplex am Strand, wo alle untergebracht sind für die Tage.

»Ich weiß, dass du das jetzt nicht hören willst, doch ihr beide liebt euch und das wird all das überstehen.« Diego lacht leise auf. Sie beide sind sehr hart aufgewachsen. Sie konnten es nicht erwarten, in die Fußstapfen ihres Vaters zu treten und haben sehr früh sehr viel miterlebt und auch viele Frauengeschichten gehabt. Dario hat von Anfang an die Beziehung zwischen Jemina und ihm belächelt, doch er weiß mittlerweile, wie viel sie Diego bedeutet. Auch wenn sie zu allen anderen sehr hart und die zwei mächtigsten Männer Lateinamerikas sind, haben sie beide immer miteinander gesprochen.

Dario hat ihm den Kopf gewaschen, als er Jemina verloren hat, er hat ihm gesagt, dass es Zeit ist, aufzugeben und ihren Willen zu respektieren und er weiß, was jetzt in Diego vor sich geht.

»Sie hat das verdrängt. Du weißt, wie sehr sie mich von sich gestoßen hat, nachdem ich so viel Scheiße gebaut habe. Du selbst hast gesagt, dass ich sie lassen soll und es sinnlos ist, dass sie nicht mehr will. Sie hat mich gebraucht und ich war da, ich werde immer da sein, doch ich muss mich darauf einstellen, dass wenn Jemina jetzt die Hilfe bekommt, die sie braucht, dass sie dann ihre Zukunft auch weiter ohne mich plant. Ich hoffe es nicht, doch die Chancen, dass sie, wenn sie über all das hinweg ist, sich wieder daran erinnert, was für ein Arsch ich war, stehen ziemlich gut.«

Dario hält vor dem Eingang. Diego kann von hier Eleonora und Nael am Strand erkennen, auch ihre Männer sind da und spielen Beachvolleyball.

»Du solltest sie lassen, gib ihr Zeit zum Heilen und euch beiden Zeit zum Ausatmen. Du konzentrierst dich komplett auf sie, was normal ist, doch auch für dich waren die letzten Wochen nicht leicht, Diego, und du brauchst auch dringend mal wieder Ruhe. Ich habe damals gesagt, du sollst sie lassen, doch ich habe immer gesagt, dass zwischen euch noch nicht das letzte Wort gesprochen ist und das denke ich auch jetzt noch. Sieh nicht alles so negativ, du bist doch sonst nicht so.«

Er atmet tief ein und Diego spürt Darios Blick auf sich. »Und, Diego, komm nicht noch einmal auf die Idee, Weihnachten ohne uns zu verbringen und in der Zeit einfach mal so Honduras zu erobern. Nun haben wir noch ein Land, um das wir uns kümmern müssen.«

Diego sieht das erste Mal seit sie eingestiegen sind zu Dario und ihm in die Augen. Er muss lächeln. Er war immer derjenige, der mit seinem Humor die Schwere aus der schlimmsten Situation genommen hat und nun tut das Dario für ihn, er ist dankbar, einen Bruder wie ihn zu haben.

»Ich liebe dich auch.« Diego greift nach Darios Cap und zieht es selbst auf. Die Sonne strahlt zu grell, er ist noch zu müde dafür.

Dario deutet zu Eleonora. »Es ist wichtig, dass du heute da bist. Du musst gleich ein wenig auf deinen Neffen aufpassen, er hat dich vermisst und ich habe etwas geplant.«

Sein Bruder holt etwas aus dem Fach beim Beifahrersitz und Diego hebt die Augenbrauen. Er muss grinsen und nimmt die Schachtel in die Hand. »Ich wünsche dir viel Glück, das kannst du gebrauchen.« Diego lacht und Dario nimmt ihm die Box aus der Hand. »Dieses Geräusch habe ich schon viel zu lange nicht mehr gehört.«

Sie gehen zum Strand, Diego zieht seine Schuhe aus, er hasst es, wenn der Sand in die Schuhe kommt. Kaum sieht er wieder auf, liegt er auch schon in Darias Armen. Diego drückt seine Schwester an sich und küsst ihre Wangen. Er hat sie vermisst. Sie haben so lange ohne sie leben müssen, und es war von Anfang an gleich wieder solch eine starke Bindung in Diegos Herz, dass er jetzt ständig an sie denken muss.

»Da bist du ja, wenigstens ins neue Jahr können wir zusammen feiern. Wo ist Jemina?« Diego muss lächeln, als er in das strahlende Gesicht von ihr blickt. Sie wirkt immer glücklicher und Diegos Herz fühlt sich gleich leichter an, sobald er das bemerkt. »Sie ist in einer Klinik, wir haben alles für sie geregelt und jetzt muss sie etwas für sich tun, um all das zu verarbeiten. Habt ihr noch ein Haus für mich frei?«

Eleonora kommt zu ihnen und Diego gibt ihr einen langen Kuss auf die Wange, bevor er Nael auf seinen Arm nimmt, der gleich nach Diego greift. »Hallo, mein allerbester Kumpel. Hast du das so lange ohne deinen Onkel ausgehalten?« Nael lacht auf und steckt Diego ein Gummibärchen in den Mund. Auch Eleonoras Mutter und ihre beste Freundin sind hier und begrüßen ihn. Nun haben alle bemerkt, dass er da ist und kommen zu ihnen, nach der zehnten Frage, wo Jemina ist, ist er dankbar, dass seine Schwester sich bei ihm einhakt und ihn zu einer der Hütten mitnimmt.

»Schlaf bei mir. Meine Hütte hat zwei Schlafzimmer.« Diego folgt ihr in eine luxuriöse Holzhütte. Von außen sieht sie recht unscheinbar aus, innen ist sie allerdings mit allem Luxus ausgestattet, den man haben kann. Er wirft seine Tasche auf das weiße Himmelbett neben dem Schlafzimmer seiner Schwester und zieht sich gleich das Shirt aus. Er hat keine Badehose dabei, er wird einfach in Boxershorts ins Wasser gehen. Eine Runde im Meer schwimmen wird ihm hoffentlich wieder einen klaren Kopf und vor allem richtig wach machen.

Seine Schwester setzt sich auf sein Bett und sieht ihn an.

»Geht es dir gut? Du siehst müde aus. Ich kenne Jemina nicht gut, doch ich habe gesehen, dass sie dir viel bedeutet. Ich hoffe, dass zwischen euch wieder alles in Ordnung kommt, wenn sie ihre Therapie hinter sich hat. Du hast die Frau, die du liebst an deiner Seite verdient.« Diego sieht seine hübsche Schwester an. Er weiß, dass viele seiner Männer bereits ein Auge auf sie geworfen haben, besonders mit Milan scheint sie sich gut zu verstehen, doch keiner wird sich an sie heranwagen, bis sie das Okay von Dario und ihm dafür haben.

»Jemina und ich haben eine lange Geschichte hinter uns. Ich weiß nicht, ob ich sie wirklich noch verdient habe. Ich habe ihr sehr wehgetan früher ...« Daria legt den Kopf ein wenig schief. »Aber ihr liebt euch und jetzt warst du für sie da. Ich bin mir sicher, dass das wieder in Ordnung kommt.«

Diego legt seine Klamotten auf das Bett und sie verlassen zusammen die Hütte. »Sie wird jetzt ihre Vergangenheit verarbeiten lernen und auch ich bin ein Teil dieser Vergangenheit, die Zeit wird zeigen, ob alles gut wird. Ich kann es nicht sagen. Ich hoffe es, aber, ich verstehe auch, wenn sie komplett neu anfangen möchte. Los, zieh dir einen Badeanzug an, wir haben noch kein Wettschwimmen gemacht. Ich habe gehört, du hast Nicky geschlagen und er ist der beste Schwimmer von uns.«

Er begrüßt Nicky und Sophie, an denen sie vorbeigehen. Sie sind beide auch gestern erst angekommen, um mit ihnen zu feiern. Er weiß, dass auch für Nicky die letzten Monate nicht leicht waren und er um Sophie kämpfen musste, doch jetzt strahlt er wieder und auch die hübsche Blondine scheint sich hier sehr wohlzufühlen.

Er konnte sich nicht viel darunter vorstellen, was Dario vorhatte, als er diese Insel gemietet hat, doch als er mit seiner Schwester ein

Wettschwimmen macht und dann mit seinen Freunden erst Beach-volleyball und dann Strandfußball spielt, geht es ihm wirklich schon etwas besser. Sie grillen Fisch und verbringen den Tag am Strand.

Die Da Silvas haben immer alle ein gutes Verhältnis, sie sind Freunde, wie Brüder, jeder vertraut dem anderen und doch spürt man, dass nach diesem Jahr ihnen allen diese ruhige Zeit und dieses Zusammensein guttut. Diego schnappt sich nach dem Essen Nael und baut mit ihm eine Sandburg. Zusammen mit seiner Mutter bespaßen sie ihn, bis er müde in Diegos Armen einschläft.

Er legt sich mit seinem Neffen eine Weile hin, und sobald er etwas zur Ruhe kommt, wandern seine Gedanken sofort wieder zu Jemina. Er denkt die ganze Zeit an sie, doch wenn er abgelenkt ist, übertönt es das gut.

Nael schläft auf seiner Brust und auch Diego fallen die Augen zu. Er träumt wirres Zeug, von Jemina, wie sie mit diesem Nathaniel weggeht. Er steht hinter ihnen und ruft sie zurück, will nach ihrem Arm greifen, erreicht sie aber nicht. Je lauter seine Stimme ist, umso weniger scheint er sie zu erreichen, und als Diego wieder wach wird, weil Nael auf seinem Arm unruhig wird, weiß er, dass wenn Jemina sich am Ende doch gegen ihn entscheidet, er damit nicht klarkommen wird.

Zwei Monate, er hat das Gefühl, schon am ersten Tag völlig aus-zuflippen.

Diego küsst seinen kleinen Neffen auf die Wangen, als dieser müde die Augen öffnet. Sie gehen in das Haus von Dario und er zieht den Kleinen um. Auch er hat sich ein neues Shirt und eine Shorts übergeworfen und als sie dann an den Strand kommen, ist alles schon eingeschmückt.

Es wird Musik gespielt, ein Buffet ist aufgebaut, es gibt Kuchen, überall fliegen Luftballons herum, alle bekommen eine Blumenkette umgebunden und einen Cocktail in die Hand, nur Nael bekommt Apfelsaft. Die Männer feiern schon, auch seine Schwester tanzt am Strand mit Sophie. Diego setzt sich zu Adrian, der alleine im Sand sitzt und aufs Meer hinausschaut. Nael setzt sich gleich wieder in den Sand und beginnt mit seinen Händen darin zu spielen, während Adrian sein Glas leert und wütend zum Meer blickt.

»Du siehst so beschissen aus, wie ich mich fühle.«

Diego muss lachen und lehnt sich zurück. Er weiß, dass es Adrian mit alldem, was mit Tanja passiert ist, nicht gut geht. Ihre Familie hat sie weggebracht und er hat keine Chance, an sie heranzukommen. Sie wurde wegen ihm fast getötet und Diego versteht die Entscheidung der Familie, doch es gefällt ihm gar nicht, seinen Cousin so zu sehen.

»Man kann sagen, dass die Frauen unser Jahr versaut haben, vielleicht sollten wir demnächst einen weiten Bogen um sie machen.« Adrian greift nach Diegos Glas und leert auch dieses. Nael sieht zu ihnen und klatscht in die Hände. »Du verstehst mich. Wir beide sind beste Kumpel.« Adrian schlägt mit Nael ein, sie haben einen halben Tag damit verbracht, ihm das beizubringen, jetzt macht er das begeistert mit.

Diego will gerade etwas sagen, da kommen Dario und Eleonora wieder. Sein Bruder hält ihre Hand und geht zu der Musikanlage, um sie abzustellen und alle zusammenzurufen. Diego weiß ja, worum es geht, und wenn er jetzt in das zufriedene Gesicht seines Bruders blickt, hat er wohl doch einiges richtig gemacht und sein Plan ist aufgegangen.

Als sich alle versammelt haben, stellt sich Diego mit Nael neben Dario, der einmal zu all seinen Männern blickt und auch zu ihrer Familie. Daniel wird immer wilder und wird bald bei ihnen im Gebiet einziehen. Daria ist wieder da. Im nächsten Jahr wird sich einiges ändern.

»Ich bin sehr dankbar, dass wir diese letzten Tage des Jahres hier gemeinsam verbringen können. Es ist viel passiert und das nicht nur im letzten Jahr. Wir haben einige neue Männer in unsere Familia aufgenommen und einige Verräter verloren. Wir haben viele Kämpfe ausgetragen und einiges einstecken müssen, doch am Ende stehen wir nun hier, zusammen, erfolgreicher als je zuvor, und das Wichtigste ist, mit einer noch stärkeren Familia als jemals zuvor.

Wir haben Raphael, seine Familie und die Familia verloren und einiges gelernt in diesem Jahr, auch an sie denken wir heute und werden alles dafür tun, dass ihr Andenken nie vergessen wird.«

Diego räuspert sich leise und Dario sieht einen Moment zu ihm, bevor er fortfährt.

»Ich bin dankbar, euch alle hier zu haben, meine Brüder an meiner Seite zu haben, meine Schwester wieder bei mir zu haben und meine Eltern endlich wieder richtig lachen zu sehen. Und vor allem bin ich dankbar für meinen kleinen Sohn, der mein ganzer Stolz ist und dass ich nun Eleonora an meiner Seite habe, die es geschafft hat, mich zu zähmen.«

Ihre Männer lachen auf und auch Diego muss schmunzeln. Dario war einer der Wildesten, doch er hat schneller gelernt als Diego damals und früh genug kapiert, was wichtig ist.

»Ich möchte euch auch sagen, dass ich gerade um ihre Hand angehalten habe und sie so verrückt war und ja gesagt hat. Das bedeutet, dass wir ins nächste Jahr mit einer großen Hochzeit starten und auch so steht ...« Weiter kommt Dario gar nicht. Seine Mutter und auch Eleonoras Mutter schreien auf und schon liegen die beiden in ihren Armen. Diego sieht sich das lachend an, bevor auch er Dario und Elenora umarmt und ihnen gratuliert, genau wie ihr Sohn, den Dario an sich nimmt.

Weil nun sein Bruder völlig in Beschlag genommen ist mit allen, die gratulieren kommen, übernimmt Diego und sieht seinen Männern in die Augen.

»Das Jahr war nicht leicht, doch ich bin mir sicher, dass das nächste Jahr besser und noch erfolgreicher für uns verlaufen wird. Nun lasst uns dankbar sein für das, was war und begrüßen, was kommen wird und diesen Sack und meine hübsche Schwägerin feiern.«

Es werden Gläser mit Champagner verteilt. Diego legt den Arm um Dario, der Eleonora umarmt und auch Daniel stellt sich zu ihnen, genau wie Daria.

Genau in diesem Moment knallen die ersten Raketen in der Luft und sie heben das Glas.

»Ein frohes neues Jahr, Da Silvas. Auf dass die Familia für immer bestehen wird!«

Alle stimmen ein und Diego sieht einen Moment in den Himmel.

Er ist glücklich, hier zu sein und ein Teil von alldem zu sein, doch trotzdem ist diese Leere in ihm, die nicht so einfach verschwinden wird. Er hebt das Glas und hofft, dass auch Jemina in diesem Moment an ihn denkt und sie genauso viel Hoffnung für sie beide in ihrem Herzen trägt wie er.

Kapitel 14

Zwei Monate später

»Jemina, guten Morgen. Wie geht es dir heute?«

Jemina hat sich gerade auf die sonnendurchflutete Terrasse gesetzt, da gesellt sich Tamara zu ihr, eine Therapeutin, der sie die letzten zwei Monate täglich ihr Herz ausgeschüttet hat.

»Sehr gut. Ich bin aufgeregt wie ein kleines Kind. Ich habe die Nacht kaum geschlafen, obwohl das völlig unsinnig ist.« Die etwas fülligere Frau mit den kurzen blonden Locken und dem herzerwärmenden Lächeln strahlt sie an.

»Das ist nicht unsinnig, das ist schön. Andere hier wollen diesen Tag gar nicht, sie haben alles verschoben und sind noch nicht bereit, wieder ein Stück Normalität zuzulassen, doch du warst die letzten Tage schon ganz hippelig, ich finde, es ist ein gutes Zeichen.«

Sie bekommt ihr Frühstück an den Tisch gebracht: Croissants und Kaffee. Sie hat ihr altes Gewicht wieder erreicht, generell fühlt sich Jemina ihrem alten Ich wieder viel näher, als sie es damals getan hat, als sie Diego einen Kuss gegeben hat und auf das Boot gestiegen ist. Es ist eine neue Realität, mit der sie nun leben muss, doch die letzten Wochen haben ihr wirklich gutgetan.

Bereits als das Boot abgelegt hatte, wollte Jemina am liebsten zurück. Zurück in Diegos Arme, die ihr Wärme und Sicherheit garantierten, doch sie wusste tief im Inneren, dass sie das tun muss. Sie muss alles hinter sich lassen, um klar in die Zukunft sehen zu können und ihre Seele heilen zu lassen.

Als sie dann auf der Insel ankam, war sie wirklich überrascht. Die Klinik besteht aus mehreren schönen, großen Villen direkt am Sandstrand. Hier haben um die vierzig Patienten ihre eigenen kleinen Wohnungen oder Zimmer, bestehend aus einem Wohnbereich, einem Schlafzimmer und einem Bad. Es ist alles sehr luxuriös eingerichtet. Jemina hat sich gleich sehr wohlgefühlt.

Auch alle anderen Räume zeigen nicht das Bild, was sie sich in ihren Vorstellungen ausgemalt hat, von Therapieräumen, die eher an Arztpraxen erinnern. Hier ist alles sehr liebevoll eingerichtet, es gibt auch viele Beschäftigungen, die man neben den täglichen Therapien, die man besucht, nutzen kann und soll. Jemina hat das Reiten für sich entdeckt, und jetzt nach zwei Monaten reitet sie jeden Tag eine Stunde allein am Strand aus.

Die ganze Insel gehört zur Klinik, nahe der Anlegestelle von den Booten sind die kleinen Besucherhütten, wo die Patienten nach den ersten zwei Monaten Besuch empfangen können. Das ist extra abgetrennt, weil viele Patienten hier noch nicht bereit sind, mit der realen Welt konfrontiert zu werden. Einige Frauen reagieren sehr ängstlich auf Männer und deswegen ist das sehr streng von der normalen Klink getrennt. Heute wird Jemina das erste Mal Besuch bekommen. Dieser Termin wurde ihr schon bei der Anmeldung dafür genannt und sie hat ihn Diego gesagt, da sie danach wirklich keinen Kontakt zu niemandem mehr hatte, das ist ein wichtiger Grundstein dieser Therapie.

Sie hat so vieles gelernt in diesen Wochen. Sie haben an allem gearbeitet. An ihrer Trauer, Jemina hat in stundenlangen Gesprächen aufgearbeitet, was passiert ist, dann haben sie daran gearbeitet, damit zu leben. Sie hat von Tamara gelernt, sich wieder zu sehen. Wenn sie jetzt in den Spiegel blickt, erkennt sie sich wieder darin. Mit vielen neuen Narben, doch vielleicht sogar stärker als jemals zuvor.

Sie haben an all ihren Narben gearbeitet, auch den äußerlichen. Jemina hat Lasertherapien und einige weitere kleinere Eingriffe bekommen, und wenn sie jetzt in den Spiegel sieht, würde man ihr die letzten Monate nicht ansehen. Ihre Haare sind gewachsen, sie hat einige Stunden auf ihrer Terrasse verbracht und hat Liebesromane gelesen, sodass sie eine ziemliche Strandbräune bekommen hat, doch vor allem kann sie wieder lachen. Sie hat ihr Lachen in den letzten Wochen zurückgewonnen und das ist wohl das Allerwichtigste.

Die ersten Tage dachte sie, dass das niemals funktionieren wird. Statt dass es besser wurde, ist Jemina in ein tiefes Loch gefallen. Nach den ersten Therapiesitzungen wollte Jemina nur noch weg, doch sie hat durchgehalten und es wurde besser und besser. Sie weiß nun, dass es in Ordnung ist, um ihre Familie zu trauern und gleichzeitig zu lachen und für sich zu lernen, das Leben weiter zu leben. Nicht mehr, wie sie es gewohnt ist, doch wie sie es möchte. Sie hat das Gefühl, wieder atmen zu können. Sie spürt ihren Körper wieder, ihr wurde wehgetan, doch sie wurde nicht gebrochen und sie kann mittlerweile die Nähe von Menschen zulassen, sie hat verstanden, dass niemand ihr wehtun möchte und dass diese Nähe auch eine Art von Heilung ist. Es tut gut, umarmt und gehalten zu werden.

Die Klinik hat eine gute Cafeteria, von der aus man genau auf das Meer sehen kann.

»Hast du dir jetzt eigentlich darüber Gedanken gemacht, wie du und Diego zueinander stehen? Er und eure Beziehung war ja auch ein Teil unserer Therapie.« Tamara sieht ihr in die Augen. »Nein, ich meine, das kann man, denke ich, noch nicht genau sagen. Er wird immer der wichtigste Mann in meinem Leben sein und ich habe ihn die letzten zwei Monate jeden Tag vermisst, doch mir ist auch klar geworden, dass die Dinge, die zwischen uns passiert sind, eine ziemlich starke Unsicherheit und Misstrauen in mir hervorgerufen haben. Ich weiß nicht, ob es gut ist, darauf etwas komplett Neues aufzubauen, wie ich es tun muss, wenn ich die Insel wieder verlasse.«

Tamara lächelt und drückt ihre Hand. »Das musst du dir überlegen und auch mit ihm besprechen, doch dass du selbst das so klar siehst, ist schon einmal eine gute Sache. Du weißt, was ich darüber denke, eure Situation war nie leicht und ihr seid zusammen erwachsen geworden. Es ist die Frage, ob man ihm all das jetzt noch vorwerfen kann, vor allem nachdem er sich nun so verhält, doch es ist auch die Frage, ob du ihm wieder vertrauen kannst, nicht nur für den Moment, sondern auch später und im normalen Alltag. Aber du hast genug Zeit, all das herauszufinden, das Wichtigste ist, dass du mit dir im Reinen bist und wieder fest auf deinen Beinen stehst und das tust du immer mehr. Ich bin richtig stolz, dich hier so sitzen zu sehen mit diesem Glitzern in deinen Augen, besonders wenn ich an deine ersten Tage denke und an die tiefen Schatten unter deinen Augen. Ich drücke dir die Daumen für später, und morgen erzählst du mir dann, wie es war und wir erstellen den nächsten Zwei-Wochen-Plan.«

Sie nickt und sieht Tamara hinterher, die sich an den nächsten Tisch setzt.

Automatisch kommen ihr Diegos dunkle Augen vor ihr inneres Auge. Sie vermisst ihn wahnsinnig. Es ist kein neues Gefühl für sie, sie hat ihn schon immer schnell vermisst. Auch über sie beide hat sie viel gelernt und nachgedacht in den letzten Wochen, doch gerade jetzt möchte sie ihn einfach nur wiedersehen. Als würde sie auf ihr erstes Date warten, sieht sie ständig auf die Uhr. Sie hätte nie gedacht, dass sie solch eine Aufgeregtheit und Vorfreude noch einmal verspüren würde. Vielleicht ist es manchmal gar nicht so schlecht, komplett ohne Kontakt mit der Außenwelt zu sein, so steigt diese Vorfreude nur noch mehr.

Sobald Jemina aufgegessen hat, geht sie zurück in ihr Zimmer. Sie hat all ihre Sachen hier, sie hatte ja nicht mehr viel und die beiden Reisetaschen, die sie noch bei Diego hatte, hat er ihr nachgeschickt.

Sie darf keinen Besuch und keine Anrufe bekommen, sie dürfen hier keine Handys haben. Die Ärzte haben es so erklärt, dass eine Nachricht manchmal wochenlange Arbeiten einfach so zerstören kann, sie sollen erst wieder in die normale Welt zurückkehren, wenn sie stabil genug sind und das ist nicht vor Ablauf der ersten zwei Monate.

Das hat Diego aber nicht davon abgehalten, ihr jede Woche neue Blumen zu schicken. Mehr dürfen sie nicht bekommen, doch Jemina hat sich jede Woche über den riesigen Strauß gefreut.

Sie hat sich für ein hellblaues Sommerkleid entschieden, ihre Haare lässt sie offen und steckt sich den Schmuck an, den sie von Diego bekommen hat. Die goldenen Creolen passen zu dem goldenen Kreuzarmband. Sie hat sich nicht viel geschminkt, das braucht sie gerade auch nicht. Die dunklen Ränder unter ihren Augen sind verblasst, sie hat eine leichte Bräune auf der Nase und ihre Augen strahlen wieder, besonders bei dem Gedanken, Diego gleich wiederzusehen.

Ungeduldig läuft sie in Richtung Anlegestelle und der kleinen Strandhäuser. »Jemina.« Carmen holt sie ein. Sie hat hier keine neuen Freunde gefunden, das kann man nicht. Es ist wichtig, sich hier auf sich zu konzentrieren und man hat nicht sehr viel Kontakt zu den anderen Patienten, doch hin und wieder kommt man mit ihnen ins Gespräch, zum Beispiel in der Cafeteria. Von dort kennt sie Carmen und auch noch einige andere.

Eine wichtige Sache, die Jemina auch gelernt hat. Sie ist nicht alleine. Das was sie durchgemacht hat ist schlimm und hat ihren Verstand geraubt, doch hier hat sie von so vielen anderen Schicksalsschlägen erfahren. Das was sie einige Tage ertragen musste, haben manche Frauen hier ihr Leben lang erlitten. Carmen ist eine von ihnen. Ihre Mutter hat sie bereits im Teenager-Alter an Männer verkauft, um ihre Drogensucht damit zu finanzieren. Sie wurde irgendwann von der Polizei aus einem Haus von einem völlig verrückten Mann geholt und hergebracht. Eigentlich ist das eine teure Privatklinik, doch sie nehmen auch einen bestimmten Prozentsatz dieser Fälle auf, um zu helfen.

Carmen und sie reiten auch manchmal zusammen aus und von daher weiß sie, dass sie heute ein alter Freund besuchen kommen wird. Ähnlich wie Diego sind sie zusammen aufgewachsen und er war auch der Einzige, der sie bei der Polizei als vermisst gemeldet hat.

»Und, denkst du, sie kommen?« Jemina sieht auf das Meer, noch erkennt man nichts.

»Natürlich, wieso sollten sie nicht?« Carmen zuckt die Schultern. Auch sie hat sich besonders schön angezogen. Sie trägt ein trägerfreies Top und einen langen Rock. Sie hat ihre Haare zu einem festen Zopf gebunden und sieht sie unsicher an.

»Es sind Männer, wir waren zwei Monate weg, sie haben uns sicher schon längst vergessen. Wir stecken hier fest und haben zu viel Zeit zum Nachdenken, doch sie … sie haben sicher viel Spaß und dieses Datum längst vergessen. Du hast doch gesagt, dass deiner auch immer sehr wild war und das eure Beziehung zerstört hat. Denkst du, das hat sich in den zwei Monaten geändert?«

Sie kommen an dem Strand an, wo eine Betreuerin steht und ihnen Schlüssel gibt. »Die sind für die Hütten, passt gut auf und achtet darauf, nicht zu den Villen zu kommen, aus Rücksicht auf die anderen Gäste, um 22 Uhr geht das Boot zurück, haltet euch daran. Wenn ihr spürt, dass euch der Besuch nicht guttut oder ihr jemanden zum Reden braucht, sagt uns sofort Bescheid.«

Jemina nimmt ihren Schlüssel und wendet sich zu Carmen um. »Ich … ja, er war wild und hat damals einiges kaputt gemacht, doch er hat das eingesehen und egal wie … viel er auch getan hat, er war immer für mich da. Ich kann mir nicht vorstellen, dass er mich hier vergisst und ich bin mir auch sicher, dass dein Freund kommt.« Carmen sieht nicht so überzeugt aus, doch deutet zum Wasser. »Das werden wir ja jetzt sehen, da kommt das erste Boot, es sollen zwei sein, von zwei verschiedenen Ablegepunkten.«

Nun erkennt auch sie das Boot, das auf sie zugefahren kommt. Jeminas Herz schlägt schneller. Es sind um die fünfzehn Frauen hier, nicht alle haben die zwei Monate hinter sich, einige sind schon länger hier und bekommen bereits regelmäßig Besuch. Sie laufen alle zur Anlegestelle am Strand.

Das Boot hält und Jemina sieht sich zwischen den Leuten um. Es sind Frauen, Männer und auch Kinder dabei, doch sie entdeckt nirgendwo Diego. Carmen neben ihr hingegen lächelt. »Du hattest recht.« Sie geht zu einem jungen Mann, der einen Blumenstrauß in den Händen hält. Sie umarmen sich und Jemina lächelt, doch sie entdeckt nirgendwo Diego.

Sie hat nicht gewusst, dass zwei Boote kommen sollen, nach und nach leert sich der Strand, die Frauen gehen mit ihren Familien oder ihren Männern zu den Hütten, nur wenige bleiben wie sie zurück. Was ist, wenn Carmen recht hat? Wenn er sie wirklich vergessen hat? Sicherlich nicht bewusst, doch vielleicht ist etwas vorgefallen und er hat viel zu tun. Er wird sicherlich nicht die zwei Monate damit verbracht haben, nur an sie zu denken. Sie kennt Diego, er wird sich wahrscheinlich schnell abgelenkt haben, doch gleichzeitig sagt ihr Bauchgefühl ihr, dass er das nicht hat. Dass diese Zeiten vorbei sind und sie wünschte, sie könnte darauf vertrauen.

Sie wird immer unsicherer, sie möchte nicht, dass sie das zurückwirft, sollte Diego wirklich nicht da sein, sie hat so auf diesen Tag hingefiebert, sie hatte gar keinen Zweifel, dass er kommt, bis jetzt. Man sieht das zweite Boot kommen, am liebsten würde Jemina die Augen schließen, doch sie sieht, dass das Boot eine untere Etage hat. Erst als es angelegt hat, kommen nach und nach die Leute heraus. Jeminas Herz rast, und als dann als Dritter Diego aussteigt, kann sie nicht anders. Dieser eine Augenblick bringt alles wieder hoch. Sie sieht in seine dunklen Augen, in sein hübsches Gesicht, auf das sich sein freches Grinsen setzt, als er sie sieht. Sie beginnt zu strahlen, läuft zu ihm, und sobald Diego vom Boot herunter ist, liegt sie in seinen Armen.

»Hey, Sonnenschein.« Alle Zweifel sind vergessen. Jemina schließt die Augen, Diego umfasst sie und hält sie fest an sich. Sie atmet seinen Duft ein und nach den zwei Monaten überkommt sie das Gefühl von Zuhause. Sie spürt seine Lippen an ihrem Scheitel, dass die Leute an ihnen vorbeigehen, doch Diego hält sie weiter fest an sich und auch sie will nicht von ihm weichen.

»Du hast mir gefehlt.«

Seine raue Stimme streicht über ihre Wange, als er etwas von ihr weicht, um sie ansehen zu können. Jemina lächelt ihn an, sie gibt ihm einen Kuss auf den Mund. »Du hast keine Vorstellungen, wie sehr du mir gefehlt hast.« Diego legt seine Hände an ihr Gesicht und sieht sie genau an. »Deine Augen strahlen wieder, dir scheint es hier wirklich gut zu gehen. Ich habe die letzten Wochen fast jeden Tag mit mir gekämpft, nicht in den Flieger zu steigen und dich zurückzuholen.«

Seine Worte lösen auch ihre letzten Zweifel und sie beugt sich zu ihm hoch, um ihn richtig zu küssen, was er sofort erwidert. Ihm endlich wieder so nahe zu sein, lässt Jemina alles um sie herum vergessen. Nach dieser Zeit und auch den vielen Gesprächen über ihn und dem, was sie hatten, fühlt sich dieser Kuss so viel intensiver an, als sie es in Erinnerung hatte.

Erst der Motor des Bootes lässt sie den Kuss beenden und als Jemina sich dann umsieht, sind sie die Einzigen, die noch hier sind. »Okay, wie sieht der Plan aus?« Diego legt seinen Arm um sie. »Zeigst du mir alles, wir packen deine Sachen und du kommst mit mir nach Hause?« Er grinst, natürlich meint er das nicht ernst, aber er weiß auch nicht, wie es bei ihr weitergeht, sie haben ja nicht miteinander sprechen können.

Jemina führt ihn zu den Hütten am Strand. »Nein, ihr dürft nicht zu der Klinik, es gibt Frauen, denen das Angst machen würde. Ich habe die ersten zwei Monate hinter mir und nun wird in Zwei-Wochen-Schritten geguckt. Ich bekomme morgen meinen Zwei-Wochen-Plan, es beginnt die intensive Aufbauphase und die Therapeuten denken, dass ich nach diesen zwei Wochen dann die letzten zwei Wochen die Zurück-ins-normale-Leben-Phase machen kann und dann verlasse ich die Insel. Also wahrscheinlich noch einen

Monat, so ganz bin ich mir aber nicht sicher, da ich mich jetzt schon sehr gut fühle, doch ich möchte auch nicht, dass alles umsonst war.«

Sie halten vor der Hütte, die sie zugewiesen bekommen haben. Die Hütten stehen in so großem Abstand zum Meer, dass man ungestört ist. Es sind einfache Holzhütten, es gibt eine kleine Veranda, auf der ein Strandkorb steht. Daneben ein kleiner Tisch mit Wasser und Obst.

»Oh, das ist ja richtig nett hier.« Diego sieht sich überrascht um. »Ja, die Klinik und die Insel sind sehr schön, sie achten auf alle Kleinigkeiten.« Jemina schließt auf. Hier gibt es eine bequeme Couch, einen Fernseher, eine Box mit Spielsachen und einen kleinen Esstisch. Ein Bad geht noch ab. Es reicht für einen Besuch von ein paar Stunden. Auf dem Tisch stehen Limonaden, ein Zettel mit einer Erinnerung, wann Essen gebracht wird und ein Telefon liegt dort, mit den wichtigsten Nummern zu den Ärzten.

Diego sieht sich den Zettel an und legt ihn dann zurück auf den Tisch. Sie gehen auf die Veranda und setzen sich zusammen in den Strandkorb. Jemina kuschelt sich an Diego und er atmet tief ein.

»Das bedeutet, ich kann dich heute nicht mitnehmen?« Jemina küsst seinen Hals. »Nein, aber du kannst mich jetzt alle zwei Wochen besuchen und wie gesagt, ich schätze, ich werde nicht mehr ganz vier Wochen hier sein.« Diego legt den Arm um sie und küsst ihre Stirn. »Dario heiratet am 25. März.« Jemina sieht ihn überrascht an. »Da bin ich natürlich da, wow, wie schön, erzähl, was gibt es noch Neues? Ich brauche Neuigkeiten.«

Diego lacht leise auf, während sie sich näher an ihn kuschelt. Die nächsten Stunden verfliegen. Diego erzählt ihr, was die letzten Wochen passiert ist, von dem Heiratsantrag und wie die Da Silvas immer mächtiger werden. Es scheint sehr gut für sie zu laufen. Er sagt ihr auch, dass er immer ein Auge auf Honduras hat, er ist zwei Tage früher hergekommen und hat sich alles angesehen. Außerdem erzählt er ihr, dass Fuego auf ihrem Handy angerufen hat.

Diego hat ihm erzählt, wo sie ist, und wenn sie wieder da ist, soll sie sich bei ihm melden.

Als sie Nudeln mit Rinderfiletspitzen gebracht bekommen, wird Jemina daran erinnert, dass die Zeit viel zu schnell vergeht. Sie essen und Jemina erzählt von ihrer Therapie. Nach dem Essen gehen sie ein Stück am Strand spazieren, alle anderen scheinen in den Häusern zu sein. Sie erzählt ihm auch, dass sie viel über ihre Beziehung gesprochen haben.

Als sie zurück an ihrer Hütte sind, setzen sie sich auf die Verandatreppe und sehen zur untergehenden Sonne. »Und was ist euer Resultat aus der Analyse unserer Beziehung?« Jemina lacht. »Na ja, also es geht ja auch eher darum, wie ich damit umgehe und was das für mich bedeutet. Alles was bisher in meinem Leben passiert ist, führt zu dem Menschen, der jetzt hier sitzt und ob du es willst oder nicht: Du bist ein sehr starker Teil meines Lebens schon immer gewesen und all das hat mich sehr geprägt.«

Diego zieht sie zwischen seine Beine, sie lehnt sich zurück und sie sehen zu, wie die Sonne untergeht.

»Ich weiß, Sonnenschein. Die Sache ist nur die, ich habe auch viel darüber nachgedacht. Wir haben so viele Jahre miteinander geteilt, so viele Tage und Wochen, es gibt Milliarden von Erinnerungen, die schön sind. Wir waren so verdammt jung, Jemina. Mein Leben hat sich verändert und ich habe dich als selbstverständlich genommen. Es war für mich selbstverständlich, dass du zu mir gehörst, ich habe nie daran gezweifelt, doch ich hätte dich nie als selbstverständlich nehmen dürfen. Das weiß ich jetzt. Ich habe aus meinen Fehlern gelernt, sie werden mir nicht noch einmal passieren. Es gibt nichts, was ich mehr möchte, als dass du zu mir zurückkommst und bei mir lebst. Für immer, meine Frau wirst und die Mutter meiner Kinder. Ich bin bereit dafür, doch ich respektiere, dass du es gerade nicht bist, so wie ich es damals nicht war. Ich hoffe einfach nur, dass du mir das irgendwann wirklich verzeihst, sodass du ohne Zweifel zurückkommen kannst. Ich weiß, dass du noch Zweifel hast, doch ich hoffe, sie werden vergehen. Wenn es etwas gibt, woran wir arbeiten müssen, dann das. Ich denke, dass keiner von uns beiden an der Liebe zwischen uns zweifelt, also bei allen Therapien darfst du das nicht vergessen.«

Erneut ist sie sehr überrascht über seine Worte. Auch Diego scheint die letzten zwei Monate viel über sie nachgedacht zu haben. Wenn sie an heute Morgen und ihre Zweifel denkt, bekommt sie sogar ein schlechtes Gewissen. Er scheint wirklich begriffen zu haben, worauf es nun ankommt.

Sie wendet sich zu ihm um und setzt sich so auf seinen Schoß, dass sie ihn ansehen kann.

»Das werde ich nicht vergessen. Niemals.«

Er sieht ihr in die Augen und streicht ihre Haare zur Seite.

»Das was zwischen uns beiden ist, kann man nicht erklären, niemand anderes kann das verstehen, dieses Band zwischen uns.«

Sie nickt, sie weiß, dass er recht hat. Niemand, der diese tiefe Bindung nicht fühlen kann, wird sie verstehen.

Diego küsst sie. Den ganzen Tag haben sie ihre Nähe genossen, doch als er sie jetzt noch enger an sich zieht, wird der Kuss schnell fordernder. Allein der Gedanke, ihn gleich wieder gehen lassen zu müssen, bereitet ihr ein ungutes Gefühl im Magen. Seine Hände streichen über ihren Rücken, an ihren Hüften vorbei, an den Saum ihres Kleides.

»Du fehlst mir so sehr, besonders nachts, ich wache immer wieder auf und suche dich, selbst jetzt nach acht Wochen noch.« Jemina seufzt leise auf, als sie den Kuss lösen. Ihre Lippen fahren seinen Hals entlang, sie will ihn ganz spüren und diese Wärme in sich aufsaugen, damit sie sich nicht wieder so leer fühlt, wenn er gehen muss. »Du mir auch, ich hoffe, du bist schnell wieder bei mir, auch wenn ich sehe, dass dir das hier wirklich guttut, reicht es langsam.«

Sie lacht leise an seiner Schulter und ihre Hände fahren unter sein Shirt. Sie liebt seine muskulöse Brust, sie fährt sie entlang und streicht über die Haare unter seinem Bauchnabel, dabei verschließt sie ihre Lippen wieder zu einem ungeduldigen Kuss.

Diego hebt sie hoch, ohne den Kuss zu lösen. Er trägt sie in die Hütte und schließt die Tür, setzt sie auf den Esstisch und zieht ihr das Kleid vom Körper, sobald sie den Kuss lösen. Sie stöhnt lauf auf, als er sich ihren Brüsten widmet und zieht ihm sein Shirt aus. Seine Lippen verwöhnen sie, sie legt sich auf den Tisch und die letzten Strahlen der Sonne fallen durch das Fenster auf sie herab. Diego sieht sie an, in seinen Augen liegt so viel Liebe und das Versprechen, dass alles gut wird. Am Ende wird alles gut werden, als sie ihn anblickt, weiß sie es.

In der Therapie haben sie besprochen, dass es dauern wird, bis Jemina wieder Vertrauen in Männer und ihren Körper haben wird, doch das ist mit Diego nicht der Fall, dafür ist ihre Bindung zu tief. Als er ihren Slip von ihren Beinen streift und sie verwöhnt, stöhnt sie laut auf, und als er sie beide kurz danach vereint, gibt es keinen Zweifel, keine Ängste, nur die tiefe Liebe zwischen ihnen und den Wunsch, dass diese Zeit nicht enden wird.

»Ich habe noch etwas für dich.«

Kurz bevor sie zurück zum Anlegeplatz müssen, liegen sie beide noch auf dem Sofa zusammen und keiner lässt den anderen los. Diego greift nach seiner Shorts und zieht eine kleine Schachtel heraus. Jemina trägt nur ihren Slip, weiter ist sie beim Anziehen nicht gekommen, da hat Diego sie wieder an sich gezogen. Sie setzt sich auf und öffnet die Schachtel. Darin ist eine wunderschöne feine Kette mit einem Kreuz und einer Sonne, eine ähnliche wie die, die sie verloren hat, nur viel schöner.

Als Diego sie ihr umlegt, steigen Jemina Tränen in die Augen.

Sie will nicht, dass er geht und sie sieht auch, wie schwer es ihm fällt, sie hierlassen zu müssen. Er betrachtet die Kette und blickt ihr dann in die Augen.

»Bei allem, was passiert ist, bei allem, was kommen wird, gibt es zum Glück auch Sachen, die sich niemals ändern werden. Ich weiß, dass du jetzt auch anfangen wirst, über deine Zukunft nachzudenken und was du tun möchtest, wenn du die Klinik verlässt, ich habe ehrlich gesagt ein komisches Gefühl dabei. Ich weiß nicht, ob du jetzt bereit bist für das, was ich möchte, genau wie ich es damals vielleicht nicht war. Ich verstehe, dass du jetzt andere Sachen im Kopf hast, doch ich mache mir deswegen einfach Gedanken. Aber im Grunde weiß auch ich, dass sich das niemals ändern wird, selbst wenn sich unsere Wege auch manchmal trennen müssen und ich dich jetzt wieder hier zurücklassen muss. Vielleicht sollten wir einfach nur darauf vertrauen. Das hier ...« Er zeigt zwischen ihnen beiden hin und her. »Das wird sich niemals ändern!«

Sie lächelt, streicht über das Kreuz und legt ihre Arme um seinen Hals, bevor sie ihn noch einmal küsst.

»Niemals!«

Kapitel 15

Alle an Bord sind ruhig, Diego sieht auf das Meer hinaus und knackt seine Schultern, genau in diesem Moment klingelt sein Handy laut und alle Blicke schnellen zu ihm.

Dieses Mal ist es ein offenes Boot. Diego nimmt das Gespräch an und geht nach vorne, wo niemand sitzt, um in Ruhe sprechen zu können.

»Ja?«

»Diego, hier ist Nico. Wir hatten dich heute bei dem Treffen erwartet.«

Diego kann von hier schon den Strand sehen und dass dort wieder einige Leute stehen und warten.

»Ich bin verhindert und habe euch meinen Cousin geschickt. Zudem entscheide ich, wer wie wohin kommt und man sollte lieber keine Erwartungen haben.«

Die letzten zwei Wochen waren sehr anstrengend und er ist genervt. Er hat versucht, das alles etwas beiseitezuschieben, um den Tag heute zu genießen, doch so ganz ist ihm das nicht gelungen, das merkt er sofort, als er gereizt auf Nico reagiert.

»Wir sind so lange schon Geschäftspartner, ich wollte genau heute etwas Wichtiges mit dir besprechen. Dein Cousin hat uns noch nicht einmal zugehört. Er hat auf sein Handy gesehen und wollte das Geld einsammeln. Als ich ihn wegen eines Rabattes angesprochen habe, hat er nur gesagt, dass es keine Rabatte gibt. Er hat noch nicht einmal zugehört, ich meine, nach all den Jahren ist doch ...«

Diego unterbricht ihn, er reibt sich über die Augen. »Es gibt keine Rabatte, Nico, wir machen mit den meisten seit Jahren Geschäfte und können nicht jedem einen Rabatt geben, deswegen geben wir keinem einen. Relativ einfach.«

Sie kommen näher zum Strand, er sollte das Gespräch beenden. »Dann könnte man das wenigstens so erklären. Dein Cousin hat sich nicht einmal dazu herabgelassen. Er hat sich das Geld genommen, und als einer meiner Männer etwas dazu sagen wollte und ihn am Arm zurückhalten wollte, hat er sich umgedreht und ihm die Nase gebrochen. Wir kennen uns schon sehr lange, Diego, und es gab niemals Probleme. Wir alle respektieren eure Familia und die Macht dahinter, weil ihr auch niemals ungerecht wart, doch solch ein respektloses Verhalten geht zu weit. Dafür steht ihr normalerweise nicht und deswegen habe ich auch nicht sofort reagiert und rufe dich erst einmal an.«

Diego seufzt leise auf. »Adrian hat eine ziemlich schwere Zeit hinter sich. Die Hochzeit von Dario steht bevor und wir haben alle Hände voll zu tun. Ich rede mit Adrian und höre mir das an, dann melde ich mich später wieder. Ich habe jetzt einen Termin.«

Nico scheint nicht zufrieden zu sein, doch Diego beendet das Gespräch erst einmal. Adrian ist zur Zeit eine tickende Zeitbombe, sie hatten gehofft, dass er über Tanja und die Geschehnisse hinwegkommt, doch es wird eher schlimmer als besser. Er wird nachher mit ihm sprechen. In letzter Zeit haben sie ihm mehr Aufträge übergeben. Zum einen, um ihn abzulenken, zum anderen, um Dario zu entlasten, der mit der Hochzeit genug zu tun hat. Deswegen war auch Diego die letzten zwei Wochen rund um die Uhr unterwegs. Er hat wenig Schlaf bekommen und ist von einem zum anderen Land gereist, doch diesen Tag heute würde er sich niemals entgehen lassen und er will sich auch nicht stören lassen, deswegen schaltet er sein Handy aus. Er wird sich darum noch kümmern, doch nicht jetzt.

Das Boot legt an, er sieht über den Strand, entdeckt aber Jemina nirgendwo. Bei seinem letzten Besuch hier stand sie schon da und ist ihm gleich in die Arme gesprungen. Er muss selbst jetzt noch lächeln, als er an diesen Tag zurückdenkt. Er war schön, intensiv, so wie alle Tage, die sie seit ihrem Krankenhausaufenthalt zusammen verbracht haben. Diego hat sich noch niemals für etwas so viel Zeit genommen, sein Handy ausgeschaltet und einfach nur diese Momente genossen, doch mit Jemina macht er es gerne. Er hat die zwei Monate sehr schwer ausgehalten und obwohl er dieses Mal nur zwei Wochen warten musste, fielen auch die ihm nicht leicht. Er hofft, dass sie dieses Mal vielleicht sogar schon mit ihm mitkommt. Darios Hochzeit ist in knapp zehn Tagen und sie sollte unbedingt dabei sein.

Die zwei Monate ohne Jemina waren schwer. Er kennt es, ohne sie zu sein, er ist es gewohnt, es gab immer wieder Zeiten, wo sie sich nicht gesehen haben, doch noch niemals ist es ihm so schwergefallen wie jetzt. Vielleicht liegt es daran, dass er wirklich geglaubt hatte, sie für immer verloren zu haben, vielleicht an dem, was passiert ist oder dass sie so intensiv Zeit zusammen verbracht haben. Vielleicht, weil die Liebe, die er für sie empfindet, sogar noch stärker geworden ist, oder er sich einfach mehr auf sie und ihre Beziehung konzentriert, er weiß es nicht. Er weiß nur, dass er nichts mehr wollte, als Jemina endlich wieder in seinen Armen zu halten und ihr wieder nah zu sein, deswegen steigt er auch als Erster vom Boot und sieht sich um, sobald sie am Steg sind.

Sie ist nirgendwo zu sehen. Die anwesenden Frauen begrüßen die anderen Personen, die mit ihm auf dem Boot waren. Vielleicht hatte sie noch eine Therapie, die länger gedauert hat, sie wird sicherlich jeden Moment kommen. Diego bleibt am Boot stehen und sieht in Richtung der großen Gebäude, die man von hier schon sehen kann. Zwei Frauen gehen wieder dorthin, die anderen verteilen sich und nach fünf Minuten steht Diego alleine am Boot. Der Fahrer will gerade wieder ablegen, da flucht Diego auf. Das ist nicht Jeminas Art.

»Warte hier. Ich überprüfe etwas und falls ich hier weg muss, brauche ich dein Boot.« Der Mann deutet zum anderen Ufer. »Ich muss aber ...« Diego wird unruhig. Er reicht ihm einen großen Schein. »Wenn du wartest, bekommst du den gleichen nochmal. Ich beeile mich.« Hat er sich im Datum geirrt? Nein, er kann sich nicht vorstellen, dass Jemina ihn vergessen hat. Vielleicht ist etwas? Sie ist krank, oder es ist sonst etwas passiert. Er hat keine Ahnung, wo er hinmuss. Er läuft den Weg entlang zu mehreren weißen Gebäuden und geht in das erste hinein. Überall trifft er auf Frauen, die ihn verwundert ansehen, doch er sieht nirgendwo Jemina.

Als er das Gebäude betritt, kommt sofort eine Frau mit einem weißen Shirt, weißer Leinenhose und einer Brille auf der Nase zu ihm. »Guten Tag, darf ich Sie fragen, was sie hier tun?« Diego sieht sich um. »Ich sollte heute meine Freundin besuchen und sie war nicht an der Anlegestelle. Sie heißt Jemina Gonzales. Wissen Sie, in welchem Zimmer sie hier lebt?«

Die Frau sieht zu einer Ecke, in der mehrere Frauen mit der gleichen Kleidung stehen und sich unterhalten. »Tamara, hier ist jemand wegen Jemina.« Die angesprochene Frau kommt auf sie zu und sieht Diego verwundert an. »Jemina? Hat sie sich nicht bei dir gemeldet? Bist du Diego?«

Natürlich, sie wird ihre Therapeutin sein und alles wissen, was Diego betrifft. »Ja, nein, hat sie nicht. Geht es ihr gut? Wo ist sie?« Die Frau verschränkt ihre Arme vor der Brust. »Ja, ich hoffe es doch. Jemina hat sich vor ungefähr fünf Tagen dazu entschlossen, uns zu verlassen. Das war knapp eine Woche nach deinem Besuch.«

Mit allem hat Diego gerechnet, aber nicht damit. »Was bedeutet das, sie ist weg? Wohin? Wieso haben sie sie gehen lassen?« Die Therapeutin deutet ihm mitzukommen, sie verlassen das Gebäude wieder. »Das weiß ich nicht. Es hat mich auch gewundert. Wir haben viel darüber gesprochen, wie sie nun weitermachen möchte und dass sie sich entscheiden muss, welchen Weg sie nun einschlagen soll. Wir haben viel über ihre Mutter gesprochen und dann kam sie morgens zur Therapie und hatte ihre Reisetaschen dabei. Sie hat gesagt, dass sie etwas ausprobieren muss und dass sie spürt, dass sie auf dem richtigen Weg ist. Natürlich haben wir sie gehen lassen, keine Frau ist hier eine Gefangene und Jemina ging es wieder sehr gut. Sie weiß natürlich, dass sie jederzeit wieder herkommen kann. Die Türen stehen ihr immer offen. Das tut mir leid, ich bin davon ausgegangen, dass sie sich bei dir meldet. Ich weiß, dass du einer der wichtigsten Punkte in ihrem Leben bist.«

Er hört alles nur noch mit einem Rauschen im Ohr. Sie ist weg? Wieso hat sie sich nicht gemeldet? Sie scheint etwas vorgehabt zu haben, was ihre Zukunft betrifft. Aber wieso hat sie sich nicht …

»Danke, ich werde sie schon finden.«

Ohne noch einmal zu ihr zu sehen, geht Diego zurück zum Boot.

»Diego!«

Er wendet sich noch einmal zu ihr um.

»Das Letzte, was sie zu mir gesagt hat war, dass sie Entscheidungen treffen muss und das kann man nicht, ohne das Leben richtig eingeatmet zu haben. Vielleicht hilft das weiter.«

Diego hebt nur einmal kurz die Hand. Er will nicht, dass die Frau sieht, wie sehr ihn diese Nachricht geschockt hat. Er kann das nicht glauben. Wütend sagt er dem Fahrer, er soll ablegen. Ungeduldig sieht er dem anderen Ufer entgegen. Alles läuft wie in einem falschen Film an ihm vorbei.

Er lässt den letzten Tag noch einmal an sich vorbeiziehen, alles was zwischen ihnen war. Es gab keinen Grund, dass sie einfach verschwindet, ohne ein Wort zu sagen.

Tief im Inneren war genau das seine tiefe Angst. All die Monate, all die Wochen, seit er sie aus dem Haus geholt hat, hatte ein kleiner Teil seines Herzens die ganze Zeit die Angst, dass sie irgendwann aufsteht und geht. Weil sie wieder klar denken kann und ihn noch immer nicht in ihrem Leben haben will, weil sie das, was er getan hat, nicht vergessen kann. Er wusste, dass das jederzeit passieren kann, doch er hat es immer weiter von sich geschoben, je öfter sie wieder in seinen Armen lag.

Als sie in die Therapie gegangen war, hat er Dario gesagt, dass er Angst hat, dass, je klarer sie in die Zukunft sehen kann, sie erkennt, dass sie diese Zukunft ohne ihn gestalten möchte.

Doch er kann trotz dieses Gefühls, was er die ganze Zeit hatte, nicht glauben, dass sie das jetzt vielleicht wirklich getan hat.

Sobald er in seinem Mietwagen sitzt, schaltet er das Handy wieder ein und gibt Gas. Er ruft seinen Bruder an.

»Hey, hast du das mit Adrian ...?«

»Dario, hast sich Jemina gemeldet?«

»Nein, bist du nicht gerade ....«

»Ich melde mich später wieder.«

Diego legt auf. Sein Magen rumort immer mehr. Als Erstes fährt er zum Haus, in dem ihre Familie verbrannt wurde, doch dort findet er sie nicht. Es liegen allerdings Blumen an der Gedenkstätte. Sie war hier.

Noch wütender fährt er zum Haus ihres Onkels, die Adresse hat er vom Präsidenten, der sofort versichert, nichts von ihr gehört zu haben. Er hat zu viel Angst, er würde ihn nicht anlügen. Auch der Onkel hat seit ihrem Besuch im Hotel nichts von Jemina gehört, als er fragt, was los sei und ob etwas nicht stimmt, fährt Diego einfach weiter. Er fährt an dem Hotel vorbei, wo sie waren, doch auch dort war sie nicht, selbst in der Kirche sucht er nach ihr.

Als Allerletztes fährt er zum alten Haus der Familie von Jemina. Er hat kaum noch Hoffnung. Wut und Enttäuschung breiten sich immer weiter in seiner Brust aus. Diego ignoriert die Anrufe seiner Familia und sieht sich auf dem Grundstück um. Nun ist alles abgerissen, vor ihm liegt nur noch umgewühlte Erde und Straßen.

Niemand ist hier. Diego geht zur Grabstätte und auch hier liegen Blumen, doch genau wie schon an der Gedenkstelle sieht man, dass die Blumen sicher ein paar Tage bereits hier liegen. Diego würde am liebsten laut losfluchen, doch er geht noch einmal auf das riesige freie Gelände zurück und bleibt am Graben stehen, von dem man sicher anderthalb Meter hinunter zum Strand springen muss. Er weiß, dass hier Treppen waren, die zum Strand geführt haben, doch auch die sind nicht mehr da.

Diego sieht auf das wilde Meer, der Wind peitscht ihm ins Gesicht und er kann nicht verhindern, dass aus Enttäuschung seine Augen brennen und einige Tränen seine Augen verlassen.

Er würde am liebsten laut losschreien. Jemina weiß immer, wie sie ihn erreichen kann, sie hat sich bewusst nicht bei ihm gemeldet. Wahrscheinlich will sie alles hinter sich lassen und neu anfangen und vielleicht ist es sogar das Beste für sie, doch wieso lässt sie auch ihn zurück?

All die verfluchte Macht, die er besitzt, all das Geld, alles, was er sich aufgebaut hat, nutzen ihm nichts. Nicht bei dem, was er wirklich will. Er hat alles getan, er hat wirklich alles getan, um seine Fehler wieder gutzumachen. Er spürt, wie seine Hoffnung stirbt und die Erkenntnis, dass sich Jemina am Ende doch für ein Leben ohne ihn entschieden hat, sich in seinem Herzen ausbreitet.

Kapitel 16

»Bereit?«

Diego sieht seinem älteren Bruder in die Augen. Daniel steht neben ihm.

Dario greift sich an die Krawatte und zerrt an ihr herum. »Natürlich, aber diese …« Genau in dem Moment kommt Daria zu ihnen und lächelt. »Du bist ja richtig aufgeregt, warte, ich mache das.« Sie lächelt, während sie Dario hilft, die Krawatte richtig zu positionieren.

»Du siehst sehr gut aus. Sieh mal, wie deine Mini-Ausgabe aussieht.« Sie geht nach nebenan und kommt mit Nael auf dem Arm zurück. Diego muss leise lachen, als er seinen kleinen Neffen in genau demselben Anzug sieht, den auch sein Bruder trägt. Er strahlt und klatscht in die Hände, als er seinen Vater entdeckt. Dario nimmt ihn auf seinen Arm und küsst seine Wange, dann sieht er Diego und Daniel in die Augen.

»Wer hätte das gedacht.« Diego lächelt matt und sieht von Nael zu Dario. Er liebt seinen Bruder über alles und seinen kleinen Neffen genauso. Er wünscht ihm alles Glück der Welt und er weiß, dass Eleonora das für ihn ist.

Ihr Vater tritt in den Raum und nimmt Nael auf seinen Arm. »Wir müssen los, alle warten unten.« Dario nickt, doch als Daniel und sein Vater vorgehen, hält er Diego am Arm zurück. Er wartet, bis sie alleine sind und sieht Diego dann in die Augen. Sofort erkennt er darin wieder die Sorge, aber auch Dankbarkeit.

Jemina nun doch am Ende verloren zu haben, hat Diego mehr zugesetzt, als er es jemals geglaubt hätte und er war schon beim ersten Mal tief getroffen. Doch es hat sich dieses Mal ganz anders angefühlt. Damals konnte er kämpfen, etwas tun, dieses Mal gibt es nichts mehr, was er tun kann.

Sie ist weg, er weiß nicht, wo sie ist oder was sie vorhat, oder ob sie sich jemals wieder melden wird. Er war noch dreimal in Honduras und auch in der Klinik, ansonsten hat er sich sehr zurückgezogen.

Er hat allen nur gesagt, dass Jemina weg ist und er nicht weiß, wo sie ist. Mehr wollte er darüber nicht sprechen. Es gibt auch nicht mehr dazu zu sagen. Es waren nur noch wenige Tage bis zu Darios Hochzeit und deswegen hat er sich nichts weiter anmerken lassen. Er hat die Geschäfte übernommen und so gut er konnte bei allem geholfen. Immer wieder hat er Darios sorgenvollen Blick gespürt, doch sie hatten so viel zu tun, dass er einem Gespräch zum Glück aus dem Weg gehen konnte.

»Ich wollte mich noch einmal für alles bedanken. Ich weiß, wie schwer das alles für dich war wegen Jemina und du hast mir trotzdem den Rücken freigehalten.« Diego nickt nur schwach, er kann dazu nicht einmal mehr etwas sagen. Sein älterer Brüder umarmt ihn. Diego schließt einen Moment die Augen, er küsst Darios Wange und sieht ihn stolz an. »Na los, lass uns dafür sorgen, dass wenigstens einer von uns das auf die Reihe bekommt.«

Als sie kurz danach aus Darios Haus treten, muss auch er zweimal hinsehen. Natürlich weiß er, wie groß ihre Familia und wie stark ihr Zusammenhalt ist. Doch als er jetzt die vielen Autos sieht, die hintereinander aufgereiht vor Darios Haus warten, überkommt ihn Stolz und er weiß, dass Dario genau dasselbe verspürt. Alle hupen, als sie zum Auto gehen und einsteigen.

Dario räuspert sich, offenbar ziemlich gerührt. »Los geht's.«

Das Fest heute ist bis ins kleinste Detail geplant. Er war oft genug dabei, doch bei Tauben, Feuerwerk und den Cremes, die in der Torte sein sollen, hat er jedes Mal abgeschaltet. Er ist müde, eine Müdigkeit, die er vorher noch nicht erlebt hat und er hat schon einige Nächte nicht geschlafen.

Nachdem er aus Honduras zurückkam, hatte er so viel zu tun und es hat ihn viel Mühe gekostet, sich seine wirklichen Gefühle nicht anmerken zu lassen, sodass er sich jetzt wie nach einem harten Marathonlauf fühlt. Doch egal wie erschöpft er war, er konnte die Nächte nicht schlafen. Er hatte fest damit gerechnet, Jemina mit nach Hause zu nehmen, nun aber allein in seinem Haus zu sitzen, raubt ihm den Verstand. Sie fehlt ihm, das hat sie auch vorher, doch er hat sich noch nie so hoffnungslos gefühlt. Statt allerdings wütend zu sein, ist er ruhig geworden, etwas, was er selbst nicht von sich kennt und was all seine Männer immer wieder sorgenvoll zu ihm blicken lassen.

Selbst jetzt im Auto begegnet er dem besorgten Blick seines Vaters im Rückspiegel, der das Auto lenkt, in dem Dario, Diego, Daniel und ihr Vater sitzen. Mehr Macht geht nicht.

Diego setzt ein Lächeln auf sein Gesicht, wie so oft in letzter Zeit. Dies ist der wichtigste Tag von Dario, er will, dass er ihn genießt und er perfekt wird.

Selbst vor der großen Kirche ist schon alles eingeschmückt. Sie steigen aus und gehen die Treppen hinauf. Der Padre wartet schon und begrüßt sie. Nach ihnen halten ihre Männer und steigen aus. Adrian ist genau hinter ihm, als er plötzlich bemerkt, wie ein Mann auf ihn zukommt und ein Messer in der Hand hält. Diego zieht seine Waffe und deutet seinem Vater, Dario, der davon nichts mitbekommen hat, nach oben zu begleiten.

Statt zu reagieren starrt Adrian den Mann nur an. Diego aber stellt sich vor seinen Cousin und zielt auf den Kopf des Mannes. »Keine gute Idee, dich heute mit uns anzulegen. Messer runter, oder deine Familie kann deine Reste vom Boden abkratzen.« Fast alle Männer bleiben stehen und ziehen genau wie er seine Waffe, nur Adrian reagiert noch immer nicht.

Der Mann senkt sein Messer, doch hebt seinen Finger. »Halte dich fern vor ihr. Ich warne dich. Ich habe nicht die Macht, etwas gegen die Da Silvas zu tun, doch ich werde meine Schwester mit meinem Leben beschützen.« Diego sieht verwundert zu Adrian, der nun das erste Mal wieder reagiert. »Ist sie da? Ist Tanja zurück?«

Nun versteht Diego langsam: Vor ihnen steht Tanjas Bruder. Er steckt seine Waffe zurück in seinen Hosenbund. Tanjas Bruder hat sein Messer wieder gesenkt. Er kann verstehen, dass er sich Sorgen um seine Schwester macht. Diego war dabei, als sie tagelang um ihr Leben gekämpft hat, weil sie von Adrians Verlobter fast umgebracht wurde.

»Tu doch nicht so als wüsstest du das nicht. Die letzten Tage habe ich dich immer wieder hier gesehen, aber ich warne dich ...«

Adrian tritt vor. »Ich weiß nichts. Ich bin hier, weil mein Cousin heiratet und die letzten Tage haben wir alles vorbereitet. Wo ist sie?« Der Bruder von Tanja sieht zwischen ihnen allen hin und her. Scheinbar hat er gedacht, Adrian wüsste, dass Tanja zurück ist, nun weiß er es.

Ihr Bruder sieht Adrian angewidert an und hebt warnend seine Hand, bevor er geht.

»Halte dich von ihr fern!«

Diego sieht ihm verwirrt hinterher, stoppt aber Adrian, der dem Bruder von Tanja hinterherlaufen will. »Lass das! Nicht jetzt. Komm!« Er nimmt ihn mit in die Kirche, doch er spürt sofort, wie aufgebracht Adrian ist. Die letzten Monate waren auch für ihn hart, ihr Cousin hat sich sehr verändert und im Grunde versteht er genau, wie er sich fühlen muss, doch heute und hier geht es erst einmal nur um Dario.

Alle Männer kommen mit ihm. Dario steht vor der Tür der Kirche und wartet auf sie. »Was war los?« Nun richtet auch Diego seine Krawatte noch einmal. Er mag es gar nicht, so fein angezogen zu sein. »Gar nichts. Bist du bereit?« Er sieht seinem Bruder in die Augen, der nickt, und Adrian und Nicky öffnen ihnen die Tür zu der Kirche.

Die Bänke auf der einen Seite sind schon gut besetzt. Es sind nur wenige andere Familias eingeladen, nur die, mit denen sie am meisten Kontakt haben. Raphael und seine Familie wären dabei, doch ihre Plätze werden für immer leer bleiben.

Diego und Dario laufen als Erstes zusammen zum Altar und bekreuzigen sich davor. Sie begrüßen die Besucher mit einem Nicken, später werden sie sich richtig begrüßen.

Nach ihnen kommen Daniel, dann ihre Cousins, Nicky und die engsten Kreise und dann ihre Männer, die sich auf die andere Seite der Kirche sitzen.

Diego und Dario bleiben allein beim Altar stehen. Diego ist Darios Trauzeuge. Daniel ist noch zu jung dafür, sonst wären beide Brüder an Diegos Seite. Es dauert einen Augenblick, bis alle Platz genommen haben und Ruhe eingekehrt ist. Nael sitzt auf dem Schoß seiner Oma.

In der Kirche ist alles eingeschmückt, überall stehen große Blumenarrangements und Kerzen, die angezündet sind. Ein weißes Klavier ist seitlich bei ihnen aufgestellt und eine Frau beginnt, leise Musik zu spielen. Die Tür öffnet sich und Eleonora tritt mit Diegos und Darios Vater ein.

Diego hat immer verstanden, wieso Dario so verrückt nach der feurigen Schönheit ist. Auch er muss schlucken, als sie jetzt in einem wunderschönen weißen Kleid langsam die Kirche betritt. Das Kleid ist eng anliegend und wird erst unten weiter. Ein langer Schleier zieht sich weit hinter ihr den Gang entlang. Ihre Haare fallen in Locken um sie herum und sie strahlt in ihre Richtung.

Diego muss schmunzeln, als er spürt, wie Dario sich neben ihm verspannt, er hat seinen Bruder noch nie so aufgeregt erlebt. »Herzlichen Glückwunsch, sie ist ein Engel.« Dario lächelt und sieht weiter zu seiner Frau.

»Mama!« Nael reißt sich von seiner Oma los und die ganze Kirche muss leise lachen, als er zu seiner Mutter läuft, noch immer sehr wackelig. Eleonora nimmt ihn an die Hand. Man sieht Dario seinen Stolz an. Sie kommt zu ihnen und Dario gibt ihr einen Kuss und nimmt Nael auf seinen Arm. Eigentlich sollte er sie noch nicht küssen, doch es ist wirklich sehr schön, die drei so zu sehen. Auch der Padre hat ein Lächeln im Gesicht. Eleonoras beste Freundin und ihre Mutter sind hinter ihr in die Kirche gekommen, genau wie weitere Freundinnen, die sich nun verteilen, nur Davina bleibt bei ihr, sie ist ihre Trauzeugin.

Der Padre beginnt. Er erzählt von der Liebe und dem Versprechen, was man sich vor Gott gibt und was man ehren soll. Diego würde sich am liebsten die Ohren zuhalten, doch er konzentriert sich auf Nael, der auf dem Arm seines Vaters immer wieder nach Diego greift, bis er ihn schließlich auf seinen Arm nimmt.

Kurz bevor Dario und Eleonora sich das Jawort geben, geht plötzlich die Kirchentür noch einmal auf. Sie alle wenden sich um und Diegos Herz beginnt zu rasen, als er in Jeminas Augen sieht. Sie lächelt entschuldigend und geht schnell nach vorne, um sich neben Sergeo zu setzen, der den Arm um sie legt und ihr einen Kuss auf die Wange gibt, um sie zu begrüßen.

Diegos und Darios Blicke treffen sich. Er weiß nicht, wie er aussieht, doch Dario sieht ihn so an, als wäre er unsicher, ob Diego hier gleich völlig ausrastet. Diego wendet sich ab und sieht wieder zum Padre, der weitermacht, egal wie schwer es ihm fällt, jetzt ruhig zu bleiben.

Jemina ist da, sie ist gekommen.

Damit hätte er niemals gerechnet, er ist fest davon ausgegangen, sie nicht mehr zu sehen, sie nun hinter sich zu wissen, lässt seine Haut brennen. Am liebsten würde er sich umdrehen und sie aus der Kirche ziehen, um sie zu fragen, wo sie war und was das sollte, doch für Dario und Eleonora hält er sich zurück, so schwer es ihm auch fällt.

Er ist es gewohnt, schnell alles zu erfassen, das muss er. Binnen Sekunden hat er erkannt, dass sie wieder in alter Form ist. Auch bei seinem ersten Besuch in der Klinik hatte sie wieder zugenommen. Ihre Haut ist gebräunt, ihre langen blonden Haare fallen ihr in großen Wellen bis an die Taille, ihre grünen Augen strahlen.

Wäre all das nicht passiert, hätte er sich ein weiteres Mal in seinen Sonnenschein verliebt, so brennt sein Rücken und er will sie einfach nur fragen, was das Ganze soll.

Nael auf seinem Arm legt den Kopf auf seine Schulter und schläft ein, während der Padre die Ehe von Dario und Eleonora segnet, dabei beruhigt sich auch Diego wieder etwas und konzentriert sich darauf. Es ist einer der wichtigsten Tage in Darios Leben und er wird ihm dabei zur Seite stehen.

Erst als sie langsam vom Altar wegtreten und Diego seinen Bruder und dann Eleonora in die Arme nimmt und ihnen gratuliert, sieht er wieder zu Jemina, die noch neben Sergeo sitzt und sich Tränen aus den Augen wischt. Die Trauung war wirklich sehr schön und einige Frauen haben Taschentücher in den Händen. Daria und seine Mutter sind auch noch dabei, sich Tränen abzuwischen.

Er sieht zu Jemina. Als sich ihre Blicke treffen, sieht sie ihn unsicher an, Diego weiß nicht, wie er guckt, er hat das Gefühl, jeden Moment zu platzen, doch er beherrscht sich noch, bis die ersten Gäste kommen, um zu gratulieren.

Er gibt Nael seiner Mutter und geht zu Jemina und Sergeo, die auch gerade aufstehen und nach vorne wollen, um zu gratulieren, doch Diego kommt ihnen zuvor und greift nach Jeminas Hand. »Komm mit!« Er hört nur halb, dass sie etwas sagt, ist aber viel zu aufgebracht, um richtig zuzuhören. Er verlässt den Raum und geht an den Treppen vorbei in eine kleine Kapelle, erst da dreht er sich zu ihr um. »Wo warst du, Jemina?«

Sie wendet ihren Blick nicht ab, sie scheint damit gerechnet zu haben, dass er wütend ist. Natürlich, sie kennt ihn genauso gut wie er sie.

»Ich musste etwas herausfinden. Ich brauchte Zeit für mich, um ...«

Diego tritt noch näher zu ihr, er sieht in ihr hübsches Gesicht, was er so sehr liebt, all die schlaflosen Nächte und das Gefühl, sie endgültig verloren zu haben, hängen an ihm und er hat das Gefühl, nur schwer Luft zu bekommen, als er ihr nun in die Augen sieht.

»Ich habe dich gesucht! Überall. Ich dachte, dass du weg bist, dass ich dich wieder verloren habe. Endgültig verloren habe und vielleicht nie wieder sehe. Wieso bist du gegangen, ohne mir etwas zu sagen? Ich habe alles getan, alles, was ich tun kann, um zu beweisen, dass ich mich geändert habe, dass ich die Fehler bereue und dass ich nichts mehr möchte, als dich für immer an meiner Seite zu haben. Ich weiß nicht mehr, was ich tun soll, um meine Liebe zu beweisen. Ich ...«

Jemina tritt ganz zu ihm und legt ihre Hände an seine Wange.

»Die letzten Tage von der Therapie habe ich Tag und Nacht darüber nachgedacht, was ich nun tun soll. Wie mein Leben weitergehen soll. Mein Herz hat die ganze Zeit nur deinen Namen geschrien, doch alles was die Ärzte sagen ist, dass man Sicherheit braucht für einen Neuanfang, und ich hatte noch gewisse Zweifel. Nicht mehr so viele wie früher, doch ich war auch nicht ganz sicher. Bei der letzten Stunde dann ist mir wieder eingefallen, was mir meine Mutter immer gesagt hat, wenn ich sie gefragt habe, wann sie wusste, dass mein Vater der Richtige ist und sie mit ihm den Rest des Lebens verbringen möchte.«

Jemina lächelt und Diego erkennt, dass sie keinerlei Zweifel mehr in ihren Augen trägt. Er versteht nicht ganz, was sie ihm sagen will.

»Meine Mutter hat mir damals immer gesagt, dass sie nie wusste, ob sie das Richtige tut, als sie meinen Vater geheiratet hat. Es gab so viel, was dagegen gesprochen und auch was dafür gesprochen hat. Meine Oma hat ihr den Rat gegeben, den sie mir auch gegeben hat, als sie davon erfahren hat, dass du das erste Mal um meine Hand angehalten hast.

Obwohl ich so verletzt war, hat sie gesehen, dass ich damals hin- und hergerissen war, deswegen hat sie mir gesagt 'Steig auf ein Schiff, reise einmal um die Welt. Atme das Leben ein, sieh dir die

Farben des Lebens an, spüre den Puls der Zeit und dann wirst du es wissen. Dort auf dem Meer, am Ende der Welt wirst du deine Antwort finden'. Und das habe ich getan. Ich habe die Klinik verlassen und bin auf ein Schiff gegangen.«

Diego setzt an, etwas zu sagen, doch sie weiß schon, was er sagen will. »Ich konnte es dir nicht sagen, weil ich wusste, dass du mich abhältst und ich mich von dir abhalten lasse, doch ich wollte diese Antworten suchen. Ich bin über Kuba in die USA und dann nach Europa, um die Antwort auf meine Fragen zu bekommen, was ich machen möchte, wie ich meine Zukunft gestalten möchte.«

Diego sieht sie verwirrt an. »Und was ist deine Antwort?« Jemina lächelt. »Ich habe die Kreuzfahrt früher abgebrochen. Alles was meine Gedanken beherrschte, war es, dich wiederzusehen. Mein Herz hat so laut nach dir geschrien, dass ich direkt hergeflogen bin. Ich wollte Antworten und habe sie bekommen. Ich kann und will nicht mehr ohne dich leben, deswegen küss mich einfach und …«

Weiter kommt sie nicht, Diego hat ihre Lippen sofort erleichtert erobert.

Er küsst sie und zieht sie eng in seine Arme. »Mach das nie wieder, Jemina. Ich kann mit diesem Gefühl nicht leben, dich zu verlieren.«

Sie hat ihre Arme um ihn gelegt und sieht ihm in die Augen. »Das wirst du nicht mehr. Alles, woran ich auf dem Schiff und in all diesen Ländern denken konnte, war es, wie sehr du mir fehlst und ob wir all das mal zusammen sehen werden, und dann war mir sehr schnell klar, dass mein Herz schon längst weiß, was mein Verstand noch nicht so wirklich wahrhaben wollte. Das zwischen uns kann man nicht mehr trennen. Aber Diego, tue mir nie wieder weh.« Er lächelt, unendlich dankbar, sich getäuscht zu haben und sie doch nicht verloren zu haben. »Das schwöre ich dir, und da du nun keine Zweifel mehr hast, werde endlich meine Frau. Ich meine es ernst. Es gibt nichts, was ich mehr möchte.«

Jemina strahlt ihn an und will etwas dazu sagen, da geht die Tür zur Kapelle auf und Daniel kommt zu ihnen. »Hier seid ihr, wir sollen losfahren, um zu feiern.« Diego würde am liebsten losfluchen, genau jetzt, doch Jemina nimmt seine Hand und begrüßt seinen kleinen Bruder. Zusammen gehen sie vor die Kirche, wo sich alle schon versammelt haben.

Jemina umarmt Dario lange, der ihr etwas zuflüstert und auch sie antwortet ihm leise. Dann gratuliert sie auch Eleonora und begrüßt alle anderen.

»Bevor wir losfahren, müssen wir noch die nächste Braut auswählen. Stellt euch alle unten auf.« Eleonora lacht und zwinkert ihrer besten Freundin zu. Die Frauen versammeln sich alle unten bei den Treppen und die Männer gehen langsam vor zu den Autos. Dario bleibt bei Diego stehen und legt den Arm um ihn. »Es freut mich, dass wir beide heute zufrieden in die Zukunft sehen können. Ich habe dir doch gesagt, dass am Ende alles gut wird, wann hörst du endlich mal auf deinen großen Bruder?«

Diego sieht zu, wie Eleonora den Frauen den Rücken zudreht, dann verteilen sich alle Frauen noch einmal, damit sie nicht weiß, wer wo steht. Er sieht zu Jemina und endlich fühlt sich alles in ihm wieder richtig an, er kann nicht beschreiben, wie erleichtert er ist. Diego hat nicht damit gerechnet, Jemina wieder in seinen Armen zu halten.

Eleonora wirft den Brautstrauß, die meisten Frauen heben ihre Arme in der Hoffnung, ihn zu fangen, Jemina steht neben Daria und bringt Nael zum Lachen, der auf dem Arm ihrer Schwester sitzt und gerade wieder wach wird. Sie achtet gar nicht richtig auf den Brautstrauß, doch er fällt genau in ihre Arme.

Dario, seine Cousins und Nicky lachen laut los und klatschen. Diego hebt die Augenbrauen und sieht zu Jemina, die nun wieder zu ihm kommt, den Strauß in den Händen, und ihre Arme um ihn legt. Auch seine Arme umfassen sie sofort. »Ich wollte dich damit eigentlich überraschen, doch nun hast du deine Antwort auch so bekommen. Ja, ich will. Es gibt nichts, was ich jemals mehr wollte als das.«

Diego küsst sie und Dario klatscht in die Hände. »Noch mehr Grund zu feiern. Eine Hochzeit und eine Verlobung. Das wird in ganz Puerto Rico zu hören sein, also alle ab in die Autos.«

Diego küsst sie noch viele weitere Male auf die Lippen und sieht ihr in die Augen. Er erinnert sich an ihren ersten Kuss zurück und wie fasziniert er damals davon war und nun stehen sie hier, viele Jahre, viele Erfahrungen, viele schöne Stunden und unvergessliche Momente hinter sich, aber auch viele Schmerzen, viele Tränen und viele Verluste später. Diego ist dankbar, dass das zwischen ihnen, diese tiefe Liebe und dieses feste Band, am Ende doch alles überstanden hat.

Er sieht in die Augen der Frau, die er liebt, auf seine Familie und seine Familia und einen Moment dankbar in den Himmel. Es wird sicher noch einiges passieren bei den Da Silvas, das ist immer klar, besonders als er sieht, wie unruhig Adrian vor der Kirche hin und her läuft.

Das hier ist noch nicht das Ende der Geschichte, doch er spürt nun eine tiefe Ruhe in sich und weiß, dass mit dieser Liebe in seinem Herzen am Ende alles gut wird.

Lesen Sie außerdem zu der Da Silva - Reihe ...

Leseprobe zu
Sommerregen

»Das ist doch nicht dein Ernst! Wie kannst du diesem Idioten trauen?« Adrian lacht und nimmt Sergeo die Papiere aus der Hand. »Weil dieser Idiot bald mein Schwager wird.« Sergeo schüttelt den Kopf. »Er hat einfach mal zwei Lieferzettel vertauscht und deswegen fast einen neuen Krieg mit einer Familia angefangen. Der ist nicht ganz dicht.«

Adrian hält vor seinem Haus und sie steigen aus. »Du weißt, man kann nichts dafür, wer in seine Familie kommt. Ich rede mit ihm. Kommst du noch mit rein?« Sergeo deutet zum Gemeinschaftshaus. »Hast du vergessen, dass heute eine Party ist, kommst du noch vorbei?« Adrian sieht zu seinem Haus und zuckt die Schultern. »Mal sehen, ich kläre erst einmal, was los ist.«

Sergeo hebt die Hand und Adrian geht in sein Haus hinein. Verwundert bleibt er stehen. In dem sonst so schlichten Eingangsbereich steht eine überdimensional große goldene Vase mit getrockneten Blumen darin und im gesamten Raum sind goldene Pantherfiguren aufgestellt. »Was ...?« Doch die Antwort kommt schon angelaufen. »Uhh, da bist du ja. Ich wollte dich eigentlich überraschen. Was hältst du von unseren neuen Babys?«

Adrian zieht seine Waffe aus dem Hosenbund und will sie auf die Kommode legen, doch die ist nicht mehr da. Stattdessen steht dort jetzt ein Panther mit Diamanten auf der Stirn. »Was soll das darstellen? Ich hatte doch gesagt, wir sollten das Haus so lassen, wie es war. Ich mag es so, nun habe ich ein Sofa, auf dem man kaum sitzen kann, was aber fast 10.000 Dollar gekostet hat und unter meinem Gewicht zusammenbricht und lauter Panther hier herumstehen.«

Ayla lacht auf. »Aber mein Herz. Das wird doch auch mein Haus und ich muss mich doch auch wohlfühlen. Die Panther stehen für dich. Für meinen mächtigen Mann.« Sie kommt zu ihm und schlingt ihre Arme um seinen Hals. »Du bist ein Panther, Adrian, und das soll jeder sehen, der hier ins Haus kommt. Ich habe dich heute so vermisst, wieso bist du den ganzen Tag weggewesen?« Ihre Hand fährt in seine Mitte und sie küsst ihn. Adrian erwidert den Kuss. Ayla ist eine der heißesten Frauen, die er je gesehen hat; als er sie in Mexiko das erste Mal bemerkt hat, war er sofort fasziniert von ihr und sie ist wirklich das, was er sich vorgestellt hat. Nach ihren ersten gemeinsamen Nächten konnte Adrian kaum aufstehen, so fertig war er, doch je mehr Zeit vergeht, umso weniger hält diese Wirkung an.

»Ich musste einiges nachprüfen. Ruf deinen Bruder an.« Ayla lächelt. »Ich habe gerade mit ihm gesprochen. Ich habe ihnen auch ein Geschenk gekauft und es schicken lassen. Er hat gefragt, ob du dich um das Problem gekümmert hast. Er ist sehr sauer und ...«

Adrian unterbricht sie, geht dabei in die Küche und zum Kühlschrank. »Dein Bruder hat einfach nur zwei Lieferscheine verwechselt. Es ist fast ein Krieg ausgebrochen, hätte ich auf ihn gehört.« Ayla folgt ihm und sieht ihn verwirrt an. »Okay, vielleicht hat er das, aber trotzdem hat sich der Kolumbianer respektlos gegenüber meinem Bruder, deinem Schwager verhalten und das kannst du nicht zulassen. Ihr seid die mächtigsten ...«

Adrian unterbricht sie und sieht zur Uhr. Auf einmal hat er doch noch Lust, auf die Party zu gehen. »Sind wir, weil wir genau überprüfen, was wir machen. Ich werde garantiert keinen Krieg anfangen, weil dein Bruder das will. Der Kolumbianer hat ihm nur gesagt, dass er einen Fehler gemacht haben muss, was er hat, also ruf deinen Bruder an und kläre das. Er soll sich zurückhalten und das nächste Mal zweimal überprüfen, was er macht. Ich habe keine Zeit für solch einen Blödsinn. Ich muss noch einmal weg, bis später.«

Er sieht Ayla genau an, dass sie sauer ist und dass das hier noch stundenlang dauern kann, dem entgeht er einfach und verlässt sein Haus wieder. Als er die Panther ansieht, flucht er leise auf. Was hat er sich da bloß angetan?

Er trifft Diego vor seinem Haus und auch Dario kommt zu ihnen. Zusammen laufen sie zum Haus, in dem eine Feier stattfindet. Als er in das Gemeinschaftshaus kommt, bessert sich seine Laune. Es riecht nach Grill, etwas Gutem zu rauchen und überall laufen sexy Frauen herum. Adrian nimmt sich ein Bier und setzt sich zu Dario und Diego, die sich um einen Tisch herum versammeln und Karten spielen.

Adrian spielt nicht. Er raucht die Zigarette von Sergeo zu Ende und lehnt sich entspannt zurück. »Heute sind aber besonders hübsche Frauen hier.« Dario deutet zu mehreren Frauen, die auf der Tanzfläche sind und tanzen. Es scheinen vier Freundinnen zu sein. Adrian war nicht mehr so regelmäßig auf den Partys, daher hat er sie noch nie vorher gesehen.

Alle vier sind hübsch, Adrian sieht, wie sein Cousin zu der Dunkelhaarigen mit den langen Locken und den schönen Augen sieht, Adrians Blick hingegen bleibt auf einer hübschen Blondine hängen. Sie ist sehr sexy, wie die meisten Frauen hier, doch nicht das zieht ihn an. Sie hat ein wunderschönes Gesicht und ein umwerfendes Lächeln. Ein freies, echtes Lächeln. Das sieht man selten hier. Sie ist heller als die anderen Frauen, die blonden Haare unterstreichen das noch, auch wenn er sicher ist, dass sie gefärbt sind. Einzig ihre dunklen Augen verraten, dass sie sicherlich genau wie fast alle hier aus Puerto Rico stammt.

»Kommt mal wieder runter, legst du jetzt oder nicht?« Diego holt sie beide aus den Gedanken.

»Ich hab schon von Sergeo gehört, dass du das klären konntest. Hast du deinem zukünftigen Schwager klargemacht, dass unsere Familia nicht seine Machtkämpfe austrägt?« Adrian sieht wieder beim Spiel zu. »Ayla wird ihm das hoffentlich klarmachen. Ich kann mit diesem Kerl nicht sprechen.« Diego lacht auf und nimmt ihm die Zigarette wieder ab. »Das Zeug ist echt gut. Ich sag dir, ich habe bei diesen Mexikanern kein gutes Gefühl. Ich hoffe, Ayla kann die ein bisschen in den Griff bekommen. Wieso hat sie eigentlich lauter Panther in das Gemeinschaftshaus bringen lassen? Sie standen überall rum.«

Adrian legt seinen Kopf in den Nacken. Die Frau macht ihn wahnsinnig. »Ich habe keine Ahnung, wo sind die Dinger?« Diego grinst ihn an. »Wir haben die zurückschicken lassen.«

Er steht auf und nimmt Diego erneut die Zigarette weg, er braucht das dringender als er. »Ich gehe mir etwas zu essen holen, braucht noch jemand etwas?« Dario grinst ebenfalls und sieht in seine Karten. Er weiß, dass Adrian all das wahnsinnig macht. Da niemand etwas möchte, geht er zu den Tischen und stellt sich zu Sergeo. »Ich hab Hunger.« Er legt den Arm um seinen Cousin und sieht auf den Teller, den er sich gerade füllt. »Das ist eine gute Entscheidung, gibt es davon noch mehr?« Adrian füllt sich seinen Teller genauso wie Sergeo. Als er nach den letzten zwei gefüllten Teigtaschen greifen will, kommt ihm eine zarte Hand zuvor und er sieht in das hübsche Gesicht der Frau, die er vorhin auf der Tanzfläche beobachtet hat. »Ich war schneller.« Adrian muss automatisch lächeln, als er ihres erblickt.

»Lass es dir schmecken.« Sie hält ihm die zweite Teigtasche hin. »Wir teilen.« Adrian hebt die Hand. »Nein, nein, schon gut. Iss, ich habe genug.« Sie blickt auf seinen Teller und hebt die Augenbrauen. »Du scheinst Hunger zu haben.« Sergeo greift an ihm vorbei und klopft danach Adrian auf den Bauch. »Würde ich ihn nicht zum Trainieren zwingen, wäre er ein kleiner Fettsack.« Die Frau lacht auf.

Adrian betrachtet weiter ihr hübsches Gesicht. Sie hat wunderschöne braune Augen, die nach oben gebogen sind, an ihrem Kinn ist ein kleiner Leberfleck und dieses Lächeln. Auch Sergeo betrachtet sie einen Augenblick. »Du siehst aus wie Jessica Alba, hat dir das schon mal jemand gesagt? Wir haben doch gerade diesen Film gesehen ...« Die Frau nickt nur leicht. »The Mechanics 2, ich weiß, das habe ich schon ein paar Mal gehört.« Jetzt wo Sergeo das sagt, bemerkt er auch die Ähnlichkeit, wobei sie ihm sogar noch ein wenig mehr gefällt als die Schauspielerin. Doch sie hat genau dieses freie Lächeln.

»Sergeo, Adrian, komm mal rüber zum Tisch. Nicky behauptet, dass ihr diesen Kerl ...« Sergeo ist schon halb vom Tisch weg, auch die Frau wendet sich bereits wieder ihrer Freundin zu, doch Adrian stellt sich noch einmal zu ihr und bringt sie so dazu, ihm noch einmal in die Augen zu sehen.

»Wie heißt du?« Sie lächelt und streckt ihm ihre zarte Hand hin.

»Tanja, und du?« Er greift nach ihrer Hand und als er ihr in die Augen sieht und ihre Hand umfasst, bildet sich ein Gefühl in seinem Bauch, als wäre das hier der Beginn von etwas ganz Besonderem.

»Adrian. Freut mich, Tanja.«

Lesen Sie auch ...

Fuego
Aus der Asche der Vergangenheit

»Siehst du das, Thiago?«

Rosa pinnt das Ultraschallbild ihres ungeborenen Sohnes an den Kühlschrank. »Nur noch vier Monate. Ich kann es gar nicht erwarten.« Thiago geht zu seiner Frau und umfasst sie, wobei er aufpasst, sie nicht zu eng an sich zu ziehen und ihre süße Kugel zu schützen. »Ich kann nicht glauben, wie viel man schon erkennt auf dem Bild. Er sieht aus wie die perfekte Mischung aus uns beiden.« Rosa lächelt und beugt sich zu ihm hoch, um ihn zu küssen, doch da ertönt die Stimme von Dallas.

»Fuego, du Sack, unser Flug geht gleich. Bist du so weit?« Rosa atmet tief aus. »Der andere Thiago arbeitet schon lange nicht mehr für die Familia. Wieso nennen sie dich immer noch Fuego?« Thiago lacht und greift nach seiner Tasche. »Weil sich alle daran gewöhnt haben und das ist ja auch mein Name, Rosa Fuego.« Sie lächelt, als er sich zu ihr hinabbeugt und einen Kuss auf ihre runde Kugel gibt. »Kann ich nicht hierbleiben? Ich mag das Haus am Meer ja, doch ich kann dort so schlecht schlafen.«

Thiago steckt sich seine Waffe ein. »Es ist momentan sehr unruhig, und wenn wir Honduras verlassen, seid ihr dort am sichersten. Wir beeilen uns und dann gehen wir die Babysachen besorgen, wie versprochen.« Er gibt Rosa einen Kuss auf den Mund und geht aus dem Haus, wo Dallas auf ihn wartet.

»Thiago.« Er wendet sich noch einmal um und sieht direkt in Rosas schöne Augen. »Ich liebe dich!« Sein Herz füllt sich mit Stolz, als er auf seine schwangere Frau blickt, mit seinem Sohn unter ihrem Herzen. Er will ihr sagen, dass er sie auch liebt, da schlagen große Flammen aus dem Boden und hüllen sie darin ein. Er schreit auf, will zu ihr, doch er schafft es nicht. »Rosa!« »Rosa!«

Völlig verschwitzt steht Thiago auf und schiebt das weiße Laken von sich. Noch immer quält ihn dieser Traum fast jede Nacht. Wütend geht er ins Bad. Diese Wut und diese Enttäuschung wird niemals aus seinem Herzen erlöschen. Jedes Mal, wenn er nach solch einem Traum wach wird, kann er seine Trauer wieder in jeder Faser seines Körpers spüren. Er hat Rosa wieder in seinen Armen spüren können. Für wenige Sekunden, doch das allein war es wert, danach erneut durch diese Hölle der Erkenntnis zu gehen, dass er das nur noch in seinen Träumen erleben kann.

»Thiago, Malik ist zurück.« Thiago wäscht sich das Gesicht. Er wird später duschen, erst einmal muss er nachsehen, ob alles so geklappt hat, wie er es geplant hat. Es ist das erste Mal, dass er einen seiner Brüder alleine losgeschickt hat, Malik war so weit.

Deswegen durchquert er ungeduldig nur in Boxershorts den kleinen Wohnbereich seines Bruders und schlägt den schweren weißen Stoff zurück, der vor dem Eingang hängt, um Mücken und die Sonne aus dem kleinen Steinhaus herauszuhalten, in dem Thiago nun seit knapp zwei Jahren bei seinem Bruder Elam lebt.

Sobald er auf den Hof tritt, werden die Hühner aufgescheucht. Malik steht grinsend da und hat eine Reisetasche auf den Tisch gepackt. »Ich habe alles bekommen. Nun haben wir alles verkauft. Ich soll dich von Hektor grüßen und sobald du neue Ware hast, kannst du dich melden.« Thiago macht die Tasche auf, sie ist gefüllt mit Bargeld. »Sehr gut.« Er legt sie zu den anderen zehn auf die Ladefläche ihres Transporters und schließt diese. Sie werden alles auf ihre Konten einzahlen.

»Das war die letzte Lieferung, die nächste werden wir aus Honduras machen.« Malik und Elam sehen ihn an. Einen Moment sagt keiner etwas. Es ist so weit. Darauf hat er das gesamte letzte Jahr hingearbeitet.

Am Anfang, als er hier ankam, war er nicht einmal mehr in der Lage aufzustehen. Alles, sein gesamtes Leben ist in Flammen aufgegangen. Er konnte nichts tun, nichts verhindern, und es hat

Wochen gedauert, bis Elam ihn so weit aufgebaut hatte, dass er wieder vor die Tür gegangen ist.

Elam hat in Guetamala auf dem Bau gearbeitet. Als Thiago damals zurück nach Honduras kam und in die Familia von Raphael eingestiegen ist, haben seine Brüder und seine Familie das nicht verstanden oder akzeptiert. Sie haben den Kontakt zu ihm abgebrochen, nur mit Elam hat er hin und wieder gesprochen. Sein Vater wollte, dass seine Söhne ihr Geld mit richtiger Arbeit verdienen, er hat nicht einmal gewusst, was Thiago genau macht, doch er hat es nicht akzeptiert. Er wollte nichts davon wissen, wie das Leben in einer Familia wirklich aussieht und hat auch seinen Brüdern jeden Kontakt verboten.

Thiago hat Elam jeden Monat Geld geschickt, erst als er vor zwei Jahren herkam, hat er erfahren, dass Elam das auf einem Konto gesammelt hat. Sie wollten nichts davon ausgeben. Auch da ist eine beachtliche Summe zusammengekommen.

Als alles in Honduras, was er geliebt hat, in Flammen aufging und er sich vor Schmerzen kaum noch auf den Beinen halten konnte, kam Thiago zu Elam. Auch sein Vater kam dann hin und wieder und somit auch Malik, der noch bei seinem Vater gelebt hat. Nach und nach haben sie wieder zusammengefunden. Es gab ein sehr starkes Band zwischen ihnen, die Jahre in Honduras, die er getrennt von ihnen gelebt hat, haben es nicht zerreißen können. Thiagos Mutter ist schon früh gestorben und leider hat auch sein Vater vor einigen Monaten im Schlaf einen Herzinfarkt gehabt und ist nicht mehr aufgewacht.

Heute ist Thiago froh und dankbar, dass sie am Ende ein gutes Verhältnis hatten.

Als er langsam wieder angefangen hat, klar denken zu können und versucht hat, nach vorne zu schauen, wollte er alles hinter sich lassen und neu beginnen. Er hat auch angefangen zu arbeiten, versucht, ein normales Leben zu führen, doch schon nach wenigen Monaten hat er gespürt, dass er das nicht ist. Dass das nicht sein

Leben ist. Er hat sich an ein Leben in einer Familia gewöhnt. Damals, als er angefangen hat, für Raphael zu arbeiten, hat dieser immer gesagt, dass er es noch nie erlebt hat, dass jemand so schnell, so gut in diesen Sachen war. Er hat behauptet, Thiago sei dazu geboren, eine Familia zu leiten und es ist ihm auch sehr leicht gefallen, alles zu erlernen, was er wissen musste. Das war nie Arbeit für ihn. Er hat all das geliebt, den Zusammenhalt, die Geschäfte, das Leben, die Partys ... alles, und es hat ihm immer gefehlt. Das Geld aus Honduras hat er noch immer auf seinem Konto gehabt und nie angerührt. Mit all dem anderen Geld, was Elam gespart hat und was Thiago noch vom letzten Verkauf ihrer Waren in Honduras bekommen hat, ist eine beachtliche Summe zusammengekommen

Je mehr er aber aus der Trauer herauskam, umso mehr hat er Elam und Malik, seinen beiden jüngeren Brüdern, von seinem alten Leben erzählt. Sie hatten ganz falsche Vorstellungen, was er in Honduras gemacht hat und auch sie beide haben ihre Heimat immer vermisst. Er hat kaum mehr schlafen können, bis er sich die Hälfte des Geldes genommen und einen alten Geschäftspartner getroffen hat, von dem er noch die Nummer hatte. Er hat Malik und Elam mitgenommen und ihnen von Anfang an alles gezeigt.

Er hat den alten Lieferanten von Raphaels Familia Waffen abgekauft und an die Familias hier in Guatemala verkauft. Die Kontakte hatte er noch und sie alle waren froh, ihn wiederzusehen und wieder an gute Waffen heranzukommen. Seit ihre Familia weg ist, gibt es einige Länder, die nur darauf warten. Die Da Silvas beherrschen den größten Teil Lateinamerikas, doch sie schaffen es nicht, sich um alle Länder zu kümmern, und die Länder, die früher unter Raphaels Macht standen, warten nur darauf, dass es weitergeht.

Bei jedem weiteren Treffen wurde Thiago immer wieder gefragt, was nun sei, ob er wieder da ist und weitermacht, und dann vor knapp zwei Monaten hat Malik die Tasche mit dem Geld entgegengenommen. Er hat gesagt, dass Thiago zurück ist, mit einer neuen Familia, mit ihrer Familia und dass sie sich melden, sobald sie zurück in ihrer Heimat sind.

Somit war es beschlossen.

Sie haben das Geld fast vervierfacht und er hat seinen Brüdern alles beigebracht, was er gelernt hat. Dallas, mit dem er bis heute ständig im Kontakt stand, kam sie besuchen und war sofort dabei, genau wie die anderen Männer, die all das damals überlebt haben. Er hat in Honduras den Auftrag zum Bau neuer Häuser gegeben. Sie haben alles vorbereitet, um ganz neu anzufangen.

Morgen geht ihr Flug zurück in ihre Heimat – nach Honduras.

Als er seinen Brüdern nun in die Augen sieht, weiß er, dass das, was auf sie zukommen, nicht leicht wird. Es wird mit Sicherheit die schwerste Aufgabe, vor der er je gestanden hat, doch sie werden etwas ganz Neues beginnen.

Eine neue Familia gründen und etwas erschaffen, was es noch nie zuvor gegeben hat.

Mira begleitet ihre Mutter von Berlin nach Vancouver, um dort den beliebten Campus der B.C. zu besuchen und ein Jahr im Ausland zu studieren. Freudig stürzt sie sich in dieses Abenteuer, lernt neue Menschen kennen und verliebt sich in die bunte Stadt. Sie ahnt nicht, dass die nächsten Wochen und Monate viel mehr sein werden als nur ein kleiner Abschnitt ihres Lebens und sich für sie alles ändern wird.